当代作家作品精选集

地盘
DIPAN

丘脊梁 著

贵州出版集团
贵州民族出版社

图书在版编目（CIP）数据

地盘 / 丘脊梁著.--贵阳：贵州民族出版社，2024.6.--（当代作家作品精选集）.ISBN 978-7-5412-3091-2

Ⅰ.I207.7

中国国家版本馆CIP数据核字第2025UA0686号

地 盘
DIPAN

著　　者	丘脊梁
图书策划	李江山　魏润滋
责任编辑	李江山　向朝莉
装帧设计	姜　龙　胡小珍
出版发行	贵州民族出版社
地　　址	贵州省贵阳市观山湖区长岭北路贵州出版集团18楼
邮　　编	550081
电　　话	0851-86825177
印　　刷	长沙市雅高彩印有限公司
开　　本	880 mm × 1230 mm　32开
印　　张	10.25
字　　数	230千字
版　　次	2025年6月第1版
印　　次	2025年6月第1次印刷
书　　号	ISBN 978-7-5412-3091-2
定　　价	72.00元

版权所有，盗版必究
图书凡有印装差错，请与营销部联系

代 序

从他者到自我的写作转换
——评丘脊梁的小说

刘 恪

（一）

最有湖湘之气的是码头：从东南青草湖面传来的是恶臭的鱼腥味，太阳直射湖滩后，漂浮物里夹着潮湿的热气，还有码头上扛粗重货物的工人，头上正冒着灰白的热气，赤裸着背脊，把头夹在货物中，在阳光下像蚂蚁般地爬动……十年过去了，丘脊梁笔下的意象我还没忘记。那时，他拿来一堆稿子，说要我帮他判断他适合写小说还是散文。那时候他已经发表了上百篇的小小说了。我在那个热得心里发慌的天气下读完了他十几万字的稿子，无论他的小说还是散文都让我觉出一份生活的沉重，他的表达非常有生活的内涵，且有充沛的情绪与力量，这倒让我颇感意外。我说的是："你主攻一种文类，另一种写法也不要放弃。"我曾读过他的《疲软的安全》，作品表现都市生活的一隅，但这一隅是心灵角落的某一湾,而这一湾正好对应了家庭生活中的某种隐秘。社会和家庭生活是安全的吗?每个人都会有些隐隐的担心,尤其到了今天都市状态下的社会生活,从家庭到公共领域,从社会环境到自然环境,无论哪一点都会有潜在的危险。这是今天社会生活的本质,"危机"一词有了特别的含义。今天,城市里的人首先考虑的一定是健康与安全感,这已经渗透到社会生活的一点一滴了。从夫妻生活到机关的贪官污吏,从媒体红人到码头工人,均是人人自危的状态,都在寻找没有灵魂意义的安全感。今天看丘脊梁的作品仍具有很强的社会意义。早年,他爱写机关、报社、饭店、书店、洗浴店,都市生活的漂荡,这大概与他在各行业打过工有关,三教九流,很具有社会生活的广度,表达的是社会生活中的众生相。那么如何理解这些机关文员的本质呢?摆在他们面前的有两条路:一条是提升级别到领导岗位,进入官僚阶层;另一条便是熬一辈子直到退休。《笔杆子》中的老梁是一个秘书,好笔杆子,按机关熬年头,他是可以正常地做一个小官的,但事与愿违,由于材料写得好,无论岗位怎么变动,他还是要写材料,提了副主任还是没用。他受给领导开车的好司机启发:好司机领导喜欢,而坏司机往往被领导调离还给安排好工作。因而,老梁如法炮制,故意把材料写得不好,哪知道一下被机关改革给精减了。老梁由最好的笔杆子变成了疯子。这个故事极具内在的讽喻力量。

（二）

近几年，丘脊梁的写作发生了变化，他把笔墨转向了自身，转向了他的故乡、他的家族。他有一个极富象征性的标题——"沿着一条河流回家"。这很重要，表明他以前的社会写作是关心他者，关心社会生活里的芸芸众生，这是一种意识形态的他者写作。现在他关注的是自我，是一种反思性写作。自我是什么？家族是什么？什么是我们的根脉？我们如何理解我们的根脉及其自身，通过反思我们才知道如何更好地生活。《满眼是根》中的王宗保从挖根到栽树，栽上树根脉才能得以延续，这是他至死的梦想。他死亡之前有一段想象的文字："梦是绿的——千万条树根，在厚实的泥土里疯狂地生长，长出一根根的枝条……"根是一种写实，在今天的社会里又是一种想象，人们在无可奈何的失落中更充满对它的思念。《最后的种子》中的奶奶本人就是一个家族的根脉，她依恋茴，最后这种依恋变成了生命的形式，直到生命最后一刻，她嘴里还含着半截烧烤的茴。每一个人都会怀念自己的根脉，这不仅是出于"原型"的考虑，更重要的是人们对遗传学笃信无疑。我们个人一定是"直接而具体地来源于民族志和历史进步论的综合"。（威廉·亚当斯语）每个人都是"生物进化的继续"。那么，我们肯定有一个自己的源头，这观念是深入每个人的无意识状态里了。按理说，我们只要找到家族和个人的根脉就可以了，就能认识到自己就是其中一个。但事情没这么简单，因为人类学的认识与研究是一种他者的研究，道理很简单，你不是你自己，居于氏族之中，你是一个家族的后代，你看不到你的家族，你只能证实你的家族。你只有通过他者的材料,从内部和外部两个方面观察,既作为自我也作为他者。作为集体的人类社会就是依据这样一个心理学的基本假设:个体所见的自身是其他任何人所不能见的,但反之亦然。① 可见,一个人是不能单独认识自我的。要通过他者和社会进行反思。所以,丘脊梁的这一家族系列小说也有非常浓厚的社会性。他最近发表的《地盘》,受到了《小说选刊》的重视,这便是例证。表面上说的是作为治安联防队长的父亲与黑帮头目肖拐子之间的斗争。但里面包含另一个复杂视角:我观察父亲的态度,英雄还是狗熊。出人意料的是父亲的示弱反而激发出人性的光辉,从另一个角度获得了人性的尊严,三千冗失而复得。我们仔细分析后可知这是两个群体的斗争,一方是执法者代表的正义,另一方是犯法者及一个区域(暗示地盘意识)。我和父亲显然具有家族的传承含义,敌手既有害怕又有复仇在里面,黑帮的力量更强,也很有整体性。我们也有害怕和不怕的东西在内,这种抗衡对立,已超出个人的含义,所以小说一开始就具有群体较量的含义,这极大地拓宽了小说的社会性,这种对抗从表面看很罪恶,但仅是一个形式,如跳刀、摩托车灯,排开示威的阵势,实际都没有构成作恶犯罪的性质,仅仅只是张扬,父亲和我也应用了许多张扬的策略。这些对应的形式如何构成最后的和解呢?这是双方剑拔弩张的形式,其内在的双方都有服软示弱的人性和解,要解决整体矛盾,个体都要付出部分牺牲,牺牲一些

---

① [美]威廉·亚当斯著,黄剑波、李健文译:《人类学的哲学之根》,广西师范大学出版社,2006 年。

角色的身份,上升一些人的地位,不然《地盘》的故事会永远没有结局。这并不是现代社会城市里某一个角落的简单争斗,原始灵魂乞求和解是每一个人也是他者的愿望。这既是个人也是群体的愿望,这就是氏族社会以来为什么有那么多帮派团体,而个人也不断被纳入组织化进程。这就是马塞尔·莫斯说的氏族整体性,"一方面,氏族被认为是由某些人也即人物构成的;而另一方面,所有这些人的角色实际上是要各自预先表现氏族的整体性。"[1]如果不立足共同的人性基础,人类和平便是一句空话,不仅如此,一个家族内部的传统、名誉、种族遗传特色都具有这种个人性与整体性。奶奶的象征具有极大的严肃性——最后的种子,奶奶最后毕尽了光辉,她是最后的吗?她的孙子身体依旧还有苘的营养,人不灭物种不灭,作为食物灭的仅是个案,不灭的还是整体的流传,苘永远会作为粮食的一部分。但是某种生物学上的类的灭绝一定会产生巨大悲剧,从个案上讲,奶奶与苘有探索人类命运深度的启示。安南苘作为三百年前平江山区的主要粮食,它的传承成为奶奶家族的生产方式,也作为生活方式,继而成了安身立命的族传遗产,从粮食遗传到种族生命遗传,都与苘息息相关。这样写奶奶就是写苘种,写苘叶便是写生命,奶奶和物种无论生命性质还是日常生活方式均保持惊人的生命同步。家族是传承演变的,奶奶和苘也是传承演变的,奶奶在一个庞大的家族传承中,苘作为番薯的象征流传,从生命性质上保持某种同构,只不过苘

---

[1] [法]马塞尔·毛斯著,余碧平译:《社会学与人类学》,上海译文出版社,2003年。

在泥土中作为种子传递。人活在现实生活中以社会方式作为演变，表明了生物意义的所有生命都是同根，人的生命并不比其他生命优先，伤害其他生命也是伤害人类自身，这就有了一个大的生物圈的理念。关键在于作者我作为"孙子"在这个生命传递过程中感同身受，具有一种命运反思与感叹，这样既增加文本叙事的可信任度，又增加了艺术真实的感染力。我们说把它作为人类学的一个标本，而且真正具有田野考察作用，特别是在今天社会特别强调生态平衡和物种生存，它是具有典型意义的。今天我们考量世界上一切事物的存在无不与生态环境相关联，任何生命形式的存在与灭亡都会被视为人类史、地球史上的重大事件，再参照社会现代性反思，我们会有更为建设性的新的世界观。

（三）

丘脊梁以后将面对的是两个大问题：其一是如何处理大材料和大文本，在结构上把握文本的整体，使局部更有机地与整体融合。说得更明白一点是局部分布如何在一个宏大整体中找到合适的位置，在万字以内的文本中他可以得心应手地处理，庞大的中长篇呢？有时候可能凭借激情，一个局部拉得很远，再回头看它与整体就不合。或者又写一个更大的局部，这是一种结构上的控制能力，恐怕脊梁要加强训练。其二是运用一种什么样的话语方式，以何种口气一贯到底，当然，目前他以激情式的叙事方式，保持某种快捷的节奏，语言有流动性。但这并不能适应他的整体创作，也不宜风格化。似乎要另辟蹊径，选择，或者是锻造一种更成熟的话语方式。我观察他这两年的写作,他渐渐地找到了一种语言,并把这种语言方式文体化,渐成风格。这从两个文本里显示出特征:《从郊野抵达内部》(散文)、《最后的种子》(小说)两个文本的语言似乎构成了他对过去文本的反抗,提供了一种新的叙事机制。过去他的文本过多地受情绪左右,特别是快节奏地安排语言关系,小说具有一种现代性氛围,这样很容易把文体变成一种煽情的读本。从这两个文本开始,他增加了语言表述的客观性,从容不迫地让词语展开,裸露词语与事物本质的勾连,在一种展示中消弭了些许节奏性,代之以句子带动词语的旋律感,应该说这是一种保守式的古典方法的写作,可这样它更有中国意象和中国风韵。为了记忆整理过往的事物,因为害怕遗忘便慢慢地铺展事物,清溪及清溪所有的景物,是靠事物自身的关联被连带出来的,注意句子和词语中声音因素的处理,有意使他和雨丝、溪流、轻风同时保持一种速度,这是语言速度带出的淡淡的抒情意味。一条与道路相连的河流,交汇式的江流,人生非常自然地进入了它的命运河流,侧重于河流上的纤夫,把流水写成命运之书、命运之关,这当然是常态书写,但因其语言、河流、心境三者是一致的速度,它的味道就产生于其中,写湖,落点在草地与树,揭示一种生命的真相,使它具有一种醒目的、让人心动的新的呈现,使一种生物生命与人的灵魂产生共鸣。可喜的是,他真正由表述一种事物外部达及了一种事物的内部及人物心灵的内在体验状态,所有客观物都有一种自我魂灵的掌握,舒收自如,仍由一种情韵的挥洒。真正做到了客观事物不能和主观情绪分离。自《最后的种子》开始,他有了一种自己说话的方式。我称之为本色叙事，这是一种真正属于自己的说话方式。首先，他使用地域性口语，压着语调，控制速度，和奶奶、父亲、家人保持同一速度，有一种情调上的对话关系，这样产生的效果便是如说家常，略带一点语言倾诉。其次，他的词语也带有地方性，首选的对象物红薯，他使用的是"苕"。关于苕的生产知识具有地方性，例如翻藤、挖苕、存种等方式极具地方性，山区是这样，而湖滨平原控制薯藤疯长是要剪藤的，同时红薯藤叶是可以做菜的。最后，他的口语因其家族的对话，一切生活风俗、节庆心理都保持他地方和家族特色。文本内人物命名、人称、生活故事与人物同步，家族传奇与苕的物种关联都是极具个人化的。由于这种本色叙事是与家族相关的，所以生产苕的过程也是家族教育的过程，奶奶是一个人性的教育家。本色叙事必须在语言上保持个人说话的特色，这包括家族和个人习惯的用语，这种语言有一个度，太私人化了别人会听不懂，太大众化了语言会平贱而俗套，还要安排一套合适的说话速度和韵调。可见本色一词是指个人之特色。安排好个人特色的语言，就要有独特的句子表达方式，长短句的处理，词汇组合的反常配置，口语的和书面的语言结合。尽量少用逻辑语言，强化词语的感性，要特别尊重个人直觉。总之，这是丘脊梁的本色叙事的开始。

2016 年 12 月，岳阳

目 录

地盘 / 001

最后的种子 / 025

接头 / 070

1981 年的病与药 / 087

影子像风一样掠过 / 102

浑身无力 / 119

等待 / 139

血橙 / 156

山高水长 / 174

烟花散 / 199

穿透力 / 212

比熊要来我家 / 242

野鸭子 / 258

锣声为谁而响 / 270

大伯的国家机密 / 285

后记 / 307

地　盘

我和父亲来到镇上的汽车站时，太阳才刚刚升起，几柱阳光，像剑一般从东边墙上的通风口斜插进来，无数的尘埃，在光影里急速地翻飞。父亲让我在长条木椅上坐下，自己则笑眯眯地应答着候车室小贩们热情的招呼，他在包子摊前站一站，在水果摊前聊一聊，在香烟摊前瞄一瞄，回到我身边时，手里就多了两包烟、四个包子、一袋水果。他丢了一包烟给我，又递过来两个包子，有点得意地说："吃吧，他们硬要塞给我。"

汽车站不大，但开往邻县和省城的几趟早班车，差不多在半个小时之内都会抵达，因此候车室的人不算少，高声喊叫的、大声说笑的、讨价还价的，各种各样的声音，就像阳光里的尘埃一般，在我耳边乱冲乱撞。我吃着包子，四处张望，突然发现父亲猛地站了起来，目光如剑，射向进门的地方。是镇上"八大金刚"之首的肖争武肖拐子，正昂着脑壳，吹着口哨，摇摇摆摆地走进来。

地　盘

　　我还在读高中时，肖拐子就名满全县了，他的狠毒，他的"钳功"，被人讲得神乎其神。肖拐子也看到了我父亲，怔了一下，马上笑容可掬地摆了过来，递过一根芙蓉王烟，打着哈哈说："梁队，这么早就上岗了啊？"父亲神情坚毅地摆了摆手。肖拐子看看我，又看看我旁边放着的背包，恍然大悟般说："这是你伢崽①吧？你们是去省城搞复查哦！"父亲阴着脸说："你怎么又跑到汽车站来？不是说了不再在本地搞了吗？"肖拐子眼皮一翻："梁队，你真是冤枉我，我就不能来搭个车吗？"父亲说："你搭鬼车，空脚甩手②搭什么车？快点回去！"肖拐子说："我真是去省城，等下跟你一同上车。"父亲的眼里掠过一丝不安，把包攥到自己手上，坐了下来。

　　父亲在我耳边轻轻说了句，把东西放稳后，又将目光追向了肖拐子。肖拐子在香烟摊上打了个招呼，把身子斜斜地靠在柜台上，很高兴地继续吹着口哨，不时还向我父亲扬扬下巴，眨眨眼睛。他摸出手机，拨弄一番后大声说："老三，今天我坐早班来省城，多叫几个兄弟，至少要调三辆摩托到东站来接我！"他打电话时，眼睛不断地朝我们这边瞄，这话显然是说给父亲听的。父亲皱了一下眉，似乎有点紧张，但他装作若无其事的样子，只轻描淡写地叮嘱了我一句："到省城后给我灵醒点。"

　　我隐隐约约地感觉到，今天我们要遇上麻烦事了。父亲多年前就受聘在镇上派出所做联防队长，一直是"八大金刚"的

---

① 伢崽，方言，指小孩儿。
② 空脚甩手，方言，指空手，或指很自在的样子。

克星，肖拐子的那只左脚，就是父亲某次捉他时摔断的。别看平时在镇上肖拐子对父亲客客气气，但心里恨之入骨。六年前父亲查出鼻咽癌，送到省肿瘤医院去治疗，肖拐子带领"八大金刚"，欢天喜地地到派出所门口放了好长一挂鞭炮。父亲住了三个月院，休息了两年后，身体慢慢恢复，又被派出所请去做联防队长。在镇上逍遥了两年多的"八大金刚"，只得转移阵地外出谋食。行政有区划，黑帮讲地盘，他们要在外面打出一片天地，并不是件容易事，听说肖拐子本人，就多次被打得死去活来。他常咬着牙说："这都是姓梁的家伙害的，除非他一辈子不离开镇上，否则一定要搞他个五颜六色！"有好心人把这话传给父亲，当着那人的面，父亲拍拍腰间的手铐，手一挥，不屑地说："怕他做什么？"但回家后，父亲却忧心忡忡地说："今后我如果出了意外，你们不用找别人，就找肖拐子这只死畜生！"

　　汽车来了，一些认识父亲的候车旅客，都谦恭地站到一边，主动让我们先上。那些不认识我们的旅客，看到这架势，也敬畏地望向父亲，自觉闪到一边。父亲微微笑了笑，带我昂头登上汽车。我们在后排的空位上刚刚坐下，肖拐子就紧跟着我们摆了过来，连那只跛脚的鞋带松了，都没有顾及。他朝父亲点点头，笑眯眯地紧挨着我坐下。父亲站了起来，与我互换了一个位置，把包抱到胸前，侧脸冷冷盯了肖拐子一会儿，问："去省城干什么呢？"

　　肖拐子嬉笑着说："还能干啥，去寻钱啊！你把我们在镇上的活路断了，总不能坐着饿死吧！"

　　父亲一脸严肃："胡说，你那也叫路？我给了你路，镇上的人就真没活路了！凡是歪门邪路，我都有义务将它拍死。"

肖拐子连连点头："梁队教导得对，教导得对，所以嘛，我就只好到省城去打拼，让进城的人统统没有活路！哈哈哈！"

父亲鼻子"哼"了一下，说："好大的口气，省城又不是你一个人的，又不是姓肖！"

肖拐子诡秘地左右望了望，伸出三根指头："我们有三十个兄弟！你到省城后，我会安排他们让你见识的。"

父亲淡淡地说："三十个算什么，联防队哪年不捉几十上百个流打鬼①？"

肖拐子把脖颈向左右两边大幅度地转动了几下，见细长的脖子并没出现他所期待的关节响声，又将两手相握，把指头掰得"啪啪"作响，他说："我那些兄弟都是些狠角，没什么不敢搞的！"

父亲瞄了瞄肖拐子的跛脚，那根松散开来的鞋带，像条要死的蚯蚓一样，恹恹地扭曲在地上，不由得哈哈大笑："看看你这个老大的手脚，我就知道你的手下有多少狠角②。"

……

我看着窗外，余光却一直关注着肖拐子，耳朵更是仔细听着他们的对话。从这个阶段的较量来看，肖拐子话里带话的威胁，根本就没有镇住父亲，父亲的气势，始终牢牢地压住了他。车窗外熟悉的村庄，一个个从我眼前消退，这里还是我们县的辖区，过了前面那道山梁，就进入邻县的地域了，我希望在那个陌生的

---

① 流打鬼，方言，指无正当职业、居无定所、无所事事的人。
② 狠角，方言，原指狠角色，这里指调侃和反讽。

环境中,父亲仍能保持他现有的强势。

一路上,父亲与肖拐子你来一句,我回一篇,绵里藏针,柔中带刚,兵来将挡水来土掩,始终威风凛凛、豪气冲天。汽车早就不知不觉开进了邻县,开进了别人的地盘,我暗暗为父亲的表现感到骄傲,尽管我知道今天最终会有一场恶战,但不管结果如何,我们都不能在肖拐子面前害怕,更不能示弱,否则,父亲今后就再无颜面在镇上吆喝了。何况,现在还在车上,就肖拐子那一条腿,不需父亲动手,我半个人也能让他矮倒①。嘿嘿,你当我三年警校是专门造粪的?

"莫说是省城,就是紫禁城,我也几进几出!"父亲曾在北京当过几年兵,那是他一生的荣耀,把这话甩给肖拐子后,他满脸神气地将头转向了窗外。窗外的景色,让他的眼皮一跳,他抬腕看看表,问我:"到哪里了?"我只知已到邻县,具体位置并不清楚。肖拐子站了起来,用一只脚点地,半个身子伏在前排的靠背上,伸过头朝外看了一下,肯定地说:"马上就到北盛镇,老八的地盘。"坐下后,他突然变得亢奋起来,"梁队,老八没落到过你手里吧?他每年总要到我们镇上走动几回"。父亲把背包往胸前压了压,双手紧紧环抱,头靠到椅背上,闭上眼睛说:"我要眯一会儿。"

车子进入北盛镇,肖拐子老早就站了起来,颈根②伸得老长望着窗外,一只手还搭到父亲的背包上。父亲故意将包按了按,

---

① 矮倒,方言,指倒下或跪下。
② 颈根,方言,指脖子。

半睁右眼，朝我眨了眨。我知道父亲是为了转移肖拐子的注意力，其实包里只有几件衣服，治病的钱在我裤兜里。我警惕地望向窗外，也密切注意着肖拐子的动静。汽车在街边短暂地停了下来，肖拐子又是挥手，又是喊叫，与那些摆摊子的、开发廊的、骑摩托的热烈地打招呼。每喊叫一个人的名字，他就斜眼朝父亲看看。父亲双目微闭，面无表情。

接下来的行程，肖拐子越来越活跃，一会儿站起，一会儿坐下，一会儿狂打电话，一会儿扒到窗户上朝外张望，一会儿又拐到车前跟司机说些什么。汽车压着石头，颠簸起来，"噗"的一声，一把银亮的弹簧刀，从撑着椅背站在过道里的肖拐子身上掉了下来，旁边的几位乘客，都惊恐地将身子往里挪。肖拐子诡秘一笑，弯腰捡起，"啪"的一响，一道寒光直指父亲的鼻子，吓得我的脊背触电般弹直。父亲闭着眼睛，好像是睡着了。肖拐子半眯双眼，两道凶光顺着刀锋，远远射向父亲。父亲一动不动，还扯出了小小的鼾声。

肖拐子眯眼看了一会儿父亲，摇了摇刀子，"嘶"的一声，将刀锋收回鞘里。我刚刚松了一口气，他突然又"啪"的一声，把刀狠狠弹出。反反复复搞了多次后，见父亲还是毫无反应，才没趣地拐回来，紧挨着父亲坐下。经过一个小集镇时，他终于按捺不住了，扭头喊："梁队，梁队！"

父亲一直眯着眼睛在睡，好像根本没听见肖拐子的呼叫，但我注意到他的眼皮微微地抖了两下。

肖拐子用力地拍了拍父亲的包："老梁！"

我停止玩手机，横了肖拐子一眼，说："你莫老打扰他，他要睡觉。"

肖拐子鼓起一对暴眼，盯了我一会儿，又把个弹簧刀按得"啪啪"作响："不清楚这是啥地方吧？前面就是蕉溪岭，去年我们在那儿废了三个人！"

我笑了笑："我同学就在蕉溪所，没听他说过啊？"其实我根本就没有同学在这里任职。

肖拐子望了望我，笑了："嗬哟，忘了你是警校毕业的，听老梁说你在市局，哪个部门呢？"

我自费在警校读了三年书后，在省城东搞西搞①打了两年工，前年父亲托人找遍了关系，才把我弄到市局机关做临时工，主要工作就是站在办证大厅维持一下秩序，跟个保安差不多。我非常不乐意这项千把元一月的工作，几次提出要去广东打工，父亲坚决不肯。他说："现在外面乱得很，你在公安机关做事，钱是少点，至少让我放心。用心做几年，转正的机会也不是没有。再说了，你不说自己是临时工，又有谁知道呢？就算别人知道你是临时工，那也是一个有尊严的临时工！我在镇上做联防队长，你看谁敢在我面前撒野？"话虽然说得有些道理，但我心里依然十分自卑，特别是那些关系硬的同学，一个个成为正式警员后，我变得愈加封闭。

"警令部！"正在我犹豫着不知如何作答时，父亲睁开眼睛，声音洪亮地吐出三个字。

"啊哟，警令部，有实权啊，年纪轻轻就到了市局核心部门，

---

① 东搞西搞，方言，指没有目标，不做正经事。

了不起了不起，梁队，你的崽可比你有出息多了！"肖拐子打着哈哈，频频向父亲点头。

父亲顺手从肖拐子手里拿过弹簧刀，看了看，递给我说："刀不错，喜欢吗？"

我心领神会，马上对肖拐子说："送给我吧，我一直想要一把这样的刀。"我将刀放进裤兜，与钱包一起，紧紧捏在手里。

肖拐子一下愕住了，忙伸过手来要刀，"下次给你带把更好的。"他着急地说。

父亲闭着眼睛说："老肖，不就一把刀嘛，莫搞得这么小里小气。"

父亲很快就睡着了，隆隆的鼾声，居然比汽车马达还要威武。大概是受了感染，消停下来的肖拐子，没多久也歪着脑壳睡着了，嘴角流下的涎水，丝丝缕缕地滴落到父亲的衣袖上，而左脚那根松散的鞋带，被他在过道里拐来拐去时踩得脏兮兮的，上面还沾了一团浓痰，看得我恶心死了。我赶紧又低头玩起手机。

车到永安镇，司机停了下来，回头朝肖拐子大声喊："那个谁，说到这里有点事的，快下去！要上厕所的抓紧时间，等大家五分钟。"肖拐子惊醒，拖着一条瘸腿，几下就蹿下汽车。我看到一个手臂上纹着青龙的高个子，抱着一身肌肉，站在街边理发店前，听肖拐子神神鬼鬼[①]地说什么，两人的目光还不时地射向我和父亲。我想下车去解手，父亲按住我说："别下车，再忍忍，快到省城了。"我说："我不怕他们。"父亲说："每人面前都有三

---

① 神神鬼鬼，方言，指神神秘秘。

尺硬地,这是别人的地盘,小心驶得万年船。"

见我们没下车,肖拐子带着那条青龙,走向我们的车窗。青龙的右手,慢慢插进裤袋子里,像要掏出什么东西。父亲小声说:"注意头部和玻璃。"说着很快将背包甩到我胸前。肖拐子走了过来,笑眯眯地说:"梁队,你们不下来透透气,抽支烟?"青龙从裤袋里摸出一盒芙蓉王,抽出两根微笑着递给我,我笑了笑,有点紧张地摆摆手:"不会抽。"父亲也笑着朝他点了两下头。青龙把烟收起,手又伸进了屁股袋子里,父亲睁大眼睛望着他,他在背后摸索了一阵,掏出的,却是几张百元钞票。肖拐子接过钱,叮嘱青龙说:"记得马上给老三打电话!"

汽车开动后,肖拐子又变得不安分起来,先是挥舞着几张钞票向父亲炫耀:"五百元,老九这个月的孝敬费。"接着又开始没完没了地恐吓,说老三会带一大帮兄弟到东站迎接我们,想要弹簧刀?他们多的是,带槽的,不沾血的,杀得死牛的,都有,等下有兴趣完全可以试试。至于省城,那更是他饭碗里的菜。"想要谁的钱,手一搓就进了我荷包;想要谁的命,不管躲在哪个角角落落,我都寻得到!"

父亲没有再睡觉了,也不再跟肖拐子在言语上较劲,他"嗯""哦""啊"地应付着这些上不着天下不着地的牛皮话。但我看得出来,随着省城越来越近,父亲的神情还是显得愈来愈严峻,尽管他极力想让自己平静。我对父亲的表现有些失望,怕什么怕?省城不是你的地盘,但你的崽可在这里待过整整五年啊！两个公安机关的人，还畏①了一伙打流②的？万一出了什么问题，我相信自己也有能力摆平，毕竟，这里还有我不少当警察的同学。

我安慰父亲说："我这次要好好跟同学聚聚，他们都在公安系统，混得不错。"

父亲高兴地说："好啊，你不是说要到远大路派出所的同学那吃中饭的吗，干脆要他们都过来。"

我一怔，远大路派出所我哪有同学？我又什么时候说过要去吃中饭？但我一瞬间就明白过来，父亲是不敢到东站下车，想提前到远大路下。我对父亲简直是失望至极，你怎么就这么没泡③呢？光天化日、大庭广众之下，几个流打鬼能把你怎样？你怕肖拐子真有这么牛，他是吓唬你的，要的就是你畏他，好让你今后在他面前矮三分，不敢再管他的闲事。

从小到大，父亲都是我眼中的英雄，我也像镇里的人一样，一直发自内心地敬重他、佩服他，甚至是畏惧他，但今天这个事情，却让我看到了他的胆怯和懦弱。他的英勇和豪强，原来都是有边界的，离开了自己的地盘，就什么都不是了，卑微得如同一粒看不见的尘埃。正午的阳光，从车顶的天窗打落到父亲身上，他脸上的每一条纹路，都在我眼中纤毫毕现。空气中无数的尘埃，也在阳光的照射下，一粒粒裸现无遗，在透明的光柱中，惊慌失措地四下奔逃与躲藏，我都有些分不清，这里边，哪一粒是肖拐子，

---

① 畏，方言，指害怕。
② 打流，方言，指不务正业的人。
③ 没泡，方言，指没用、不靠谱。

哪一粒是父亲。

我们在远大路下车的时候,肖拐子扯住父亲说:"老梁,你怕我们在东站吃了你啊!"

父亲甩开肖拐子的手说:"我怕你们?叫你兄弟到东站等着,我吃完饭就过来!"

肖拐子摇着头,无可奈何地看着我们起身。他的脸上,一半是得意,一半是失望。快到车门时,父亲突然停住,回过头,紧紧盯住站在过道里的肖拐子。我以为他要丢几句狠话,但他只指了指那根松散的鞋带。肖拐子一脸尴尬,赶紧蹲下去系。父亲默然走出车门,他的脸上,一半是胜利,一半是不安。

我们从远大路坐上了开往省肿瘤医院的公交车,父亲还在慌张地左右顾盼,他把外衣解开,故意露出腰间的手铐和带警徽的皮带。一路上,他的眼睛始终警惕地望着车窗外同向行驶的摩托,每当公交车到站上下客,他都要把一只脚跨出座位,一副随时准备奔逃的样子。不单把自己搞得紧张兮兮,他还不断地暗示我,要把东西看牢,要给自己预留退路。我突然觉得这个老英雄很可笑,也很可怜。但公交车一过荣湾镇,进入咸家湖地带,父亲就轻松起来了,他指着街边的楼房说,这栋房以前是个菜市场,那个药铺以前是饭店……我知道,这里离肿瘤医院很近了,他曾在这里生活了几个月,这是他熟悉的地方,用不着紧张。

在城郊的肿瘤医院下车后,父亲步伐矫健,一个人熟门熟路地往前冲,我背着包,远远地跟在后面,他根本就不回头望我一眼。沿着肿瘤医院前面的小街,行进了二三百米,父亲走向安康旅社,人还没进门,就高声呼喊:"我又来了!"风韵犹存的老板娘从服务台后站了起来，仰着一张粉脸，笑得有些夸张："啊哟，是梁队哦，怎么才到啰，都快两点了，想死我了！"父亲随意地抓起几粒桌上放的瓜子，嗑了起来，吐出几块壳："他娘的，在车上处理一个小扒手，耽搁了点时间，要不早到了。"老板娘"啧啧啧"地说："来复查身体还不忘捉扒手，你真是厉害！"父亲谦虚地说："有什么办法呢，吃了这碗饭。"他示意我把弹簧刀拿出来，好让老板娘见识见识他的辉煌战果。"一个回合，就让我缴械了！"他轻松地说。

这是一个小旅馆，三层，一楼是餐厅，二楼、三楼大约有十来间客房，房客都是住不起肿瘤医院，只得就近住下去门诊做治疗的病人。六年前父亲来治病，在这里住了几个月，每天除了按时到门诊做一次放疗，其他时间就在周边四处溜达，或是与老板娘打点小牌，对这里的街街巷巷，他熟悉得就像是我们镇上。

我们在餐厅吃了点饭，回到房间后父亲往床上一躺，说想睡一觉，车上根本就没睡好。这些年我每年都要请假陪父亲来复查，知道要空腹验血，检查只能第二天上午去，下午基本没什么事。每次来，下午我都进城去玩，一来是待在旅馆里无聊，二来是不想让父亲轻看我在省城的河路①。我说："你睡吧，我要出去找同学玩。"父亲挥挥手说："去吧去吧，吃了晚饭早点回，不要去唱歌。"我迟疑了一下，说："你不要一个人走远了啊，不安全。"父亲从床上坐起，说："你这么说倒提醒了我，来来来，把钱放到我身上。"这次我们带了三千六百元钱，按以往的经验，

---

① 河路，方言，这里指门路、办法。

只要没查出问题,一般花三千元钱,就可买到吃半年的药。我数了六百元钱自己留下,其余的全交给了父亲。父亲把钱夹到封面印有警徽的临时工作证里,放进了贴身的荷包,说:"去吧,没事了。"我有点不放心,又叮嘱他一定要小心,父亲不高兴地说:"在这里我还会翻船?你自己注意点!"

我在街边犹豫了半天,不知到哪里去,最后还是上了开往定王台书市的公交车。到市局做临时工后,我一直不想跟同学联系,前年陪父亲来复查,曾跟几个同学、同事见过一次面,但他们的忙碌和冷漠,至今让我心寒。后来我就每次都到书市去看半天书,挨到①天黑再在街边吃一碗面条回旅馆,但父亲一直不知道,他总以为是同学在豪华酒店宴请我。

我照例来到定王台看了一下午书,照例在街边小店吃了一碗面条,又坐在店里玩了好久的手机,挨到天黑才回去。我刚从定王台上公交车不久,手机就响了,看号码,是省城的座机,但一点也不熟悉。在人海茫茫的省城,我就像一粒看不见的尘埃,谁会记起我呢?我认定是别人打错了,没有理会,继续坐在车上往回走。过了几分钟,手机又响起来,还是那个号码。会是谁找我呢?我没有告诉任何同学我来了省城啊。我将同学和打工时的旧同事的身影,一个个地从脑海中进行检索,确信他们都不会主动与我联系,正在疑惑时,刚刚断掉的铃声又接连响起,我意识到,肯定是父亲遇到麻烦了!忙着急地按下通话键,手机却震了一下,黑屏了——我玩了差不多一天手机,早就快没电了。

---

① 挨到,方言,指等待。

我心急如焚地想，父亲会出现什么状况呢？难道是身体不舒服？这应当不大可能，他虽然患了鼻咽癌，但治疗后从没出过大问题，身子一年比一年好。要不就是被车撞了？这似乎更不可能，父亲从来就畏惧汽车，怀疑每一个司机的技术，看到车来了，老早就躲得远远的。那，只能是被肖拐子缠上了，对，肯定是肖拐子带人找到了他！我着急地把手伸进口袋，颤抖着摸出警校同学录，一页页地狂翻，准备一下车就打电话，让他们赶快带人来。人命关天的大事，我已顾不上自己可怜的面子了。

我从公交车上下来时，安康旅社那边一片平静，根本没有出现我想象中的混乱场面。我正东张西望，站在不远处公共电话亭的父亲看到了我，像盼到救星一般，大步朝我跑来，又是喊叫，又是挥手。

"你怎么才回来啰？我的钱都不见了！"路灯下，父亲的脸色一片灰暗，就像得了急病一般，吓死个人。

"啊，钱不见了？什么时候丢的？"我也惊得心里发弹[1]，着急地问。

父亲告诉我，他睡了一觉起来后，时间尚早，就下楼跟老板娘聊天，又在街边跟人下了两盘象棋，然后荡到肿瘤医院门诊大厅，看明天骨科哪个教授当班，回到旅馆吃完饭，一摸荷包，才发现工作证和钱都没了。"再没到哪里去过啊，该找的地方都找遍了，什么都没有，唉！"父亲摇着头，叹气。

我瞬间认定，这钱是被肖拐子派来的扒手弄去了，而且八成

---

[1] 发弹，方言，指发慌、紧张、不安。

是在门诊大厅这个人多拥挤的地方。

父亲说:"不可能,肿瘤医院是望城帮的地盘,肖拐子和浏阳帮瓜分的是东站,这里根本插不进来!他……不会有这么大的本事吧?"

其实,不管是望城帮,还是肖拐子,即使是他们偷了钱,只要没当场抓住,就毫无办法。父亲这个专抓扒手的联防队长,应当比我更加清楚,我只得安慰他说:"丢了就算了,先回房间吧。"

父亲有些不好意思地望了望我,小声说:"你千万不要跟别人说啊,跟你娘也不要提。"

在旅馆一楼,父亲要我付了十几元钱饭钱给老板娘,打着哈哈说:"钱包放在崽身上呢。"他好像什么事都没发生过一般,但一进入房间,脸色又灰暗起来,不停地唉声叹气。这可真是个麻烦事啊,没有钱,明天怎么买药?没有药,父亲的病就会出问题。当然,先少买一点,过个把月再来一趟也不是不行,但以我对父亲的了解,他是绝对不会一年之内来复查多次的——突然加大频次来医院,无论怎么解释,都会被人误认为他的病复发了,联防队长的差事,就极有可能会丢掉。更恼火的是,这些抗癌药只有肿瘤医院有,而且处方还只当天有效,就算今后我独自一人来,也根本解决不了问题。何况,我也没有钱,这次带来的三千多元钱,还是想尽千方百计才找同事借到的。

父亲靠在床头,垂头丧气地问:"你还有办法没?"

我哪有办法,但好歹在这待过五年,在父亲眼里,这也算得上是我的地盘吧,所以我故作轻松地说:"没事,我找同学去借。"父亲的眼睛闪过一道亮光。

我斜躺在床上，一声不响地抽烟，找谁去借呢？我把那些熟悉的名字，一个个地排队，结论是找谁都不合适。是的，我曾与他们朝夕相处，曾与他们称兄道弟，曾与他们情同手足，但时间早已将这些埋进了历史的深渊。现在，我们天各一方，久不联系，都在暗中用劲，力争上游，谁都会说自己过得相当舒坦，贸然去找他们借钱，极有可能不但得不到帮助，反而给人留下笑柄，让人更加轻视，说不定到明天早晨，全班的同学都知道我穷困潦倒，一个个躲都躲不赢①，这叫我将脸往哪搁？情何以堪？

看到我一老②不动，父亲望了我几眼后，终于说话了："不方便就算了。"

我坐了起来，说："方便倒是方便，问题是，我刚刚还跟他们在一起吃晚饭，说自己过得很不错。一转背③又去借钱，我……开不了口。"

"唉——"父亲长叹一声，说："跟我一个样！没事，不要找他们借了，就用你那几百元钱，多买些肿节风算了，我节省点吃，混个半年没问题。"肿节风是最基础的抗癌药，一大包才几十元钱，但效果不是特别好。看到父亲满脸的憔悴和无奈，我突然想哭，感到自己实在是太没用，太无能，太虚荣。为了一个看不见摸不着的面子，居然不顾血肉亲情，将父亲的生命当作儿戏，真是太混账了！我决定用父亲的手机马上给同学打电话。

父亲用的是一台老式手机，性能不是太好，出于职业习惯，他

---

① 躲不赢，方言，指躲不及或忙不迭地躲开。
② 一老，方言，指一直、总是。
③ 一转背，方言，指刚过一会儿、转眼间。

总要让手机的电量时刻充足，因此没事就充电。刚才钱包丢了后急晕了头，又怕老板娘看出端倪，因此就在外面用公用电话打给我。

父亲从充电器上取下手机，正要递给我，手机却响了起来，他低头报出了一串号码，我一惊，说："这是楼下那个公用电话亭的号码，你刚才打过我的电话。"

我们两个都惊呆了。

在省城，谁会打父亲的手机呢？又有谁知道他的号码呢？没有，绝对没有！唯一的关联，只能是丢掉的工作证和钱。我们都欣喜地想，肯定是有人捡到了他的东西。

我要父亲快接，铃声却只响了两下就断了。父亲回拨过去，占线。过一会儿，又响两下，回拨，又占线。

我和父亲急忙冲下楼，奔向电话亭。电话亭昏暗的灯光下，站着一个人，我们看不太清，直到快接近了，才意外地发现，那人竟然是肖拐子！

我和父亲都停下了脚步，但肖拐子已看到我们了，一瘸一拐地朝我们跑来，边跑边大声地呼喊："老梁！老梁！"

我警惕地朝四周看了看，发现电话亭的背后和小街对面的树影下，隐藏着十几个人，他们都骑坐在摩托车上，朝着我们张望。父亲显然也注意到了，他推了我一下说："快回去，找老板娘！"

我刚想转身奔跑，肖拐子手一挥，十几柱摩托车灯光，瞬间雪亮地射来，刺得我睁不开眼睛，还没等反应过来，"轰轰轰"的一阵响，十几台摩托车已蹿了过来，将我和父亲团团围住。这架势，长到这么大，我还从来没有遇见过，心一下就怦怦地狂跳起来，牙齿也不由自主地"咯咯"直响。

父亲惊恐地说："老肖！你搞什么名堂？！"

肖拐子用手撑着腰，歪着个脑壳，气喘吁吁地说："你们跑什么跑啊？中午要你们在东站下，你们又不肯，害得我带着兄弟们横穿整个城市来找你！"

父亲说："找我干什么？找我又不用自己的手机打电话？"

肖拐子歇了口气，说："用我的手机你们会出来吗？嘿嘿，你要是现在没来，我等下也有办法找到你。你难得到省城来一趟，到了我的地盘上，我总不能失礼吧？走，消夜去！"他指了指摩托车，做了一个请的动作。

父亲摆摆手说："我身体不好，夜里从不吃东西。"

肖拐子说："不吃东西也要去坐坐！你不能让兄弟们白跑一趟！"

我明白，今天晚上，无论如何我们都脱不了身了。我前后左右望了望，发现小街一片黑暗与静寂，除了电话亭的一点微光，就只有三四百米外的一家夜宵摊还有几盏灯火，街上不见一个人影，连过往的汽车都没几辆。

父亲想了想，用手指指那个夜宵摊说："这样吧，我们就到那里去，这么晚了，难得跑。"他又望了望我，"你同学喊你消夜，你就去他们那边吧，不要管我们。"我知道父亲是要我脱身去搬救兵，忙点头说："那我先去了啊。"肖拐子一扭身摆过来，箍住我的肩膀说："不要走，跟我们一起去！"

肖拐子要我们上摩托，父亲坚决不肯。摩托开着大灯，呈半月形包围着我们，我们三人行进在光影中，肖拐子两手张开，一摇一摆，像是在划水，那只跛脚上的鞋带，没走多远又松开了，踩得黑不溜秋，像一段破败的历史粘在脚上。我估计不是他没系紧，而是不平衡所致。这种功能性缺失带来的麻烦，肯定遍布他的日常生活。明明知道穿这种鞋不方便，他还要穿，他是想以此牢记自己的仇恨与耻辱？

我们来到夜宵摊，摊位前还有三四个食客，摊子斜对着的一个小区，值班室坐着两个保安。父亲的神情放松了不少，他像是对肖拐子又像是对我说："这是肿瘤医院的家属区，保安队长老王是浏阳人。"

肖拐子指挥手下，将四张方桌拼成一条长龙。他拉着父亲，在长龙顶档的两个位子坐下，又示意我坐到他旁侧的第一个位子，其余的人，则依次坐到两边。肖拐子指着他的兄弟们，一个个向父亲介绍：老三、老四、老五、老六……我突然莫名其妙地想到了市局的会议室，想到会议室的那张长条会议桌，想到威风凛凛坐在最当头的局长，以及按职务高低分坐在两侧的常务副局长、副书记、副局长、纪检组长……身份和等级，在哪里都一样啊！

坐在我对面的老三，伸手在耳边打了个响指，吩咐肥胖的女摊主："赶快给老子搬七八件啤酒来！"

父亲脸上一惊，对肖拐子说："搞这么多干什么，我不能喝酒，他不会喝酒。"

肖拐子淡淡一笑："老梁，你今天到底是怎么回事呀？一点儿不像平日在镇上的风格！几杯酒，会搞死人吗？老三，少了再搬！"

肖拐子端起一杯酒，站起来对父亲说："老梁，梁队，梁大哥！今天你到省城来了，我先代表镇上的'八大金刚'，感谢你多年来的关照！"说完斜眼瞥了父亲一眼，一仰头，"咕噜咕噜"喝个精光。

父亲有些尴尬，犹豫着站了起来，端起酒杯说："老肖，患病以后我滴酒不沾，但今天难为你这么客气，这杯酒我喝了！喝完这杯酒，再就随意，好不？"说完也把酒喝了。

肖拐子竖起大拇指，望望老三，又望望全部兄弟，说："怎么样？梁大哥讲义气不？"

老三带头鼓掌，兄弟们也跟着把巴掌拍得"啪啪"作响。

肖拐子给父亲把酒加满，再给自己倒了一杯，举起酒杯说："这杯酒，我代表省城的兄弟们敬你！"

父亲说："真的不能再喝了，我一个癌症底子①，喝酒要出大事的！"

肖拐子说："没事啦，酒精消毒，专杀癌细胞。你不会看不起兄弟们吧？"父亲摇摇头，又把满满一杯酒，倒进了喉咙。

紧接着，肖拐子又端起了第三杯酒："这杯酒，是我肖争武自己敬你的，感谢你让我的事业发展到了省城，如果不是你，我说不定至今还在镇上混！"

父亲的脸有点红了，摆摆手说："争武，话不能这么说……这酒，我再不能喝了，随你怎么说！"

肖拐子捶了捶瘸腿，翻了一下眼皮："喝杯酒又不会断手断脚！"

父亲看了看肖拐子的左腿，看到了那根像烂腌菜一样的鞋带，

---

① 底子，方言，这里指老毛病。

有一丝愧疚从眼中飘过,想了想,说:"这杯酒,是我欠了你的,我喝!你如果再敬,我马上就走!"

肖拐子站起身,朝老三丢了个眼色,说:"好!我不敬你了,休息一下,兄弟们,给我陪好梁大哥。"

兄弟们全都"啪"地站了起来,每人端着一杯酒,在老三的带领下,整整齐齐在父亲面前排好队,准备一个接一个地来敬酒。我数了数,总共有十五个人,只需每人敬一杯,一轮下来父亲就会出大问题。肖拐子明明知道父亲是癌症患者,不能喝酒,还故意这样搞,显然是想用这种阴毒的方式报仇雪恨啊!

我望了望得意扬扬站在摊位前的肖拐子,着急地对父亲说:"你不要喝!"

父亲微笑着对老三说:"兄弟们一起来,不要单独敬。"

老三说:"您是老大的大哥,也就是我们的大哥,一起敬,没这规矩。"

父亲坐着不动,捻过一粒花生米,丢进口中。

肖拐子走了过来,鼓起一对血红的暴眼,伸出瘸腿,对准老三的膝弯,狠狠地踢去,老三一下就跪倒在父亲面前。肖拐子骂道:"不懂规矩的东西,有这样给大哥敬酒的吗?给老子矮倒!"一瞬间,后面的所有兄弟,全都"扑扑"地跪了下来。肖拐子朝父亲笑笑:"梁大哥,让你见笑了。"

父亲被眼前的场景惊呆了,连忙站起身去拉老三:"快起来,兄弟们都快起来,哎呀,你们这样真是折杀我了!"

老三跪在地上一动不动,把个酒杯高高地举过头顶。肖拐子静静地望着父亲,父亲有些束手无策。

我冲了过去，端起父亲的酒，说："各位大哥快起来，这酒，我代父亲喝。"

老三抬起了头，望望我，又望望肖拐子。坐在父亲身边的肖拐子，扯了扯父亲的衣角，示意他坐下，打着哈哈说："好！还是警令部的年轻警官有泡！"

我一杯接一杯地与肖拐子的兄弟们单干，每喝一杯，父亲就痛苦地皱一次眉。平时我从不在父亲面前喝酒，他一直以为我不会喝，其实早在警校读书时，我就学会了，七八瓶啤酒，根本不在话下。当与最后一名兄弟喝完，我尽管感到肚子有些胀，但看到目瞪口呆的肖拐子，我和父亲都十分高兴。

我在街边的树影下丢完一泡尿回来，发现父亲面前又跪倒一片。肖拐子嚼着一片牛肚，得意扬扬地看看父亲，又充满挑衅地看看我。我将外衣脱下一甩，端起酒杯说："来来来！"

我知道这样傻里傻气地喝下去也不是个路①，喝完了这一轮，还会有下一轮，会没完没了地搞下去，不把我搞倒他们是不会罢休的。但如果我现在就倒下，又担心丢父亲的面子。我想，搞完这一轮，就装醉倒下，结束这场鸿门宴。

这时，父亲突然站了起来，抢过我的杯子，推开我说："你走，我来！"我知道，在父亲的心中，儿子是他最重要、最不可侵犯的地盘，从刚才肖拐子同意我代酒的态度来看，他的目的并不是要伤害父亲，更不是要伤害我，而是想通过整我让父亲屈服和低头——只要父亲也像兄弟们一样，跪下敬肖拐子一杯酒，一切就

---

① 路，方言，这里指办法。

摆平了，过去了。父亲平时把公安的威信和人格的尊严看得比天都大，但现在，为了儿子不受委屈，难道他要牺牲自己一贯认为最宝贵的东西？

我紧张地看着父亲，生怕他做出荒唐的选择。

父亲果然在肖拐子面前弯下了腰，他花白的脑壳，都快伸到肖拐子的裤裆了，肖拐子红光满面，眼睛里闪耀着快意的光芒，而我的耳边，则传来肖拐子兄弟们的惊呼与窃笑，我只觉得眼前一片昏暗，腿脚无力地瘫倒在地上。

父亲矮下去了，矮到只有半个肖拐子高。我痛苦地闭上眼睛，不想看到这幕耻辱的场景，但很快又愤怒地睁大，好让自己永远牢记。然而，我发现父亲并没有跪下，而是蹲坐到地上，把酒杯放到肖拐子脚边，拾起散开在地上的鞋带，用手轻轻地捋去上面的脏物，然后细心地穿过鞋帮的带眼，牢牢地打了一个结，并顺手把鞋面上依附已久的灰尘，拍得干干净净。

肖拐子和他的兄弟们，都对父亲的行为感到意外和震惊，全部定定地望着他，没有一个人再窃笑或做声。

父亲拍拍屁股，端起酒杯，站了起来。肖拐子赶紧起身，搀扶住父亲。我躺在地上，发现一直觉得并不高大的父亲，居然比肖拐子高出整整一个头。

父亲加满酒，要敬肖拐子和他的兄弟们。肖拐子轻轻把父亲的酒杯拿下，喝骂着让兄弟们坐回去，他左手与父亲紧紧相握，右手从裤袋里摸出一个信封，递给父亲说："这里面是三千元钱，你生病后我一直没来看望，在镇上汽车站碰到你，我就寻思今天要在省城补上这个礼。"

父亲先是惊愕,然后是惊喜,再后是惊疑,他指着信封问:"下午在门诊大厅弄的?"肖拐子说:"梁队,本不想跟你说实话,但你今天把我当人,给足了面子,我也不能唬你,实话跟你说吧,我记你的仇,也敬你的人,今天原本是仇也要报,礼也要送,嘻嘻,现在两码事变成一回事了……你放心,这钱干净,是兄弟们凑的,在永安镇,老九借给我五百元,你也看到了。"父亲摆着手说:"这不是我的钱,我不能收!"肖拐子说:"三十个兄弟,平均也就一人一百元,会犯错误吗?再说,我们今后也不会给你添大麻烦,省城是不好混,但我们饭还是有吃的,你总不能刚给我面子又抽我耳光吧!"父亲迟疑了一下,接过信封说:"这……这怎么好意思。"其实,多年前父亲刚刚当上联防队长,肖拐子就带领"八大金刚",不断来我家送礼,但父亲从没收过。今天,他到底是为了解决自己的难题?还是真体恤起了肖拐子他们的难处?

肖拐子说:"都在世上混,都是兄弟,我们有分寸,不会把事做绝,你不必见外。"

父亲点点头,双眼潮红:"出门在外,不容易啊!"

肖拐子的兄弟把我弄上摩托车,父亲仍是坚持要步行回去,十几辆摩托车的车灯一齐打开,汇聚成一道雪亮的光束,如一柄长剑,将夜色捅开一条通道,父亲与肖拐子肩并着肩,摇摇摆摆行走在光束中,摩托车跟在他们身后,慢慢向前移动。这时我又看到,无数的尘埃,在光影里急速地翻飞,它们是那么的明亮,又是那么的卑微。

(原发《啄木鸟》2016年第8期、《小说选刊》2016年第9期选载)

最后的种子

一

这一天是秋分。往年这个时节，该开始秋收了。

房间里有些暗，奶奶的眼睛却很亮。自谷雨摔伤后，她已在床上瘫了小半年，一直迷迷糊糊，昏昏沉沉，九十岁的老骨头了，终究经不起折腾，油尽灯枯是早晚的事。这天清晨，她却突然精神起来，声音硬朗地提出要吃烧茴。这可让我们为难了，尤其是父亲，脸都吓得寡①白。

烧茴就是烤红薯。我们这里是个山区，田少，漫山遍野多的是茴，而且跟别处的不同，皮是白的，肉也是白的，样子像个长

---

① 寡，方言，这里指程度，特别、非常。

萝卜，水灵极了。早些年，苘是我们主要的食粮，我们都是吃苘丝饭长大的，特别是奶奶，差不多吃了一辈子。照理说，想吃个烧苘，又不是什么高级食品，煨一个给她就是了。问题是，如今村庄里水稻都没人种了，哪里还有苘？更严重的是，如果拿不出苘，瞒了奶奶小半年的事情，就将彻底穿帮。

奶奶显然不知道底细，高兴地说："大丫，没想到娘走之前还能吃上苘吧？"

大姑垫好被子，又加了个枕头，在二姑的帮助下，小心地抱起奶奶，让她靠躺到床头。奶奶已好几天没有进食了，身子轻飘得像一团棉絮，大姑鼻子有些酸，话却说得喜庆："哪里呀，娘想吃苘，年年都能吃，吃到百岁都没问题哩。"

奶奶望了一圈满屋的子孙，平和地说："不行喽，好不容易才撑到今天，明年你们也不会种了。"

父亲低下头，局促不安，不敢看奶奶。奶奶没注意到父亲的神情，沉浸在对烧苘的期盼之中："秋分挖的新苘，香啊，记得多煨一把火，多淋一些麻油。"

大姑朝父亲递了个眼色："你还不快去！"

父亲沉默着，走出奶奶房间，长长地一声叹："哪里有苘呀！早知如此，还不如随她种去！"

奶奶是因为种苘，遭到父亲的反对和破坏，为抢救她的苘秧而摔伤的。

这些年来，村庄的田地，慢慢都荒芜了，长满野草，像一块块伤疤，破败地嵌在漂漂亮亮的楼前屋后。村庄里的青壮劳力，大都在城里做事、赚钱，留守下来的人也只是聚在一起打打牌，买买码,吹吹牛皮,没有谁去干农活,更没有人还会种茴。但奶奶却一直坚持种,年年都种,不声不响地种。一个八九十岁的老太婆,儿孙满堂,有吃有穿,居然还劳神费力,去种这种早就没人吃了的作物,真是奇怪!这事竟然成了村庄里的笑话,传得很远。我们后辈,一方面觉得没有面子,另一方面又担心她摔跤,轻言细语、苦口婆心地劝了她多年,就是不听。父亲很恼火,见好言劝阻不了,决计用点手段,好让她无可奈何地放弃。他先是在贮藏茴种时,故意不封茴窖,想让茴种冻坏,腐烂掉;接着又悄悄把牛放到茴地里,想让茴秧变成牛粪;后来又鼓动邻居,称要把茴地挖成鱼池;最后偷偷把田埂的缺口堵上,想让大雨把茴秧淹死。哪曾想,他的这些小诡计,根本奈何不了老太婆,最后不单没阻止住奶奶种茴,还害得她雨夜摔伤在茴地里,而且还给自己惹了一个麻烦——现在,他到哪里去搞一个茴来?那一小块茴秧,在奶奶瘫倒在床后,早就被他全部拔掉,偷偷丢到粪池里,沤得稀烂。当然,奶奶并不知道,她还以为那把最后的茴秧,正在田地里疯长呢。

我们全都望着父亲,大姑二姑的眼睛里,还有愤怒的火星在闪烁。到哪里去搞一个茴来呢?父亲喃喃自语,急得直抓头皮,灰白的头发瞬间像他的心情一样凌乱。

其实,茴还是有的,而且很多,十几里远的镇上菜市场,硕大的红心薯,小巧的紫皮薯,漂亮的日本黄金薯,码得整整齐齐,应有尽有。但这些稀奇古怪的货色,并不是奶奶要的东西。她要的是本地茴,皮薄,肉厚,白白嫩嫩、地地道道的本地茴。

严格说来,本地茴也不是本地的,它的娘家,很远很远,据说在广西往外的越南。二百七十多年前，那时叫乾隆五年，一个叫谢仲元的广东阳春人，到我们这里当了知县。看到山民一年四季挨饿，就从老家引进了一些"安南莔"，亲自开荒挖土，指导山民种植。第一年收获的莔，谁都不准吃，全部留下做种，第二年，漫山遍野就爬满了墨绿的莔藤。莔这东西，根块可当饭吃，特饱肚子；嫩叶可做菜，味道不差；藤可喂猪、喂牛，很是长膘；连兜子都可酿酒，香气浓烈。也许是上天的眷顾，原产热带的"安南莔"，像是在我们这里找到了好婆家，贫瘠山地里长出来的莔，居然又白又嫩，又大又长，产量大得惊人，比原产地都高多了。更奇的是，外地人闻讯引种过去，虽然也能成功，但品质、产量都远远不如我们这里。慢慢地，"安南莔"就叫成了本地莔，似乎它从来就是这里的。上天真是公平，给了你一块贫瘠的土地，又不忘补偿你一个优质的特产。从此以后，山民们再也不怕挨饿了，而且生活得多滋多味——多年来，种莔，养猪，酿莔兜酒，成了我们这里的传统——吃着莔丝饭，嚼块熏腊肉，咪[①]口莔兜酒，这样的日子，谁能说不好呢？几百年来，莔在山里扎根生长，绵延不绝，在它的滋养下，山民们也代代传承，生生不息。我们每一个山里人，都是大山的孩子，也是莔的子孙。只是这些年来，莔的子孙门路广了，腰包鼓了，渐渐把这个老祖宗忘记了，抛弃了。要不是奶奶年年坚持种，它早就灭绝了。可是，现在奶奶的莔地都被毁了，哪里还会有本地莔呢？

无论如何，也得去找一个莔来。要不然，奶奶会多么失望，

---

① 咪，方言，指喝。

多么伤心！我们满屋的子孙，又如何能够安心？

父亲沉思了一会儿，挥手让我们过去。我们这个家族，如今四世同堂，除了大伯前几年逝去，近百名子孙齐齐斩斩①，且几乎都在城里工作，听说奶奶不行了，这两天才陆续从四面八方赶回来。父亲说："你们后生子两人一路，就是跑遍全县的每个角落，也要给我找一个苗来！"

十几辆小车从地坪里鱼贯而出，像一条长龙，浩浩荡荡，急急忙忙地奔向远方。秋天的田野很空旷，我们的车队显得愈发壮观。奶奶安详地靠躺在床头，眼睛明亮，微笑着听后辈们说话。她要是看到这个场面，会想些什么呢？

二

奶奶这么老了，为什么还要种苗？这真是一个长长的话题。父亲说："她呀，连名字都叫苔叶，只怕前世就是一个苗！"

其实，奶奶原本并不叫苔叶，也不是本地的。她的娘家，在县城。

她在县城出生，到青石巷念过老书，也到北正街上过新式学堂。但她在县城只生活了十二年，在我们这个山旮旯里，却生息了七十八年。七十八年里，她再也没回去过。县城，早已没了她一个亲人，只剩下疼痛的记忆。

县城里长大的奶奶，做梦也不会想到，她会落到这个穷乡僻

---

① 齐齐斩斩，方言，指齐全。

壤，做一辈子的农民。她想过去上海读大学，到南京或北平做教授，住在洋房里，研究学问，兴趣来了，也做几首小诗。她这些美好的想法，真不是白日做梦，如果不是后来的变故，九十岁的奶奶，现今肯定居住在大都市里，戴着金丝眼镜，喝着现磨咖啡，安静地坐在阳台上，读书，看报，让暖暖的秋阳，把她的幸福照亮，哪里还会想着一个烧苗！奶奶的家族，是县城的大户人家。小西门整整一条街，都是她家的产业。清明节，一家老小回祖祠祭祀，几十里的路程，不需走半寸别人的田地。她有六个亲兄弟姊妹，加上叔伯的子女，全家有三十多口人。那时节，说起西街刘家，没有人不羡慕。然而，这个显赫而庞大的家族，一夜之间，稀里哗啦，就差不多成了绝户。

是她的父亲，给家族带来了灭顶之灾。她父亲在省城读书时参加了革命，回到县里后，谋划了著名的"三月扑城"事件，带领部队，差点攻下县城。她父亲牺牲时，已当上了工农红军团长。家里人惨遭杀害时，奶奶和小她两岁的弟弟，正躲在我曾祖父家，成了刘家仅剩的两棵嫩苗。

奶奶常常说，要不是她父亲提前把他们送到这里，那就真的全完了；要不是山里的苗，她和弟弟也早就死了。说起苗，奶奶总是充满感情，就像在说自己的亲人。

他们叫曾祖父和曾祖母干爷（爸）干娘，叫大她一岁的我爷爷为细哥。曾祖父是一名郎中，医术了得，与奶奶的父亲是好朋友，尽管家境不错，但仍像山里的每家每户一样，餐餐都是苗丝饭。苗丝是生苗刨成丝后晒干而来，看上去洁白亮丽，煮成饭却变得发黄，甚至发黑，吃起来木木的，干涩坚硬，难以下咽。弟弟吃不惯，天天又哭又闹，做梦都在说白米饭，说味宝斋的糕点。奶奶也吃不下去，但她不做声，含在嘴里慢慢地嚼，嚼到最后，终于有一丝淡淡的甘甜，从舌尖渐渐生起。奶奶不由鼻子一酸，喉咙发紧，她赶紧闭上眼睛，关住泪水，把颈根伸长，大口地咽了下去。她知道父亲的用意，她得在这地方活下来。曾祖父看在眼里，也不做声，只是把她的名字改为苕叶，把她弟弟改为苕根。她明白曾祖父的心愿，她不单要活下去，还要像苕一样，融入这片山地，根深叶茂起来。望着四面黑压压的大山，奶奶苕叶长久地发呆，她不知道，这方陌生而贫瘠的水土，能否让她和弟弟纤弱的生命安然成长。

　　一天傍晚，奶奶正在灶湾里烧火，一个人气喘如牛地跑来，大声喊道："丘相公，挨户团到处打听你的住地，已经到了松树坳！"曾祖父一惊，塞了一块光洋打发走来人，赶紧抽了一条长手巾，包了一团苕丝饭，递给奶奶说："快到苕窖里去，千万莫回来！"

　　苕窖在后山。山上长满了香樟、油茶、山杉、马尾松，阴翳蔽日。一个个的苕窖，就藏在林子间，它们向着山体平挖进去，开口不大，只容得一人弓腰进去，里面却像一个小房间。一到冬季，各家各户就把苕种放到里面，再用草砖封住洞口。如果不是本地人，根本不知道山上有这么多秘密。奶奶知道。开春的时候，她和干娘来取过苕种，当时她还说，这地方真好躲兵啊。她带着苕根钻进苕窖时，挨户团的人找到了曾祖父家。

　　曾祖父在地方上名声不小，且与人友善，与各色人等都合得来。他骑马到匪窝里治伤，也坐轿到区党部诊脉，还贴钱给穷人抓药。匪首李三、保长何德清、共产党员方鉴真，都是他的朋友。挨户团很客气，笑着打问他是否收养了共党头子的孩子，曾祖父一面热情地备餐留宿，一面坚决否认。挨户团在屋里转了个遍，没发现半点蛛丝马迹，也不再多说闲话，大方坐下喝酒。

这酒一喝就是五天！挨户团的人不蠢，知道山里地形复杂，躲藏的地方多，硬找是找不到的，就想用拖的办法，把两个小崽子逼出或饿死。爷爷急得要发狂，几次想去提饭箩，都被曾祖父用眼色制止。乡亲们也试图去送点吃食，但看到暗处的那些眼睛，只得作罢。曾祖父心里明白，如果被挨户团带走，这两个孩子就只有死路一条；若是硬挺过来了，那还有一条活路。他知道，苕窖里还有一些烂苕，将就几天问题不大，怕就怕他们不肯吃，那倒真是件麻烦事！

五天之后，挨户团的人终于走了，带着曾祖父走了。曾祖母和爷爷大声喊叫着苕叶苕根，冲进苕窖。苕窖里面干干净净，不见一只烂苕，只有四只乌溜溜的眼睛，在眨呀眨，两张脏兮兮的脸，正朝着他们笑呢。曾祖母长长吐出一口气，一把抱住姐弟俩，泪水滂沱，她哽咽着说："我的作孽崽啊！"

奶奶软软地躺在曾祖母怀里，擦去她满脸的泪水，说："干娘，你怎么把味宝斋的软糕藏到了苕窖里？"她声音轻轻的、柔柔的，脸上还漾着微微的笑。那甜甜的笑意，让曾祖母又痛又喜，她欣慰地感到，这个看起来柔弱得像根秧苗的城里小姐，一定能像苕一样，在山里活得葱茏。她哪里知道，苕叶的苦难，才刚刚开始呢，此后的几十年里，变幻的生活，一次又一次把她逼入绝境，而每一次绝处逢生，竟然都是苕的恩典。

父亲站在地坪里,拿着一个手机,焦急地转来转去。大伯在世时,每年都陪着奶奶种茴,父亲很放心;大伯走后,没有其他成年男丁在家,帮奶奶种茴的差事,就落到了他的肩上。他当了几十年的支书,打麻将数一数二,做田土工夫,实在是马虎。奶奶不信任他,叫他帮了几回后,说什么也不肯让他拢边①。她总是系着小围腰,独自一人,不急不慢地在茴地里忙碌。父亲坐在家里打牌,邻家的小屁孩跑进跑出,不断通风报信:老老又下田了,老老满手泥巴,老老蹲到了地上,哎呀,老老不见了。每一个消息,都惊得他分一次神,输一次钱。过路的熟人也在大声招呼:"娭毑②,您真勤快!书记在打牌吧?您停当点啊!"父亲觉得,这些话就像一记记耳光,抽得他又恼又羞,所以才决定采取措施。其实,他是真心想让奶奶安安稳稳多活几年,谁知竟弄巧成拙,搞成了这么个糟糕局面。他多么希望像以前那样,这次也能在茴的帮助下,让奶奶走过鬼门关。他想,只要后生们能尽快找回一个茴,就算奶奶吃了不能好转过来,她也是带着满足放心离去的。他的内心,当然也能少一分愧疚。

他不停地打着电话:

"到了哪里?思村?思村没有?去尚山!"

"长田有没有?什么,茴叶子都没见一片?一伙懒鬼!"

"你跑到县城去干什么?那里只有房子卖!进山,越深越好!"

---

① 拢边,方言,指插手、参与。
② 娭毑,方言,对老年妇女的尊称。

"芦洞应当有吧？地都荒啦？过坳过坳！坳背的古源穷得拉稀①，只怕有！"

"北山也没有？不会啊，北山人喜欢喂猪的呀，哦，都吃饲料了？奶奶的，人怎么不吃饲料！"

……

父亲喊得口干舌燥，筋疲力尽，他没想到，这种以前贱得像狗屎一样的作物，如今竟然稀罕得比黄金还难找。它们不会真的绝种了吧？父亲心中一惊。他先前不要奶奶种茴，奶奶总说："你不种，我不种，那不绝种了吗？"他不以为然，心想，全县这么大，总会有人种的。现在，当事实快摆到眼前时，心却隐隐痛了起来——他终归是茴的子孙！

三

奶奶一辈子最担心的事情，就是怕绝种。

好在这种情况没有出现，她的后代，加上她弟弟的后代，如今人数已经远远超过了当年。

奶奶靠在床头，慈祥地打量着后辈，大姑、二姑、三叔、细叔、大表叔、二表叔、三表叔、大哥、二哥、大姐、四妹……她一个一个地看，看着看着，脸上就荡漾出满意的笑："不容易啊，从两个人，发到这么大一堆！"

二姑说："娘，你受苦了！"

奶奶说："搭帮了茴。"

---

① 拉稀，方言，这里强调贫瘠程度。

曾祖父从挨户团抬回后，在床上躺了三天，再也没有起来。他受了内伤，又染上风寒。郎中不给自己开处方，他吃下大徒弟的药，马上就大口吐血，他感到要拐场①了，忙叫曾祖母把药渣拿来。只看一眼，他就摇头说："准备后事吧，这家伙给我用了反药。"大徒弟出师多年，生意清淡。这次到底是失误还是有意，或是其他的原因，一直是个谜。曾祖父临终前，并没有过多纠缠这事，叮嘱完家人不要外传后，就说不出话了，只能哆嗦着把奶奶和爷爷的手叠到一块，紧紧地握住，流着泪水望着他们。爷爷只知呜呜地哭，没有反应过来，奶奶眼泪一抹，很快点头说："爸——你放心，我会一辈子对细哥好！"曾祖父微笑着闭上了眼睛。

十二岁多的奶奶，从干女儿变成了童养媳。我们这里过去童养媳多，她们也为夫家生儿育女，也对丈夫尽心尽责，但提起那段日月，总是充满了怨与恨。只有奶奶，从来没有这样的心思。她不像她们那样，暗中抵制和拖延圆房，而是心甘情愿地、迫不及待地，一到十六岁，就成了我们家真正的媳妇。

但奶奶很长一段时间没有生孩子。

曾祖父只留下爷爷这根独苗，整个家族的延续，现在都寄托在奶奶身上。奶奶着急起来了，她担心自己的一番好意，最终会害了爷爷，那样的话，怎么对得起为她丧命的干爷？对得起厚待她的干娘？她暗暗决定，如果二十岁还没动静，就自己走人。曾祖母比她还急，她也有一个想法，实在不行，就让两人都去找一

---

① 拐场，方言，这里指糟糕了、出问题了。

个相好。先让爷爷找，不见效果，再让奶奶找，反正，她要一个孙子。她们都把自己的心思，深埋在心底，谁也不说。但奶奶的目光只需与曾祖母轻轻一碰，就看得清清楚楚了。她脸一红，羞愧得要死。

奶奶其实并不爱爷爷。真的不爱。她一直尝试着让自己爱上他，但始终不能。她与爷爷不假思索地结合，完全是一种本能的责任，一种纯粹的道义。她一辈子都叫爷爷为细哥，从来没亲昵地喊出过他的名字，一次也没有。爷爷却是深深地爱着奶奶，爱她匀称的身材，爱她秀丽的脸庞，爱她白净的皮肤，更爱她的文静、端庄，还有清澈。年轻的奶奶待在村庄里，无论穿什么衣服，无论梳什么头发，无论是上山砍柴、下地劳作，还是随随便便站到地坪里跟人说话，都显得与众不同。她的脸上，仿佛有光，她的身上，似乎有一种奇特的气韵。这些东西，眼睛看不见，但内心却强烈地感受到了，让人不由自主地心中一颤，莫名其妙就臣服下去，爱慕起来。从见到奶奶的那一刻起，也曾优越、也曾骄傲的爷爷，就彻底败下了阵，他在奶奶面前，细声细气，小心小意，并最终形成了怯懦、柔弱的性格。他对奶奶百依百顺，言听计从，周全得让奶奶都不好意思。但这些都不是奶奶所需要的，她只是感谢他，心疼他，像亲人一样心疼他。平心而论，爷爷不丑，而且比一般人明事理，但奶奶总觉得他身上缺乏一样东西。她想，如果不是曾祖父死得早，如果爷爷不是一个砖匠，而是一个饱读诗书的郎中，她说不定就爱上他了。她暗示爷爷去找个相好试试，但爷爷抱住她，把头都要摇掉："那不行,怀不上也不行！谁还强过你啊！"奶奶轻轻一声叹，眼前就浮现出张家公子的模样。张公子住在上屋场，眼下正在省城读师范，奶奶见过他几回。他穿着长衫，戴着眼镜，挥一把折扇，安静地坐在树荫下看书。奶奶第一次看到他时，两人都惊呆了。以后再见面，张公子的脸就通红，而奶奶的胸腔，也有东西在咚咚地乱冲乱撞。实在不行，就只能是他了。可他也没在家啊？哎呀，不行不行！这样做有什么意义呢？瞒得住别人，也瞒不住自己，更瞒不过祖宗。父亲，干爷，都在天上看着呢！可是，这两个家族，总不能终了在自己手中吧？奶奶的脸色，一天天地染上愁容。再从张家屋前经过，她总是低着头，不言不语，快快地走掉。曾祖母和爷爷都看在眼里，什么也没说，一家人坐在一起吃饭，木木的，没有一点儿滋味。

大伯的适时降生，让家庭的尴尬和阴暗云开雾散。二十岁的奶奶，感到自己就像茼那样，真正在山里扎下了根。小西门、青石巷、北正街、上海、南京、北平、洋房、诗歌，还有张公子，所有的这些，都将永远埋葬，而青山、柴禾、茼地、野草、儿女、子孙，将在她的人生里蓬勃生长。她有一丝丝淡淡的伤感，更有一种别样的骄傲——她没有让父亲和干爷失望，她完成了他们的嘱托，她的生命，终于显现出了无可替代的意义。看着胖逗逗[①]的大伯，奶奶笑得好甜。她拿出久违的毛笔，在柜门的内边，一笔一画地写下大伯的名字和生辰：丘鸿儒，生于民国三十一年四月廿五日亥时。她的欧体，端庄秀丽，又险峻有力。

接下来的十几年里，奶奶就像一株发了蔸的茼，让她的生命急剧地在山地里膨胀。她一鼓作气生下了四男四女，最小的女儿

---

① 胖逗逗，方言，指圆润可爱。

还在吃奶，肚子又一天比一天圆起来。如果不是爷爷突然故去，天知道她还会创造出什么奇迹。

奶奶不愿去回想那小半年的时光，太难熬啦，太漫长啦，太让人痛恨啦。那个晦暗的冬季，冷得像把刀子，饿得肚里像有一把铁锹，在一下一下地挖，又好像有一条毒蛇，在肠子里又钻又咬。村庄里已经屎干尿尽①，除了几担茴丝，没有什么东西可吃，连老鼠似乎都见不到一只了。男女劳力们，一天是二两茴丝饭，老人和小孩，还只有一半。为了能吃得更长久点，许多人家直接从食堂把生茴丝领回，装到火柴盒里，让孩子们一根一根地吃。但这种自欺欺人的花样吃法，根本解决不了实际问题，死人的消息，一天天地多了起来。奶奶的一群孩子，最初还哭闹个不停，慢慢就不声不响了，他们已饿得麻木，没有力气喊叫。他们坐在屋檐下，背靠着墙壁，痴痴地望向对面的青山，双眼茫然。爷爷收工后，天天都到被挖过无数次的茴地里去，想找些漏网之鱼，开始还能提回几个小茴，寡寡瘦瘦的，后来连茴蔸都没有几根了。当一个晚上他空手归来时，第三个女儿已经死了。没过几天，第三个儿子又死了。奶奶号叫着，挺起大肚子要去找兰干部。兰干部是个秃子，外地人，上面派来办队的，食堂和饭甑的钥匙都挂在他裤带上，叮叮当当，很是光亮。爷爷一把拦住奶奶，说："你找他有什么用？肚子这么大！"奶奶一怔，半天才说："细哥，我们不能等死啊！"爷爷面色灰暗，掐着自己浮肿的小腿，小腿上一个个的指窝，半天都恢复不过来。他沉默地吸完一支茴叶做

---

① 屎干尿尽，方言，指一无所有、匮乏。

的喇叭筒,拿起了砖刀,说:"我去想办法。"奶奶心里一惊,想拦住他,看到一堆有气无力的孩子,终究什么都没说,只任清清的泪,默默地流。

下半夜时,爷爷回来了。他和奶奶的弟弟苕根,我们叫他舅爷,一人背着半袋子苕种回来了。舅爷学了剃头,二十好几才结婚,娶的是一个跛脚女子,曾祖母给了他们一间房,算是安了家。因是外来户,舅爷常受人欺,活得憋屈,他八岁的二崽,是村庄里第一个饿死的孩子。看到两张紧张兮兮又喜气洋洋的脸,奶奶赶紧把门闩上,还用背死死抵住。她长吁出一口气,按着怦怦乱跳的心说:"没人看见吧?"两人一起诡秘地摇头。奶奶又问:"窖门复原了没?"爷爷嘻嘻一笑:"一个砖匠加个剃头匠,还封不好一扇门?放心,半点都看不出来。"

奶奶仍然忐忑不安,她担心兰干部发现。对于苕窖,村庄里的人并不关注,偷苕种,那是缺德的事,要遭报应的,谁敢!大家一百个放心。但兰干部却提出,夜里要派民兵把守,当时所有的人都坚决反对,认为多此一举。看到一双双饿得发绿的眼睛,兰干部犹豫了一番,最后还是在窖门严严实实的草砖上,亲自用石灰写了一个大大的"封"字,想了想,又加上两句话:偷盗苕种,断子绝孙!这恶毒的诅咒,让奶奶心惊肉跳。

春天终于来了,漫山遍野的竹笋,让村庄又恢复了生机。担惊受怕了整整一冬的奶奶,总算渐渐放下心来。那半袋子苕种,以及后来又偷来的几次苕,让全家老少的生命,苦苦熬过来了。奶奶把苕种藏到阁楼上,白天不敢吃,天黑了赶紧关上门,用烧水后的柴灰煨熟几个,分给孩子们,大人则只能吃生的。家里没有锅，她也不敢生火，怕别人怀疑。每次吃完苘种，奶奶都要到神龛面前，向苘神谢仲元谢老爷，神情凝重地跪拜一番，嘴里还喃喃自语个不停。她在说什么呢？爷爷听不清，但知道她许下的愿，肯定是一个庄严的承诺。

苘窖门打开了，兰干部咆哮的声音，传遍了整个村庄——里面一个苘种都没有！奶奶双腿发软，扯住爷爷问："你怎么不听我的劝，把苘种都拿光了？"爷爷说："没有啊，我们最后一次封窖时，里面还有一大半。"奶奶明白了。现在，她的心完全放下去了，她不用再为爷爷担忧了，她一点也不害怕了。只是，想起今年没苘做种，心里还是很惭愧。不过，谢老爷，您也莫生气，您是在做好事呢，您救了一村人的命呢。没了苘种，可以到别的村子讨苘秧，没了人，那就什么都没有了！奶奶挺着大肚子，又在神龛前磕了三个头。

这天晚上，爷爷却不见了。

兰干部提了一把砖刀，带着队长彭可生和一伙民兵来捆爷爷，奶奶才知他一天都没出工。他为什么就沉不住气呢？舅爷吞吞吐吐地告诉奶奶，有一次他和爷爷偷苘种时，自己的一个铁皮烟盒掉在窖里，遍寻不见。他很害怕。爷爷想了一下，把砖刀埋到窖里，说："要找麻烦就找我，我是本地人，他们不会太为难。"舅爷内疚地说："都怪我，是我害了细哥！"奶奶着急地说："你快去找啊，细哥胆子小，禁不住吓！"想起兰干部心狠手辣地批斗张公子，吊他的边猪，关他的禁闭，要彭可生用青竹片抽他的光屁股，奶奶知道，爷爷这次不死也会脱身皮。

爷爷果然吊死了，吊死在苘窖门前的樟树上。

他是害怕兰干部的批斗和羞辱,也不知道怎样承担事情的后果,在山上躲了一天后,下半夜站到苕窖门前,决定用这种方式来躲避和谢罪。奶奶抱着爷爷的尸体,哭得天昏地暗。她一直不爱爷爷,但现在,她却觉得他是一条汉子,他的软弱中有坚硬,他的责任与担当,正是她所看重的。她想,要是爷爷不走这么早,她肯定会慢慢爱上他,尽管他读的书有点少,胆子有点小。她在心里默默地说:细哥,你放心吧,你虽然走了,但你的种子还在,我一定会让你的骨肉,活得周周全全,堂堂正正。

这一年,奶奶三十六岁,大伯十六岁,小叔正在肚子里,还没出生。

看着一窝瘦瘦弱弱的孩子,看着依旧风韵光鲜的奶奶,村庄里的人都摇头不止,暗想这一家子肯定会很快散掉,女的改嫁,小的饿死,老郎中苦心经营了一辈子的家庭和英名,只怕是从此成了一个传说。

但奶奶没有改嫁,孩子们也没饿死。她带着大伯、大姑,在山间地角开荒,每一块斗笠大小的地里,都细心栽上苕;她还捧着小围腰,满村庄捡拾别人丢弃的苕皮和烂苕;甚至还把别人只用来喂猪的苕藤苕叶,也割来做成酸菜吃。地里的苕,终于让她新的家族,又一次延续下来。

想起这些往事,奶奶的眼里掠过一丝感伤,但看到满屋的子孙,又很快释然了。而父亲,现在真正理解了奶奶,理解了她为何要坚持种苕,她对苕的感情太深了啊!原先还以为她是忙惯了,闲不住,怎么就没想起这些事情呢?就在刚才,细姑的儿子打来电话,欣喜地向他报告:"古源的人说,牛角冲有一个老太婆,年年种苕,肯定有!"父亲听后,鼻子一酸,下达了最后的命令:"回来吧,就到镇上带几个算了。"细姑的儿子很奇怪,还在电话里叽叽喳喳,父亲一下就摁掉了电话。这个在城里出生城里长大的后生,哪知道我们这里小地名就叫牛角冲!

看到父亲在门口探了一下,奶奶问:"老二,我的苕呢?"

父亲说:"后生们正在田里挖呢。"

奶奶说:"今年的苕比往年肥硕吧?"

父亲说:"肥硕!田里肯定要比土里长得好,一个个白白嫩嫩的。"

奶奶开心地笑了。

四

今年的苕地跟往年不同,苕秧移栽到了门前的稻田里。这块稻田,紧挨着新修的水泥公路,又方便,又向阳。过去村庄里的人为得到它,争得打架,如今,田主早就在县城置了屋,几年没回过。父亲以前多次劝奶奶:"你硬是要种,就莫贩到山坡上去,这好田,又近,又肥,还栽不下你几蔸苕?"奶奶看了满田的野草,一脸心痛,但就是不把苕栽过来。她一直觉得,水田是种稻子的,稻子是农业的主角呢,金贵!像苕这样的配角,贱生贱养惯了,哪配享受这等待遇?别坏了规矩!何况它们也没啥要求,坡边岭脚,再贫瘠的土地,只要埋下一根秧子,照样能扎下根,长成蓬勃一片。

但今年,奶奶主动提出要栽到田里。她叮嘱父亲,记得给田主打个招呼。父亲哈哈大笑:"你就是把所有的田都栽成茴,也没人找你麻烦。"奶奶认真地说:"别人的东西,说还是要说一声。不能像你那样,做事常常没尺!"父亲知道,奶奶还在为茴种的事怪他。去年贮藏茴种时,他故意不封茴窖,想让茴种冻坏,腐烂掉,好让奶奶无种可种。奶奶急得脸色铁青,狠狠地训了父亲一顿,最终在一堆烂茴中间,找出了九个完好的。她把这九个茴种,像宝贝一样,埋到屋前的菜地里,浇上厚厚一层大粪,再盖上一块薄膜,朝也看,夜也看,直到白嫩的芽尖破土而出,碧翠的茴叶舒展开来,奶奶灰暗的脸上,才重新变得光亮。在奶奶眼里,劫后余生的九个茴种,该也像她的子孙们一样亲吧?它们吃尽了苦,受尽了委屈,如今好不容易存活下来,是要好好待它们。别看它们品类低贱,但生命同样高贵着呢!那么,就把它们移栽到田里去,让肥厚的土地,帮助它们尽快繁衍吧。

奶奶系着小围腰,蹲在菜地里,用硬老的指甲,小心地把茴种上生发出来的茴秧,一根根地掐断。茴秧嫩着呢,粗壮的茎被指甲轻轻一用力就掐断了,流出一嘴的汁液,把奶奶的指甲指头染得发绿。九个茴种终究少了点,奶奶很快就掐完了。"九十九株!"她直起腰,高兴地说:"有了这一把,明年就能发一片。"

茴秧掐下后,当天必须栽下去,否则第二天就蔫了。真的很奇怪,这个无根无蔸的嫩苗苗,不知为何一落到土里就能很快成活,别看它前两日还低头耷脑的,几天一过,就根深叶茂了。"它贱嘛。"奶奶常常这样说。翻好的田泥松松的、黑黑的、油油的,比山坡上的石子土强多了。奶奶抓一把在手心,轻轻地捏,泥土像发酵的面团一般,软和而且温润。奶奶满意极了,又惋惜不已:

"这么好的田地不种稻子,种茼,几百年没有的事啊!如今这社会说来也好,茼都跟着享福了。"她弓着腰,并不急着把秧子栽下,而是低头在泥土里细细寻找。她在找什么呢?找石子。她把石子一个个清捡出来,连瓜子大小的都不放过。小时候我们躺在地上乘凉,奶奶也是这样,每次都要把石子清得干干净净,才让我们躺下去,她是生怕这些隐藏的坏分子,伤害了她细嫩的子孙呢。以前茼栽在山坡的旱地时,土里的石子很多,很大,碰得锄头火星四溅,但奶奶理都不理。现在,这把最后的茼秧,真成了她心头的宝贝啊。清完了石子,奶奶才把茼秧栽到土里,小心翼翼地,轻手轻脚的,好像生怕弄痛了它们。每栽下一株茼秧,奶奶都要停下来看一会儿,好像要把它们的模样记到心底去。我们后辈出远门时,她就是用这样的眼神看着我们。看了一会儿,奶奶又用双手拢成一个圈,围着茼秧根部,轻轻按紧松软的田泥,就像以前给我们压被子一样。

春风轻柔,阳光和煦,茼秧很快就在稻田里生根了。白白的根须,密集地从斜卧的茎上长出,像一排排细小的乳牙,争先恐后地咬进泥土,饿坏了似的。茎端的叶芯里,嫩黄的新叶渐次展开,像一只只小手掌,在高兴地挥舞。九十岁的奶奶站在马路边,笑眯眯地望着,有点嗔怪地说:"好吃货,看把你们馋的!"我们小时候吃她做的茼片、茼糖、茼丸子,她也爱这么说,也是这样的神情。

奶奶每天都要来看好几次。清早一起床,她就来了;吃完早饭,端着一杯茶,也来了;坐在屋檐下晒太阳,刚坐一会儿,起身转一转,又来了。奶奶站在路边上,痴痴地看茼秧们成长。初看上去,它们长得一个模样，茎青，叶圆，芯子黄嫩。都是茴嘛，来自同一个祖宗，长在同一块土地上，应当这样。但细细一看，每株茴秧都有不同的姿态，有的瘦高瘦高，有的腰杆粗壮，有的不时乱摆乱动，有的始终文文静静。看到它们可爱的样子，奶奶就想起子孙们小时候的模样。看着看着，她就下到田里去了，给这株茴秧加把土，帮那株茴秧扶扶腰。

扎根后的茴秧，不用浇水，不用施肥，茴藤很快就爬到了地上，像条绿蛇一般，昂着头，疯狂乱窜，藤腹隔一小节，还要长出一些新的根须，像饿鬼一样，紧紧地抓住地皮不放。这些根须如果扎进了泥土，很快就会生根，等到挖茴季节，一个果实都没有，满地都是寡瘦的茴蔸。因此，翻茴藤就成了一项持久的任务。翻茴藤很磨人，必须弓腰含背，把头低到土里，用手小心地顺着藤，一节节地拉起，整株翻往相反的方向。一块茴地翻下来，腰杆子酸痛得直都直不起来。要命的是，刚刚翻好的茴藤，隔不了几日又长出了根须，茴藤也变得更长，又得把它一株株翻过去。如此周而复始，要忙活上几个月。村庄里的人最不愿翻茴藤，但奶奶却没有怨言，她系着小围腰，戴着白蒲帽，手脚灵敏地翻动着茴藤，姿势轻松优美得让女人生妒。奶奶年轻时特别漂亮，又爱干净，不管做什么农活，都要系上小围腰。她站到碧绿的茴地里，枯燥的劳动也变成了风景。奶奶翻出的茴藤，工工整整，清清爽爽，就像她给大姑、二姑、细姑梳出的辫子，一丝不苟，生机勃勃。

但今年，奶奶却不能翻茴藤了。茴秧刚刚长好的时候，她就摔伤了。那九十九株茴秧，不久后被父亲连根拔起，全部扔到了粪池里。奶奶瘫痪在床上，整天迷迷糊糊，昏昏沉沉，可一到种

苕的关键节点,她就清醒过来:

"要翻苕藤啦。"

"又要翻苕藤啦。"

"该割苕藤啦。"

"该准备挖苕啦。"

……

每一次,父亲都顺着奶奶的思路,作肯定的回答,还绘声绘色地描述一番,以打消奶奶的怀疑。奶奶对种苕的每个环节,都了如指掌,而奶奶种苕的每个细节,我们也历历在目。

每年立秋的时候,奶奶就开始割苕藤了。割早了不行,没有藤和叶吸收阳光,地下的苕就没有充足的养料;割迟了也不行,否则就光长藤和叶。割回来的苕藤,胡乱地丢在地坪里,堆积如一座绿色的山。这个时候,奶奶就搬出了长梯子,高兴地呼唤大伯来帮忙。她先把苕藤扎成一小把,然后一把把地挂到房前屋后的屋檐下。每面屋檐下,都并排搁着两根长竹竿,奶奶先把屋后挂满,又将两个侧面挂满,最后才来挂屋的正面。她先把有窗眼的地方留出来,不挂,但挂到最后,看到地上还有一大堆,就毫不犹豫地把窗眼上也挂上了。一个下午过去,我家的老房子,就变出了新模样,像是围了厚厚的一层豪华绿窗帘,英气逼人。空气中全是苕藤的清香,吸一口,感觉肚子都变新了。奶奶搓着一双绿手,房前房后看,然后拿出一把剪刀,将长短不一的苕藤修齐。村庄里的人家都不修,挂得参差不齐,丑死了。只有我家的苕藤,又成了奶奶手中的图画。

到檐下的苕叶开始泛黄,差不多快干枯时,地里的苕就成熟了。挖苕是项体力活，也是一项技术活。苕深埋在土里，多的一株能结十几个，少的也有五六个，要把它们挖出来，得费很大的力气，而且一不小心，还容易把苕挖烂。奶奶以前自己挖，后来老了，就让大伯挖，她蹲在地上捡。一个个肥肥壮壮的苕，被奶奶从苕蔸上摘下，丢进篓子里。篓子很快就满了，奶奶的手也结满了苕浆。苕浆刚流出来时，是乳白色的，一会儿就变成了黑色，洗都洗不掉。奶奶的手斑斑驳驳，好像长满了痂疤，我们小时候看得心痛，轻轻地帮她吹，柔柔地帮她摸，奶奶疼爱地拍着我们的小屁股，说："傻孩子，奶奶哪有这么容易受伤。"

苕一担担从地里挑回，又一担担划进门前的小河。大伯把苕篓没入河水中，双手紧紧扯住篓绳，一只脚立在河里，一只脚用力在篓子中捅。我们这里都是这样洗苕。秋天的河水已冷了，一支烟的工夫，大伯的脚趾就通红了。他不洗了，想把苕篓拉上岸，站在一边的奶奶说："进嘴的东西，哪能糊里糊涂！要是没年纪，我才不喊你呢。"年轻的时候，家里的苕都是奶奶洗的，从来都是白白净净，她坚持着自己的章程。洗好的苕，接下来就要进入刨箱了。刨箱是一个特制的工具，好像只有我们这里有，它由木匠专门打制，在一块厚实的木板中央，挖一个洞，装上一块刨铁，上方再安上一个盛苕的木箱，抓住箱柄上下推拉，银色的苕丝就纷纷扬扬，洒落到下面的箩筐中。刨苕丝必须两个人合作，一个站在稍高的一头推，一个坐在低处拉，两人都很费力。大伯推着推着，汗水就打湿了后背，头上都冒出了热气，奶奶坐着拉，若无其事，淡淡地说："做人做事都要用暗力，你啊，就是教不听，这不，人吃亏了吧？"大伯是奶奶的子女中，唯一一个真正意义上的农民，奶奶最喜欢他，也最怜惜他。

刨好的苘丝，还不能拿去晒，要先放到地坪中的大水缸中，洗上几遍再捞出。如果不洗，晒出的苘丝就是黑的。洗过苘丝的水，沉淀一夜，第二天倒掉上层的清水，下面就是最珍贵的淀粉了——我们这里叫苘粉。苘粉白白的、嫩嫩的、细细的、滑滑的，摸着就像很小很小的孩子的脸。奶奶常夸村庄里的姑娘们，说："长得真水嫩，苘粉一样。"洗水后的苘丝，就该挑到山上去晒了。这真是一个奇异的方式，我们这里把稻子晒到地坪中的篾席上，苘丝却只能晒到岩壁上。过去，家家户户都在向阳的岩壁上，用混凝土围出一个晒场。晒场很高，很陡，很危险。为什么要这样呢？原来晒苘丝的季节，太阳已经不辣，一天根本晒不干，放一夜，第二天就有酒气了，只能喂猪。岩壁吸热快，太阳出来时晒上，太阳落山时就干了。因此，苘丝必须在天亮之前刨好，三四点钟就要起床，大伯说，他宁愿搞双抢[1]，也不想刨苘丝晒苘丝。但奶奶却最喜欢做这事，天一亮，她就用新扎的高粱扫帚，把晒场扫得干干净净，银色的苘丝，从她手中像天女散花一般，均匀地落在晒场上。她的笑容，像朝霞一样灿烂……

这样的场景，从今往后，是再也不会出现了！看着床上的奶奶满心欢喜，我们的内心都涩涩的。特别是父亲，又悔又愧，又痛又怕。这小半年来，奶奶一直对他的话充满怀疑，每次他都装作理直气壮地说："到秋分你吃到苘就知道了！"他原以为奶奶

---

[1] 双抢，指一年中最繁忙、最辛苦的农忙时节，具体指抢收早稻和抢种晚稻两项农活。

熬不到这个季节,没想到她的生命这么顽强,这么有耐心,他不知道如何向奶奶作最后的交待。

父亲刚退出奶奶的房间,大哥从电话里传来了好消息:他在县城的近郊,发现了一大块茴地!父亲对着手机高叫:"好啊!快给我买一车来!"

五

大哥回来时,父亲早已将火烧好,打开蛇皮袋,却傻眼了:杂交茴!对这种货色,他不算陌生,早几年,县里农科所曾来推广过。这种茴看上去与本地茴差不多,但个头要小一些,而且主要是吃茴叶,现在餐馆里的清炒红薯叶,就是这种茴长出的叶子。当时是作为一种新型蔬菜开发的,村庄里有人好稀奇,种过一些,后来都没种了,父亲要奶奶也换一换,奶奶生气地说:"茴就是茴,好好的一个品种,搞什么杂交,不清不白的!"父亲知道,奶奶想的是另一件事。

爷爷去世后,三十六岁的奶奶成了村庄里最瞩目的女人。她不像别的女子那样,生崽后变得邋里邋遢,而是始终干干净净、清清爽爽。她黑亮的头发,梳得工工整整,在脑后挽成一个漂亮端庄的髻,清秀的眉眼间浮现的淡淡忧愁,越发让人怜爱。她戴着白蒲帽,系着黑围腰,天天跟大伙一起出工。她到三斗垄摘茶,男人们就争着要去那里犁田;她到油菜坡栽茴,男人们又抢着去那里伐木。男人们追着她赶,女人们也围着她转。她们不放心自己的男人,嘴上却说喜欢和苕叶做事,爱听苕叶秀气的声音。凡是奶奶劳动的地点,无论多么偏远,很快就能成为村庄里最热闹的地方。奶奶假装什么都不明白,对身边每一个热情的男女,都报以感激的微笑。她清澈的笑容,让所有的男人看到了希望,也让所有的女人感到了压力。

队长彭可生很着急,找到蹲点的兰干部,粗着嗓门说:

"全乱套了,再不能这样派工!"

"咋了?"

"以后苕叶最后安排,跟我,看那伙饿狼还敢乱动心思不!你不晓得,这些鬼围着苕叶献殷勤,事就不做了!"

兰干部嘻嘻一笑:"你是说苕叶哦,那还不简单,不让她出工了,要她进食堂。"

彭可生说:"那不行!苕叶是全劳力,必须搞生产。"

兰干部又是嘻嘻一笑:"怎么不行?照顾烈士后代是党的政策,你不会跟中央唱反调吧?"

彭可生以前是张公子家的长工,如今既是贫协主席,又是生产队长,红透半边天。他早就暗中对奶奶有意,但碍于曾祖父对他有恩,碍于爷爷在世,也碍于在奶奶面前很自卑,有些畏惧,不敢胡来。现在,奶奶成了小寡妇,一窝崽女不得命活,连石头缝里都想插根茴秧,正是好机会。他觉得自己的优势无人能敌,大有舍我其谁之感,哪知半路杀出个兰干部。这个兰干部,村庄里的人都知道,除了嘴巴厉害,什么事都能上纲上线,开餐前能训半天话。他早就打奶奶的主意,故意紧缩口粮,想让奶奶主动去找他。如果不是这只祸害,奶奶的几个孩子也许不会饿死。彭可生奈何不了他,只得板着脸走掉,走了好远,才狠狠啐出一口:

"兰秃子，你个装腔作势的货！"

食堂由兰干部直接管理，他给奶奶安排了一个轻松事：帮厨。奶奶的几个年幼的孩子，从此再也不用吃茵皮了，他们像群跟屁虫，跟着奶奶，天天在食堂钻来钻去，倒也能混到几个蒸熟的茵，把肚皮撑得圆滚。这很难得，要知道，除了几个伙夫，莫说孩子，就算是彭可生，没有兰干部的同意，也不能随便进入这里。奶奶知道，这样的好事不会白来，但她不动声色，始终对兰干部不冷不热，不卑不亢。她早就想好了计策，如果兰干部胡来，就搞掉他的饭票子。她很自信，对付兰干部这样的角色，不是什么难事。奇怪的是，很长一段时间了，兰干部都没提出非分的要求，反而让刚满十七岁的大伯当上了记工员。他平时不大跟奶奶说话，说起话来也正正经经的，眼睛里充满了关心与怜惜，当然还有一丝居高临下的优越感。倒是彭可生，不断地跑来找奶奶，玩笑越开越大，有时还有意无意地动起手脚。每次奶奶总是横他一眼，朝兰干部那边努努嘴，跑开后再朝他回头一笑。彭可生赶紧笑眯眯地离开，心里又失望，又妒恨，又甜蜜。

直到爷爷满了周年，奶奶的脸上变得光鲜红润，兰干部才把奶奶叫到一边：

"苕叶！"

"唉。"

"帮厨累吗？"

"谢谢你关心，好着哩。"

"唉，又几个月没回去看老婆了，她跟你同年。"

"你忙嘛，夜里也没闲着。"

"今夜不忙，苕叶过来坐坐？"

"我倒是想来，可也不敢呀，你那是办公的地方，彭队长不是老来商量工作吗？"

兰干部眼睛一亮："那我到你家去！"

奶奶说："我一窝的孩子，不方便哩。"

兰干部说："我有食堂的钥匙！"

奶奶摇摇头："后山的苕窖倒是安静，也暖和。"

兰干部喜得差点跳了起来。

这天夜里，兰干部被彭可生带人打了个半死。是奶奶提前告诉了他，说夜里有人偷苕种。其时正是种苕季节，窖门已经打开，里面还有半窖苕。兰干部起初还厉声呵斥，但当彭可生指着地上铺的两条麻袋时，兰干部再也做声不得。彭可生打得十分解恨，舅爷苕根更是疯狂，他把兰干部拖到樟树下，用扁担扫他的脚，直到兰干部跪地不起才作罢。

这天夜里，奶奶带着孩子们，在爷爷的坟前，放了长长一挂鞭炮。

兰干部没受处分，但再也待不下去了，只得主动提出调走。走时，他跟奶奶说："苕叶，我知道你恨我，可我是真心对你好。"

奶奶说："如果不是记着那些好，还不把你整成了强奸犯？你饭碗都没了哩。"

据说兰干部后来变得规规矩矩，对老百姓也很宽容，仕途比较顺，最终在县人大副主任任上平安退下。奶奶七十岁时，他还托人捎来一件羽绒服，奶奶没收，包了一包自己做的苕粉丝，要来人带去。

彭可生立了大功，觉得资本更足，在奶奶面前愈加放肆起来。奶奶说："可生兄弟，再不要这样了，我跟你家莲英是好姐妹，别搞得都怄气！"

彭可生说："她呀，你就当个屁！大事细事我说了算！"

奶奶脸一板："我的事情我自己说了算！"

彭可生畏了，心里不甘又不服，问："张公子一个四类分子，有什么好？！"

奶奶说："他不同。"

彭可生很气："有什么不同，无非是老婆离了。"

奶奶说："他还读了书。"

彭可生眨巴着眼睛，实在想不明白，不是说知识越多越反动吗？这个苕叶，思想好落后！

张公子眼下是村庄里最落魄的人，他从城里被遣返回来，教职丢了，老婆也跟他划清了界限，一个人住在一间漏雨的小偏屋里。他家的青砖瓦房，如今成了彭可生等人的住宅。每天，他都与地富反坏一起，爬到牛形岭上，去开采石头，然后再吃力地抬下来，摸黑修河堤，冒雨砌田坝。每夜，他照例是低着头、垂着手，腰杆子弯得低低的，熟练地配合干部群众进行批斗。他的衣服破得像个叫花子，但身上散发出的依然是书卷气；他的脸色一片灰暗，但镜片后的眼睛，依然闪烁着智慧的光芒。村庄里的人都不把他当回事，认为他永世不得翻身，像对一条狗一样对他使来唤去。只有奶奶，不但不鄙薄他，还愈发亲近他。她大大方方地给他补衣，体体贴贴地帮他打饭，温情脉脉地与他说话，曾经的羞涩与躲闪，全都消逝在人们讶异的目光中。

张公子是奶奶公开的相好！

奶奶与张公子好了很多年，那些年，可能是她一生中最快乐的时光，物质的匮缺、生活的艰难，丝毫没有影响她感情的满足。是的，她并不爱爷爷，一直暗恋着张公子。还在县城读书时，她就设想着自己的爱人，那一定是饱读诗书的知识分子，她的爱情，一定浸润着浓浓的书香。流落到山村后，她原以为这只能是一个梦想了，没想到，梦想这么快就出现在眼前，而且没有任何羁绊，她为什么不尽情去拥抱呢？奶奶与张公子的合拍与默契，让村庄里的男人们很嫉妒，也让女人们放下心来。她们觉得奶奶不与这些人发生瓜葛，实在是英明和有道德的，她们对奶奶充满了信任和感激，都把她当作知心的好朋友。确实，奶奶的相好里面，包括张公子走后暗中另找的几个，没有一个是本地的，有的是公社的干部，有的是中学的老师。女人们哪里知道，奶奶除了不想影响别人的家庭外，最关键的，是她压根就没看上这些粗野的汉子。

莲英特别高兴，主动提出要当媒人，想让奶奶与张公子名正言顺地合到一块，以断绝彭可生的念头。张公子也早有这个意思，但奶奶不同意，她说："他不可能一直留在山里，我也不想后代乱七八糟！"莲英听到这话，惭愧极了。

前不久，彭可生家的老三大呼小叫，说小叔是杂种，村庄里的小孩也跟着喊了起来。小叔哭着告诉了奶奶，奶奶拉起小叔，就去找彭可生。张公子怕事，劝奶奶说："算了，小孩子的话别计较，谁不知老幺是个遗腹子。"奶奶说："这个事情不能含糊！喊了第一次，就会有人喊第二次，喊来喊去一辈子都不得清白，一定要搞个明白！"

奶奶带着一群孩子,涌进彭可生家。奶奶说:"可生,你家老三乱说,我不怪他,人小,不懂事,但你得当我的面教导教导!下次再听到哪个放狗屁,我撕烂他的嘴巴!"

彭可生脸上一阵白,作势要打老三,老三躲到莲英身后,大声喊:"就是你说的!你说他是张公子的小杂种,还怪我!"

奶奶瞪着彭可生说:"你几十岁了,嘴巴还想吃大粪?!"

从此以后,村庄里再也没人敢胡说八道了。而奶奶,其实也吃尽了苦头,她跟张公子,还有后来的几个相好,都曾怀上过孩子,但奶奶一个也没让他们生出来。她跟曾祖父短暂学过制药,懂得一些简单的医术,每次她都悄悄地跑到山上,采来草药,将孩子打下。奶奶在村庄里生活了好几十年,她的这些旧事,人们大多知道,但没有一个人讲她的闲话,更没有人说她的不是,大家无不对她充满了敬佩。奶奶和她的子女,一直活得亮堂。可奶奶心中的苦楚,又有谁知?以致多年以后,当有人无意说起杂种野种这些字眼,她还长久地发呆。

父亲望着一袋子杂交茴,心里直打鼓,不给奶奶吃吧,没办法交待;给她吃吧,肯定能吃出不是自己种的茴,说不定知道了是杂交茴,一激动,一口气上不来,还弄出更大的麻烦。唉,真是左右为难!但事已至此,他也没有好主意,只得从中挑出两个,煨到滚烫的柴灰中。

他不知道,接下来的烧茴,带给奶奶的会是一份香甜的安慰,还是一份致命的伤害。

六

秋分的太阳很好,照得大地一片温暖。奶奶躺在床上,看着窗外大块的金黄,听着子孙们细碎的话语,神色越来越明亮了。后辈们轮番进去陪她,每新进来一批,奶奶就示意他们过去,坐到床边,静静地看着他们。她叫得出每一个人的名字,也记得他们的生日。后辈们握着奶奶干枯的手,眉飞色舞地讲述自己丰满的童年,这些故事里,当然少不了当时的奶奶。奶奶笑呵呵地听着,不时还插话纠正一两句,偶尔也抖落一些讲述者的糗事,逗得大家哈哈大笑。奶奶沉浸在往事的回味中,忘记了时间的深浅,忘记了腹中的饥饿,当然,也忘记了她等待的烧苕。

这样的氛围多好呀,这样的场景多美呀!可惜的是,我们以前怎么没有意识到?这么多年来,我们总是忽视奶奶的存在,总是遗忘奶奶的欢笑。

奶奶亲手带大了四儿三女、二十来个孙辈,我们每一个人的记忆中,都贮满了奶奶的疼爱,尤其念念难忘的,是奶奶巧手做出的各种苕制品。那些香甜的美味,就像一种家族密码,瞬间让我们对接到遥远的时光。

我们吃得最多的,就是烧苕。奶奶从来不让我们吃生苕,说吃了肚子会痛。收苕季节,她每天都要给孩子们一人煨一个烧苕。她选一些大小适中的嫩苕,放到灶膛子里,让做饭后柴灰的余热,慢慢煨熟。一到半上午或半下午,奶奶就笑眯眯地站到地坪里喊:"回来吃烧苕哦。"玩得满头大汗的我们,啸叫着冲回家,从奶奶手中一人接过一个。煨好的烧苕热乎乎的、软糯糯的,还没掰开,就闻到一股浓烈的香气。掰开来，里面的苘肉像蛋黄一样，金灿灿的，冒着丝丝缕缕的热气，漂亮极了，诱人极了。奶奶拿来芝麻油，在上面淋上一勺子，浓郁的清香，一下就弥漫了半个村庄。村庄里别人家吃烧苘，从来不放芝麻油，舍不得，但奶奶却一点儿也不吝惜。我们吃着焦脆的苘皮，香甜的苘肉，感到天空特别明朗，内心快乐得没有一丝杂质。奶奶看着我们吃，笑得很甜。我们说："奶奶你也吃。"奶奶说："奶奶不喜欢吃，就爱看你们吃。"

奶奶炸的苘丸子，更是让我们百吃不厌。苘丸子算是村庄里的高级食品，耗油、耗糖，做起来还费工夫，大多数人家都不做。奶奶每年都做。每当收苘后，我们就说："奶奶，炸苘丸子吃啵？"奶奶忙忙碌碌的，要种菜，要洗衣，还要铡猪草，哪里有空闲？她脸一沉，假装不同意："吃了三餐饭，肚子还没喂饱啊？"我们嘻嘻地笑，奶奶也嘻嘻地笑了，笑着笑着，她就把双手在围腰上抹一抹，悄悄进灶房了。她把选好的生苘，先放到锅里蒸熟，然后用锅铲趁热捣烂，再加上一碗苘粉，撒上半斤白糖，和到一起用力揉。揉好后，再搓成一个个小圆球，放到油锅里炸。我们的口水咂咂作响，团团围在灶台旁，踮起脚尖急切地看着，总觉得她太慢太慢了，就伸出脏兮兮的小手，帮起忙来。奶奶大声叫唤："嚯！坏家伙，快把爪子拿开！"她刚把这只脏手洗干净，那只脏手又来了。奶奶炸出的苘丸子，黄澄澄的，油滋滋的，咬一口，甜津津的，把我们的整个童年，美得五彩缤纷。

奶奶做的苘片，也比别人家的好吃得多、漂亮得多。别人家做苘片，简单得很，就是把生苘切成片，晒干，再用河沙拌着炒熟，看起来丑丑的，吃起来粗粗的、木木的。奶奶做的茼片不同。她先把茼皮削掉，只要一个嫩芯子，放到锅里煮熟后，捣成泥，拌上一把熟芝麻，盛到做豆腐的箱子里，待水分压得差不多了，倒出来，用刀切成几个长条，再拿一个带细钢丝的小竹弓，截成一张张薄片，小心地晾晒到竹竿上。晾到半干时，奶奶又把它们剪成各种各样的形状，菱形、长方形、三角形，晒满一竹席。每隔几天，奶奶就用菜油炸给我们吃。油炸的茼片黄亮亮的，又香又脆，吃到嘴里没一点渣，馋得村庄里的小孩，围着讨好我们。我们问奶奶："为什么他们家不这样做啊？"奶奶拍着我们的小屁股，想了想，坏笑着说："因为你们长得丑些，得吃点漂亮东西。"

奶奶还会熬茼糖，这最让我们惊奇和喜欢了。入冬不久，奶奶就开始生麦芽，麦芽发在木箱里，阳光一照，几天就变得黄黄嫩嫩，整整齐齐，像一块毛茸茸的毯子。我们知道，奶奶又要熬茼糖了。熬茼糖这天，我们高兴得像过年，一个个守在灶房里，生怕错过见证神奇的时刻。奶奶选一些晒得半干的生茼，放到锅里用水不断地煮，煮到成了一锅浆糊时，她就盛起用纱布过滤，还用力把布中的浆液挤出。浆液叮叮咚咚，像一片琴弦，欢快地滴落到盆子里。我们睁大眼睛，看到的却是一盆混浊的汤液，赶紧把手指伸进去，搅一下，迫不及待放到嘴里吮，一点都不甜！我们着急地说："奶奶，奶奶，不是糖耶！"奶奶笑一笑，不作声，又把汤液倒进锅里，一边用小火慢慢地熬，一边把麦芽切碎，倒进锅里。熬着熬着，汤液就黏稠起来，变成了酱黄色，又变成了赭红色。奶奶拿起一双长筷子，不停地搅动，不断地提起，突然，筷子头上就粘起了浓浓的浆汁，还扯出长长的丝。奶奶把筷子塞进我们嘴里,说:"试一下,苦不苦?"哇,甜死个人呢!"奶奶,奶奶,你好厉害哦!"奶奶笑得开了花。奶奶用茴糖拌炒米,切成块做糖米子给我们吃,吃得我们再也不想吃茴丝饭了。我们问奶奶:"为什么不把茴都熬成糖?这样多好吃呀!"奶奶说:"傻家伙,舌头要尝五味啊,哪能只想着甘甜!"

奶奶简直是一个魔术师,粗陋的茴,一到她手中,就变幻出许多新奇的花样。她还能用茴粉做玉兰片,晶莹透亮,转着红蓝相间的花环;她用铁皮盘子,盛上茴浆,开水里一烫,就做成了茴粉皮,柔中带韧,嫩滑爽口;她把茴粉掺进鸡蛋液里,加上剁碎的红椒,撒点香葱,煎成圆圆的薄饼,盛到白瓷盘中,金黄的蛋饼上,缀满点点翠绿和鲜红……我们围着奶奶,吃烧茴,吃茴丸子,吃油炸茴片,吃茴糖炒米,吃很多很多与茴有关的美味。我们对奶奶和茴,充满了崇敬和感激,一个个争着向她表达心意:

"奶奶,长大后我要种一山的茴!"

"奶奶,你老了我天天给你熬茴糖!"

"奶奶,我以后种一个面盆大的茴给你,好不好?"

"奶奶,我种的茴你随便吃,想吃大的就吃大的,想吃细的就吃细的,啊?"

……

奶奶摸着我们的头,慈笑着说:"都是乖孩子,可是,奶奶不要你们种茴!"

"为什么呀?"

奶奶严肃起来,目光望向山外的天空,很认真地说:"记住奶奶的话,你们要好好读书,考到城里去,一辈子都不要种茴!"

那时节我们哪里知道，奶奶原本就是一个城里人，读书，是她永远的伤痛，也是一生的梦想。

奶奶的子女中，大伯读书最少，当了一辈子农民，一直在山里陪着奶奶种苗；父亲读了初中，十几岁就当上大队干部；其他的几个，都读了高中，后来陆陆续续做了民办教师、公社干部、电站工人、供销社柜员。在村庄里，这已经是了不起的大出息了，但奶奶显然不满足——他们尽管不需要种苗了，可严格说来，没有一个真正进了城，没有一个是真正的知识分子，她只能把自己的梦想寄托到孙辈们身上。

但大哥却不愿意读书。大哥是大伯的儿子、奶奶的长孙，他读完初小就不想读了，奶奶说："你爸爸嗅了一辈子牛屁，种了一辈子苗，你也想这样？"大哥说："种苗好啊，你不也喜欢种苗？"奶奶又说："不读书别人就会吃你。吃你就是算计你、黑你。"大哥说："我十元的票子都认得了，谁能吃我！"十元的票子是当时最大的面额，奶奶不再作声。

过了几天，奶奶给大哥五元钱，要他到代销店去买二斤八两肉、五斤四两盐、三斤七两酱油、二斤六两白糖。大哥很快就如数买回了，奶奶问："找来的钱呢？"这些东西，奶奶早就算好了，一共四元九角九。大哥摸摸脑壳："没找钱啊，说是刚好。"奶奶说："还要找一分钱，你算给我听听？"大哥哪里会算，就狡辩说："我知道是四元九角九，看到只一分钱就没说了。"奶奶没有揭穿他，说："一分钱可以不要，但一定要说清，否则别人以为你不会算，今后就把你当蠢宝搞。"

大哥从此认真读书了，一直到高中，成绩都不错，高考时却砸了锅,对他寄予厚望的大伯咆哮着,摸出一根扁担,说要打断他的狗腿。他哭丧着脸,提着一包衣衫,准备去浏阳那边的林场搞副业。奶奶把大伯一通臭骂,拦住大哥,塞给他一些钱:"复读去!你是家里的老大,弟弟妹妹都看着哩,要带个好头!"大哥一直读到高六,终于考上了武汉化工学院,成为村庄里第一个大学生。做饯行酒那天,家里比过年还热闹,奶奶满面春风,把我们喊到大哥面前,递给他一百元钱,高兴地说:"你们要像大哥这样,考到城里去,考上了的,奶奶有赏!"我们知道,那一百元钱,是奶奶卖茴粉积攒下来的,可以买很多很多东西。

后来,我们大都陆续考上了大学,没考上的几个,也通过当兵考军校、参加自学考试,全部在城里谋到了饭碗。后来,大姑、二姑、细姑、三叔、细叔他们也调进了城,只剩下大伯和父亲留在山里,陪着奶奶。

这个时候,奶奶又种起了茴。

其实,奶奶中途有好些年没种茴。那时节,家家户户都还在吃茴丝饭,我们家就吃上了白米饭,村庄里的人说,奶奶有"沁水"——几个有工作的子女,每月都会给她点钱,她叫大伯和父亲拿去籴谷子,不要再种茴。我们都进城后,村庄里的人慢慢也不种茴了,奶奶却种了起来,一直种到如今。奶奶是因为我们才种茴?

我们还滞留在村庄的时候,奶奶比谁都着急,她只想我们快快逃离这里,到城里去追寻她的梦想。每到高考季节,她就提着三牲,一次次到茴神庙去拜祭。茴神是我们这里的一尊大神,好像什么都归他管,据说还很灵,山民们对他很信任,也很畏惧。

奶奶匍匐在茴神面前，重重地磕头，祈求他开恩放我们远离土地；默默地祷告，盼望他保佑我们考上学堂。所有的罪孽，她愿一人承担；所有的恩情，她来慢慢偿还。我们都出去后，她感到无比满足，但又觉得心头一下全空了。房间里空空的，看不见她熟悉的身影；耳朵边空空的，听不到亲昵的叫唤。她想，自己真的是老了。她十二岁来时，孤孤单单地，现在，有了这么多后人，怎么又空落起来了呢？大伯在世时，曾跟我们讲，奶奶常常一个人，在我们空寂的房间里转来转去，盯着墙上的奖状和照片不停地看，一看就是老半天。她还常到我们去得多的茴地里转悠、盘桓，有时想起一些什么，突然会心一笑，有时又变得神情肃穆。"她念着你们呢！"大伯说。

可是，我们却常常把她忽略。

每年，我们都要回老家几次，春节、端阳、中秋，加上奶奶的生日。一进家门，奶奶就拉住我们的手，仰着脸一个个看，一个个问。我们都长高了，奶奶却矮了。听到我们都说过得好，奶奶乐呵呵地说："那就好，那就好。"我们问："奶奶身体好吧？"她声音洪亮地说："好着呢，还能种茴！"然后就絮絮叨叨地跟我们讲她的茴，我们也顺着说起烧茴、茴丸子、油炸茴片、茴糖炒米……奶奶开心极了。这差不多是每次回去的一个固定程式，只有这个时候，我们才认真地跟奶奶交流几句，接下来的时间，我们都拥上了牌桌，或是聚到一起，胡扯城里的东南西北。奶奶在哪里呢？奶奶干啥去了呢？我们全都没有留意。也许，她就像平常一样，孤独地坐在自己房间里，静静地回想我们小时候的点点滴滴；也许，她就一个人站在屋檐下，双眼茫然，望着远处空洞的天空；也许，她独自跑到了茴地里，扶扶这一株的腰，摸摸那一株的叶，然后像面对儿孙们一样，絮絮叨叨地说起话来……直到要走的时候，我们才会重新注意到奶奶。她提着一大堆早就装好东西的袋子，一个个分送给我们。每次回去，我们都会给奶奶带一些礼品，还一人给她两百元钱。奶奶总是说："不要哦，我哪里要用钱？留着给伢崽读书。"她回赠给我们的礼物，除了袋子里的茴粉、茴片、茴粉丝，每家还有一百元钱。我们不肯要钱，奶奶就说："你有你的，我有我的！"

我们摇下车窗，跟奶奶告别。奶奶站在地坪里，满头银发无比扎眼，她反复叮嘱我们茴粉要怎么吃，茴片要怎么炸，直到我们一再表示记住了，她才心满意足地朝我们挥手，挥着挥着，手就抹向了眼睛。我们的心一下就酸了，大声喊："奶奶，过一向①又来看您啊！"可是，下次回去，我们照样又忽视了她。现在想来，要不是有茴，我们和奶奶的话题可能更少吧？怪不得她一直不肯放弃。

六弟的儿子童童跑了进来，大声叫嚷："老老老老，我要吃烧茴！"

我们这一代的子女，大的已经在读研，小的才两三岁。但每一个孩子，都像我们小时候一样，吃过无数次奶奶用茴制作的美味。一说起回老家，他们都兴高采烈地：

"哇，又能吃烧茴了！"

"哇，又能吃茴丸子了！"

---

① 一向，方言，指过段时间、隔段日子。

"哇,又能吃油炸茴片了!"

"哇,又能吃茴糖炒米了!"

童童八岁,当然没少吃奶奶的烧茴,连他都知道,奶奶的烧茴,比城里的香得多,甜得多。

奶奶回过神来,高兴地说:"好好好,童童不说,我都忘记了哩,老二,上烧茴!"

七

父亲忐忑不安地端来两个烧茴,大姑接过,准备掰开淋上麻油喂给奶奶吃,奶奶摆摆手,示意二姑把她扶起,靠着床头坐好后,她抖着手,颤颤巍巍地拿起一个,举到面前,双眼紧紧地盯住,翻来覆去地看,一脸肃然。看着看着,她渐渐露出了微笑,父亲紧张的心情,总算松弛下来。奶奶没有急着吃,她把烧茴合在手心里,轻轻地拍着,慈祥而满足,就像拍着我们小时温热的手。二姑说:"娘,你吃吧,别凉了。"奶奶笑笑说:"我就想多摸摸。"她把烧茴掰断,雾白的热气弥散开来,她凑上去,眯着眼睛,深深地吸了一口,突然脸一怔,咬了一小口后,很快把烧茴放下了。

父亲的头上开始冒汗,他不怕奶奶骂他,就怕她激动出事。

奶奶却只淡淡地说了一句:"这不是我种的茴。"

童童也举着另一个咬了几口的茴说:"一点都不甜!"

父亲解释说:"只怕是后生们挖错了。"

奶奶说:"你这个骗贼崽,叫我怎能安心去呀?"

父亲赶紧说:"我再去挖一个来。"

奶奶说:"你到哪里挖?我的茴是不是早就没有了?"

父亲硬撑着说:"有,怎么没有呢!我是看到你的茴被我淹死了一些,到别处讨了些秧子补了,后生们哪分得清。"

奶奶说:"那好,你把茴拿来给我看!"

父亲在地坪里转起了圈,他实在不知如何了难①,看来,奶奶是铁定要带着失望、遗憾和怨恨离开他了。想起奶奶在山里劳苦了一生,最后竟连想吃个烧茴都满足不了,父亲不由得老泪纵横。他也六十多岁了,儿女们都在外地工作,看到今天这个情况,他们会怎么想呢?今后又会如何对待自己呢?檐前水,点点滴,当初怎么没想到这些呢?怎么就那么冲动呢?唉,只能到地下后再向娘赎罪了!

父亲正在束手无策时,二表哥在屋后轻轻地喊他:"二舅,二舅,你快来看,这里是不是一蔸茴?"

屋后哪有什么茴?那里只有一个废弃的粪池子!想起粪池子,父亲突然眼睛一亮,当时他把茴秧子丢在了粪池里,难道还有活着的?

这个露天的粪池子,是用来装猪粪的。每年,奶奶都要喂两头猪,她还是老章程,不用饲料,喂茴藤和野菜,到了腊月,屠夫的尖刀一捅,日子叫得欢欢腾腾,热热闹闹。奶奶喜欢这种感觉,这才像过年嘛,儿孙们回来了,才像个家嘛。今年奶奶摔伤后,没人喂猪了,粪池子也就没人再管。现在,原来的一池猪粪,

---

① 了难,方言,指解决问题。

已晒成了半干的粪泥,粪泥的上面,一蓬翠绿的茵叶,正在秋风中招摇。它们粗壮的茎,碧青碧青的,明明暗暗地隐没在茵叶下;密密麻麻的茵叶,铺满了整个粪池,浓得像一团绿酽酽的梦;每一片心形的茵叶,都尽情地展开,迎接着阳光的照耀与抚摸。父亲灰暗的心情,瞬间变得明亮。多么动人的生机啊,多么强大的生命啊,在这样恶劣的环境中,它们依然活得葱茏!它们顽强的生命力和倔强的性子,真的跟奶奶一个模样。父亲的眼泪,止不住地又流了下来。

父亲把两个生茵提进房间时,奶奶已经昏昏欲睡,她太累了。这两个茵,小的比正常茵略小,大的硕大无朋,父亲从没见过这么大个头的,简直就是一个茵王。父亲原以为粪池中结了不少茵,扯起一看,只有一蔸,大概是没有割掉茵藤,又没有泥土,只结了一大一小两个。看到茵王,奶奶惊喜地从床上又坐了起来,她注视着它,抚摸着它,眼睛里闪烁着泪花,连声说:"这是我的茵,这是我的茵!"

父亲得意地说:"我去把茵王煨给你吃!"

奶奶摇摇头:"煨小的,大的留着做种,多好的种子啊!"

父亲把茵王放到床边的桌子上,拿着小茵煨去了。茵王蔸上留有几片茵叶,青青翠翠,奶奶侧着脸,久久地看着它,就像看着多年不见的老朋友。

烧茵很快煨好了,奶奶颤抖着手,将它掰成两截,大姑帮她淋了一大勺麻油,浓郁的香味,一下就在房间里飘散开来,像一个熟悉的远梦,悄悄地、轻轻地,一点点钻进我们每个人的内心。这种久违的味道,让我们的鼻子酸酸的,但心里又甜甜的。奶奶也笑得很甜，脸上纵横交错的皱纹，绽放如一朵菊花。她将半截茴递给童童，自己在另半截上深深地咬了一口，那种急切和满足，像极了童年的我们。不同的是，我们吃的是奶奶亲手种植的美味，而她吃的，却是苦涩粪水浸泡的仅存果子。它也一样甜吗？

"好甜！长大了我也要种茴。"童童说。

奶奶心情舒畅，神态安详，吃了几口烧茴后，突然像记起了什么，挥手让父亲过去。她颤颤巍巍地，从枕下摸出一个T形的铜钥匙，朝大柜指了指。这个柜子，年纪只怕跟奶奶一样大了吧，从我们记事起，就一直摆在她的房间。她总是把钥匙藏着，不轻易打开。这里面，隐藏着她的什么秘密呢？父亲把柜子打开，首先映入我们眼帘的，是两片柜门上密密麻麻的字痕：

丘鸿儒，生于民国三十一年四月廿五日亥时；

丘鸿书，生于民国三十三年二月初十日辰时；

丘鸿诗，生于民国三十四年十月十三日子时；

丘鸿文，生于民国三十六年正月廿四日丑时；

丘鸿艺，生于民国三十八年三月十九日未时；

丘鸿博，生于公元一九五一年五月十八日亥时；

丘鸿雅，生于公元一九五三年七月初一日寅时；

……

刘来发，生于民国三十六年二月廿七日卯时；

刘就发，生于民国三十八年正月初九日子时；

刘长发，生于公元一九五二年五月十一日寅时；

刘茂发，生于公元一九五四年七月廿二日申时；

刘盛发，生于公元一九五六年三月初七日酉时；

刘广发,生于公元一九五八年四月十六日辰时;

……

这些字,都是奶奶用毛笔书写的欧体,端庄秀丽,又险峻有力。左边的柜门,写的是我们丘家后代的生辰;右边的柜门,写的是舅爷苔根刘家后代的生辰。我们两家的每一个后辈,都能在上面找到自己的名字。怪不得奶奶叫得出每个人的名字,记得住每个人的生日!她肯定是看了一遍又一遍啊!我们长大离开她后,这些代表我们的符号,也许就成了她最亲近的陪伴、最满足的安慰。看着奶奶花了整整七十年写就的文字,我们的心情全都变得沉重,有的还偷偷抹起了眼泪。

但奶奶却乐呵呵地,她要父亲把柜子中间的一个大抽屉拿出来。奶奶的柜子里,其实没什么特别的东西,无非是一些衣衫,还有一些平时我们买给她的补品和吃食。这个抽屉里,会不会藏着好东西呢?父亲把抽屉搬到桌子上,与茴王摆到一起。我们看到了,抽屉中卧着一个翠花竹布包袱。包袱已经非常陈旧了,沉淀着久远的时光。父亲小心地打开,生怕把它扯烂。包袱里面,首先出现的是一些书本,线装的《三字经》,竖排的《千字文》,石印的《国文》,铅印的《格物》,一本本蜡黄如奶奶的脸。书本下面,是几件少女的衣裙,尽管破旧,但洗得干干净净,那种奇特的式样,一下就把人带入民国的记忆深处。毫无疑问,这些东西,是奶奶十二岁时对县城最后的记忆。奶奶的眼睛晶亮,看着它们,示意父亲把衣服打开,几扎捆好的红包,终于像谜底一样浮现出来。奶奶说:"分了吧,人人都有。"房间里欢呼起来,大家全拥到桌子旁。这些红包,大大小小,各式各样,每个上面都写了名字。父亲照着名字大声念，我们一个个接过。红包里面，有崭新的百元钞票，也有看都没看到过的老票子，这个意外的惊喜，让我们心花怒放，满面笑容。闹哄哄中，我们没注意到茴王已被挤掉到地上，也暂时忘却了床上病重的奶奶。

突然，童童大声叫喊："别吵了，老老要睡觉！"

我们朝床上望去，看到奶奶嘴里咬着半截茴，已经睡着了，永远地睡着了！

我们还看到，茴王蔸上的那几片茴叶，不知什么时候已经萎蔫了，只有最小的一片，还残存着一星绿意，那么细小，那么微弱……

（原发《大观》2015年第8期）

接　头

　　九十六岁的剃头匠刘明安正准备出门，接到了村支书坚拐子的电话。坚拐子生怕他听不见，大声在话筒里嚎："明爹，今天你老人家就莫到地里去了，就在家里坐着！县委组织部和市里的日报社要来牛角冲找你，等一下我就带他们过来，听见没有？"

　　刘明安感到奇怪，我一个老剃头匠，跟公家单位从没业务往来，何况早就不做生意了，眼蒙，手抖，怕剃刀伤人，还来找我干什么？于是他一边咳一边问："咳，咳咳咳，你说谁要来？"

　　坚拐子说："组织部和日报社呢！"

　　刘明安心里微微一颤，又问："找我？"

　　坚拐子说："指名道姓要找牛角冲刘明安，你老人家说那是谁？"

　　刘明安嘿嘿笑了，一笑又咳了起来："咳咳咳，咳，我刘明安名声这么大吗？他们没说有什么要紧事？"

坚拐子说:"说了,好像是寻找什么老党员。可你也不是党员啊……管他呢,你等着就是。"

挂掉电话,刘明安满脸的皱纹都舒展开来。他想,莫不是组织上找我接头来了?哎呀,这事都过去几十年了,早就死心了,没想到入土前还能接上关系,好啊,太好了!

在牛角冲,人们只知道刘明安是个老剃头匠,手艺好,身体好,人勤快,还会点武功,能治骨伤。老人家十二岁学剃头,直到九十岁时,才正式放下剃刀,不再走村串户帮人做"顶上"功夫。但也没闲着,回来后,看到牛角冲满地的荒田,他哪坐得住,硬是不顾子孙们的反对,一个人种了两亩田。一次犁田时,一头久未劳动的黄牯发出强烈抗议,将他死死抵在田坎上。过路人见了吓得大呼小叫,以为这个老骨头必死无疑,哪知他反手抠住牛眼,顺手又举起牛头,灵敏地跳了出来,除了手臂破了点皮,啥事都没有,有惊无险地躲过一劫。这当然得益于他有一个强健的身骨子和自幼练功的好底子,但子孙们说什么也不准他种田了。又不是没饭吃,家里楼房都好几栋、小车好几辆,传出去听都听不得。此后老人家稻子倒是没种了,但百合啊,芝麻啊,花生啊,黄豆啊,生姜啊,白术啊,绿豆啊,种了一批又一批,什么值钱就种什么,一年四季从不闲着。作物卖了钱,红票子他都锁起来,只给点零钱让曾孙辈们去买糖果吃。有人笑话他:"明爹,你几十年前就是万元户,莫不是想几十年后再升级成个亿元户?"刘明安清清嗓子:"咳,咳咳咳,还有几十年就好了哦,你不知道,我欠了一笔钱,几十年了,得攒着还呢。"那人哈哈大笑:"明爹,我又不找你借钱,快莫哭穷。我知道了,你老人家身子好得能打得死牛,莫不是想存钱讨亲?"刘明安笑了:"没大没细①,我都比你爹爹大,还讨亲,讨鬼哦,咳咳咳,咳!"

在牛角冲人眼里,刘明安除了有一点点固执,有一点点吝啬,有一点点小气外,实在找不出什么毛病。而固执和吝啬,似乎是牛角冲人的通病,也就不算什么坏事了。大家觉得,刘明安明爹,实在是一个好老头,就像牛角冲大多数老人一样,既无比可爱,又受人敬重。谁也没想到,这个普普通通的老剃头匠,居然是一个解放前的地下党!

刘明安把锄头、簸箕往屋檐下一扔,打着小跑回房间里去换衣服。哎呀,组织上来了人,可不能随随便便、马马虎虎相见,得讲究仪表与仪式,否则坏了规矩,也丢了老脸。穿件啥衣服好呢?他首先想到的是那件藏青色的长衫。这件衣服,是与杨先生第一次见面时穿过的,也是后来跟着杨先生举拳头时穿过的,当然最具纪念意义。他打开柜门,从中间抽屉的最里边,小心地把它托了出来。长衫折叠得四四方方,外面还套了一个薄膜袋。他颤抖着从袋子里把它拿出来,几十年了,衣服还是那样光鲜,一点都没旧,好像昨天才穿着见了杨先生。他轻轻地抚摸着长衫柔软的布料,仿佛看见了那段遥远的时光。要是杨先生还在,只怕一百二十岁了吧。杨先生肯定不在了,我都九十六岁啦。唉,他轻轻一声叹,小心地把长衫又装进袋子,放回到原处。他想了一下,觉得还是穿那件干部装比较好。这件衣服,是解放不久后,花了一担黄豆钱,跑到县里请著名的晏裁缝做的。人民当家作主

---

① 没大没细,方言,指没规矩、没分寸。

了，好多事情要做呢，他怕到时杨先生请他出来工作，连件干部装都没有，所以提前预备着。可惜的是，这件衣服，一次也没派上用场。唉，一个剃头匠，又不是国家干部，哪有资格穿这号衣。随随便便穿了，只能让人嗤笑。他在衣服堆里找了好久，才在最下面的一个角落里找到。衣服被压得皱巴巴的，几道折印尤其醒目，就像几道刀疤一样，让他看着莫名心痛。我都九十六岁啦，哪还有机会出来工作！他赶紧将干部装塞回原处，又在上面压上几块床单，好像把一个笑话严密覆盖，心中才觉得舒服了一些。他在衣柜里看来看去，中山装、夹克衫、毛呢大衣，都试了一下，觉得没一件妥当，最后决定还是穿西装。西装好啊，虽说是外来的，可马克思主义不也是外来的吗？何况现在讲改革开放，西装更能体现这种精神，又有仪式感，好着呢。你看党和国家领导人，在一些重大会议上，还不都是西装革履。只是系领带有点麻烦，好在细孙子①给他打了一个固定的，套上去就行了。

刘明安穿着黑西装，打着红领带，在穿衣镜前左边照照，右边也照照，前面照照，后面也照照，仔仔细细检查了一番，感到非常满意，真是一个老帅哥呢。唯一的遗憾是，发型不太带劲。说来也是怪，一个九十多岁的老人，白发却没有几根。他常常想，也许是自己有事没事喜欢梳头的原因。哎呀，要是早几年，这一头黑发可梳得工工整整的，无论是上梳头，三七分，还是中分，平头，都是标准的范式。一个理发师，如果自己的发型都一团糟，还有谁请你理发？当年杨先生就是看到我的三七分帅气，才经常

---

① 细孙子，方言，指小孙子。

来找我理发，再发展我进组织的。如今人老了，发量也少了，又不出门做生意，也就没那么多讲究，随便让细孙子给推了个锅盖头。他拿着一把木梳，把头顶那撮毛一会儿上梳，一会儿左梳，一会儿右梳，梳了半天，总算勉强梳成了个四六分。不过看来看去，实在是像个老汉奸，他忍不住笑出声来。这时外面响起了喇叭声，坚拐子粗犷的声音随之打①了进来。他赶紧把发型恢复成锅盖头，一边答应一边往外跑。跑两步，他又回来从桌上把眼镜拿起，端端正正架到鼻梁上。他感到这样显得有文化些。

坚拐子带来的是两个男人，一老一少。老的是县委组织部的王副部长，少的是日报社的胡记者。王副部长握着刘明安的手，高兴地说："好啊！听说刘师傅九十六岁了，没想到身体还这么健朗！"满面笑容的刘明安听到"刘师傅"三个字，那一脸张开的皱纹差点瞬间又收拢了。刘明安想：不叫我刘老，同志还是得叫一声吧？这是来接头，又不是喊我去剃头！我一身西装，打着领带，还架了副眼镜，未必硬是像个剃头的？就不能是个共产党员？好在他马上就原谅了这个副部长，因为他代表的是组织。一个老党员，还好意思跟组织去计较？他微微弯着腰，双手紧紧握住王副部长的手，就像握着久不相见的亲人的手一样，使劲地摇晃，一边摇晃一边激动地说："部长同志好，部长同志好！咳咳咳，咳，可把你们盼来了！咳咳咳，咳，谢谢组织的关心啊！咳，咳咳咳……"

王副部长被老剃头匠的异常热情搞懵了。他转头问坚拐子：

---

① 打，方言，这里指传。

"我们的来意你跟刘师傅说了没？"

坚拐子说："说了说了，就是来寻找老党员嘛，他虽说不是党员，但他父亲是，还是烈士呢。"

王副部长笑笑，知道他们误会了。他扶着刘明安坐下来，自己搬把四脚椅，坐到他对面，一五一十讲起了他们此行的本意："今年是中国共产党建党一百周年，市委机关报，也就是日报社，联合市委组织部，策划了一个'寻访建国前入党的老党员'的活动，从上个月开始，在报纸上隆重报道老革命们的光辉事迹。建国前入党的老党员少啊，健在的年纪至少也接近九十岁了，大多都近百岁了。平江县是革命老区，老党员人数多点，但如今能讲清话脑瓜子还清醒的，也不过七八个人。这不，刚刚到你们隔壁乡采访老党员吴汉生，他尽管还只有九十一岁，却已经懵懵懂懂、糊糊涂涂了，讲的话牛胯里绊到马胯里，没一句靠谱。这怎么能见报？他大崽，也就是原省财政厅的吴副厅长，前两年才从省城住到乡下来陪老父亲，也搞不太清老革命以往的故事。乡邻们介绍，说牛角冲的刘师傅跟吴汉生从小就熟，他的事您大多清楚。所以我和小胡就赶过来了。哈哈，要麻烦刘师傅啦。"

刘明安脸上的笑容，随着部长同志的讲述，一点点地在慢慢消失，到最后，眉毛间的川字纹，简直是挤得密不透风了。他听明白了，组织上根本就不是来找他，更不是来接什么头！他们要的，就是让他这个老骨头为汉牛皮说好话，给他脸上贴金。早知道是这事，我还穿什么鬼西装，打什么鬼领带，更不用戴个眼镜装狗屁斯文了。汉牛皮是什么人，别人不清楚，我还不知道？！说他建国前入党，倒也没错，不过刚好是一九四九年九月。那时平江已经在七月二十三日解放了，我都加入组织好多年了。后来他上了朝鲜战场，打掉一只手，回来就成了区里的一把手。他干工作无非是霸道加霸蛮，有时还喜欢来点霸占，比如困女人和安排子女工作。有人讲，他的野老婆每个生产队都有，这有些夸张，但说每个大队都有，半点都不冤枉。他的三子两女，全部都吃了国家粮，省里、市里、县里都有人，厉害着哩。前些年，他还跑到老家建了栋大别墅，金碧辉煌，威武得很啊。我以前跟他走得近，还不是想通过他接上组织关系，而他的上梳头也只有我剃得好，所以几十年来混得滚瓜烂熟。汉牛皮人还是好玩，但做的好多事我向来看不惯。现在我都九十六岁啦，犯不着再去拍人家的马屁。

看到刘明安沉默不语，王副部长说："小胡记者，你有什么问题就赶紧请教刘师傅，我不影响你工作，随便去转转。"

胡记者对刘明安说："爹爹，您能跟我讲讲吴汉生同志的事迹吗？"

刘明安说："小胡记者，咳咳咳，咳，我是一个剃头匠，吴汉生同志是县里的老党员、老领导，咳，咳咳咳，他的事迹我怎么知道？"

胡记者说："他们都说你们关系近呢，您就随便说点吧。"

刘明安说："关系是近，我给他理了几十年的头发。咳咳咳，咳，他喜欢理上梳头，很虎势。"

胡记者边记边问："还有呢？"

刘明安说："咳，咳咳咳，其他的就不能乱说了，君子头大，客户的头型、骨型、斑点、黑痣等信息，我们是不能透露的。咳咳咳，咳……"

胡记者笑了："你们规矩还蛮多啊。"

刘明安说："当然，你是党员吧？就像党有纪律一样。咳，咳咳咳，不能说的话坚决不能说。"

胡记者合上采访本，挪了挪椅子，高兴地说："爹爹，您说话好有味的。我们主任说过，记者不打空转身。我们不谈吴汉生了，您就讲讲自己的故事吧，我回去给您写篇报道。"

讲讲自己的故事？哎呀，那还真是有得讲哩。作为一个老地下党员，向党报的记者讲述自己传奇而又坎坷的经历，是多么的理所当然和求之不得啊，但是，我能讲吗？头都没接上，怎么就随随便便乱说呢？杨先生当年再三叮嘱，对不上暗号，就千万不要透露自己的身份！如今虽然不是那个年代了，但讲出来谁又信？还是不讲算了。刘明安摇摇头，又摆摆手，说："我剃了一辈子头，哪有什么故事。咳咳咳，咳，没有，没有。"

看到老剃头匠讲礼性，坚拐子赶忙一嘴插了进来："胡记者，你今天真是来对了地方，问对了人。我们牛角冲村村支两委近年来一手抓经济发展，一手抓文明创建，如今新农村新气象，好人好事层出不穷。比如这位明爹，这些年在村支两委的号召下，给人挪皮接骨就不收钱……"

刘明安打断坚拐子的话："咳，咳咳咳，一点小事，何足挂齿。不过也不是近两年不收钱，几十年来我治跌打损伤从来就没收过钱呢。咳咳咳，咳。"

坚拐子嘻嘻地笑："是的是的，你老人家几十年来还不收五保户和八十岁以上老人的剃头钱。我那么说，只是强调一下村支两委的作用嘛，好让记者同志更有高度写稿子嘛。"

胡记者也笑了:"支书同志很懂我们报道的套路啊。"

大家就一起笑了起来。这时王副部长溜达回来了,看到气氛这么好,还以为采访非常成功呢。他挨着刘明安坐下来,问道:"刚刚上卫生间,看到你房里挂了几张画像,那三个男的是你什么人啊?"王副部长以前是部队的团政治部主任,转业到组织部当副部长也算是专业对口。搞了大半辈子政工人事的他,对人际关系有着浓厚的兴趣。

刘明安说:"中间那个四十出头的,是我父亲刘敬希,右边那个十八九岁的,是我大哥刘泰安,咳咳咳,咳……"

看到刘明安咳得厉害,坚拐子赶紧补充说明:"我们明爹啊,出身在一个红色革命家庭。刘敬希是红十六师独立团的副团长,牺牲在浏阳;刘泰安是红五军的一个排长,牺牲在万载。满门忠烈啊!我们牛角冲村那时节是红十六师独立团的主要据点呢,你们报纸是得好好宣传一下。"

王副部长点点头,接着问:"左边那个戴眼镜的呢?"

刘明安说:"那是我舅舅陈会芳。"

王副部长一惊:"谁?"

刘明安说:"我舅舅陈会芳。"

王副部长说:"思村乡横洞村的?"

刘明安说:"对啊,部长同志知道这人?"

王副部长肃然起敬地说:"哎呀,他是大革命时期我们平江的县委书记啊!"王副部长转业到地方后,半是工作需要,半是兴趣使然,把当地的党史研究得非常透彻。他站了起来,紧紧握住刘明安的手,有点惭愧地说:"刘老,今天失敬了,失敬了!

我真没想到您有这么光荣的家庭背景。小胡,好好挖一下,帮刘老认真做个报道。"胡记者说:"您进来之前,我正在采访着呢。"

刘明安没想到,三张革命先烈的画像,就让他从剃头匠刘师傅,升格为革命家属刘老。他现在对这位副部长,还有这位记者,都充满了好感。他感到他们都是比较实在的人,都是坚守某种信念的人,至少跟汉牛皮有所不同。这样的人,他乐意打交道,也愿意讲讲父辈们的故事。

刘明安清清嗓子,讲了起来:"咳咳咳,咳,说起来,我一家为革命牺牲了上十口人。所有的缘由,就是出了陈会芳。咳咳咳,咳,陈会芳在省城读书时,加入了共产党。回平江后,他担任了县委的主要负责人。咳,咳咳咳,他先后发展了我外公、父亲、大哥、大舅等亲人入了党。咳咳咳,咳,革命低谷时,他被国民党县党部的同学骗去,惨死在县城月池塘,牺牲时还不到四十岁。他一家人都被斩草除根了,如今最亲的人就只剩我一个了。咳咳咳,咳,咳咳咳,咳……"

看到刘明安咳得这么频繁,胡记者非常难受,他关心地说:"爹爹,您是不是感冒了,还是有其他的不舒服?咳得这么厉害,要抓紧去看医生呢。"

王副部长也说:"刘老您别急,慢慢讲。您这个咳嗽啊,最好去照个片。"

坚拐子呵呵一笑,说:"没事呢,明爹讲话是有这个尾头。这个尾头,翻译成普通话就叫习惯性动作,用学术语言来讲就是条件性反射。几十年了就这样,我做细伢子①的时候他就咳咳咳,反正一天到晚要咳个不停,不咳就不舒服。是吧,明爹。"

刘明安不好意思地点点头。

坚拐子说:"时间不早了,村里安排了中饭,明爹一起去,边吃边聊好不好?"看到王副部长有点犹豫,他又说:"放心啰,明爹不是肺结核,是肺结核的话还活得到九十六岁?"

王副部长说:"我不是担心这个呢。我是在想中饭要不要违规搞点酒。现在我决定犯个错误,借你们村里一壶谷酒,等下要好好敬刘老几杯。"

刘明安虽然没有接上头,但心里依然非常高兴。部长同志对革命先烈如此敬重,愿意陪我老剃头匠吃饭,听我讲给钱都没人乐意听的古②,实在是太难得了。人家敬我一尺,我得敬人一丈呢。是有蛮久没喝酒了,细孙不准,可部长同志敬的酒,我得喝。

一边慢慢喝酒,一边细细讲述先烈们的故事,刘明安不知不觉浑身燥热起来。五月份的天,人家都穿件单衣,他却西装领带,是有些不伦不类。他先是把红领带取下,还是热,索性又把西装脱下,最后也顾不得礼数了,袖子往上一撩,满面通红地向部长同志敬起酒来。哎呀,好久没这么痛饮了,好久没这么开心了。上一次这么高兴地喝酒,还是跟杨先生在县城的喜来居。杨先生酒量好啊,简直是千杯不醉。他醒来时,才知杨先生已连夜随军南下,酒钱早就付了。

---

① 细伢子,方言,指小孩子(多用于男孩)。
② 古,方言,指老故事、陈年旧事。

也不知喝了多少杯，刘明安感到双眼越来越蒙，越来越花。他睁大眼睛，突然发现杨先生正端坐在他的对面，呵呵地朝着他笑呢。他大惊，高兴地说："杨先生，您回来啦！您终于来跟我接头了！"

王副部长说："刘老，是我哩，是我。"

刘明安清醒过来，不好意思地说："部长同志见笑了，咳，咳咳咳……"

王副部长说："您刚才说的杨先生和接头，又是个什么故事？能讲讲吗？"

刘明安犹豫了一下，原本不打算讲的，但体内的酒精让他无比兴奋。看到双眼充满期待的部长同志，他突然有了强烈的倾诉冲动。刚才不是恍恍惚惚看见杨先生了吗，说不定是他的在天之灵示意我说呢。

刘明安咳了几声，字字清晰地说："部长同志，我其实是个地下党员！"

王副部长、胡记者、坚拐子差不多异口同声发出了惊叹："啊！"

王副部长问："您的党员身份组织上认定没有？"

刘明安摇摇头，说："组织上一直没派人来接头，咳咳咳，咳……"

王副部长关切地说："啊，还有这么传奇的事，您快把情况详细跟我说说。"

刘明安就细细地讲起了他的故事："我父亲、大哥和舅舅一家都牺牲后，我母亲带着他们兄妹几人到处躲难。十二岁时，我跟师父学习剃头，顺便帮游击队带信。到我十八九岁时，已成为有名的理发师。那时节平江的情况复杂啊，共产党方面，有傅秋涛同志领导的湘鄂赣游击队，总部在连云山月光岩，设了多部电台。国共第二次合作后，傅秋涛的部队改编为新四军第一支队第一团开赴皖南抗日前线，在平江嘉义镇设了新四军留守处。支队司令员是陈毅，副司令兼第一团团长就是傅秋涛。国民党方面，有县党部、区分部、军统、中统，好像杨森的部队也来驻扎过一阵。日伪方面，有几百个鬼子和一大批伪军盘踞在县城和重要集镇。民国三十三年八月初六，杨先生介绍我加入了共产党。当时是在嘉义镇义口小学的灶湾里举的拳头。因为是单线联系，除了杨先生，没人知道我入了党。我利用理发的机会，为杨先生收集和传递情报。头发嘛，谁都要剃，鬼子也得剃，所以工作起来很顺利。杨先生在平江待了一年多，后来就调走了。临走他告诉了我接头的暗号。杨先生走后不久，发生了震惊全国的'平江惨案'，国民党反动派将嘉义镇新四军留守处的涂正坤等同志杀害，毛主席还在延安写下了《必须制裁反动派》。形势更加严峻了，因为一直没人来找我接头，我就专心理发。民国三十八年，也就是解放前夕，杨先生突然找到我，并请我在县城的喜来居喝了酒。他让我安顿好家小，随时准备出来工作，约定还是按以前的暗号接头。从此我就没再见到过杨先生，也没任何人找我接头。"

大家听后，一片唏嘘。王副部长默了一下神，说："您讲的情况基本上是符合当时的历史的。"

坚拐子大声嚷道："明爹，怪不得你存红票子说要还一笔什么钱哦，我明白了，你是准备交那啥费吧。"

刘明安说:"关系都没接上,怎么交?"

坚拐子说:"组织部的领导都来了,还怕接不上头?"

王副部长问:"刘老,介绍您入党的杨先生叫什么名字?"

刘明安说:"杨清澜先生。"

王副部长说:"是他呀!"

刘明安高兴地说:"部长同志认识杨先生?这几十年来我到处打听,都说没听过这名字。咳咳咳,咳……"

王副部长说:"我不认识他。但市里的党史上有记载,这个名字是原地委副书记文方龙同志的化名。"

刘明安恍然大悟:"怪不得。"接着又着急地问:"杨先生后来的情况怎样?"

王副部长说:"正好我前不久翻看了有关他的资料,还记得一些。他是河北人,四十年代初确实是在平江工作过一段时间,日本鬼子投降前,随新四军第三师调往东北从事政治工作。解放前夕,与四野十五兵团南下解放海南。中途应当是经过平江。新中国成立后在中南局工作,六十年代初期调到我们地委,任副书记,没多久'文化大革命'开始,被折磨致死。"

刘明安无限悲哀地说:"唉,杨先生自身都难保,哪里还记得我的事。咳,咳咳咳……"

王副部长说:"这个很难说,也许他忘记了,也许托了别人来处理,还有可能是为了保护你,特意不说出来。您这几十年都到哪儿去找杨先生?"

刘明安说:"我一个剃头匠,能到哪里去,还不是乡上、区上问一问,最多到县里打个转。咳,咳咳咳,我也想过去地委问一问，汉牛皮说没问手①，人家只怕早不在人世了。咳咳咳，咳。"

"汉牛皮？你问过吴汉生老部长？"

"是啊，以前年年去打听。"

"他应当知道文书记的化名啊！"

"怪不得他总是阻止我去找杨先生哦，原来是怕我接上了头会抢他的位子！咳咳咳，咳，这只老狐狸！"

坚拐子见刘明安伤心极了，忙说："神马都是浮云，问心无愧最好。来来来，明爹，喝酒喝酒！"

刘明安又一连喝了几杯谷酒，他感到头有些沉重，抬不起来，双眼也愈加地花。唉，杨先生，你怎么那么老实呢？他们折磨你你不晓得跑啊。你跑到平江来，平江你又不是不熟悉。你实在没地方躲，可以到牛角冲来找我啊。我练了这么多年武功，牛都打得死，看谁敢动你！

"啊，杨先生，您真的来啦！好，我们按规矩先对暗号。"恍恍惚惚中，刘明安竟然把心中所想，大声地说了出来。

"咳咳咳，咳，咳咳咳，咳；咳咳咳，咳，咳咳咳，咳；咳，咳咳咳，咳咳咳，咳。"

"杨先生，您怎么不回应呢？"

王副部长静静地看着刘明安，小声问道："这就是接头暗号吗？"他以前在部队时学过一些密码知识，初步感到刘明安的咳嗽声是一种摩斯码。

刘明安笑了："咳咳咳，咳，杨先生，我忘记了我们约定的

---

① 没问手，方言，指没必要问或问了也白问。

是用手指轻轻敲击桌面。咳咳咳，咳，哎呀，你不知道，我就读了两年书，哪里记得住这么复杂的暗号啊，咳咳咳，咳，又生怕记错，所以就用咳嗽声来帮自己记忆。到现在，我咳了快七十年啦，咳咳咳，咳，都不用记了，随口就来。好，还是按约定的来。咳，咳咳咳……"

王副部长大吃一惊："您为了记牢暗号咳嗽了一辈子？"

刘明安说："是哦，杨先生，您听听我有没有记错。"说着他用左手撑起越来越沉重的脑袋，右手五指张开，轻轻地在桌面上叩击起来：

"哚哚哚，哚，哚哚哚，哚；哚哚哚，哚，哚哚哚，哚；哚，哚哚哚，哚哚哚，哚。"

叩击声清晰而又有节奏地传进王副部长的耳朵，他仿佛置身于当年的场景之中，手指不由自主地也轻轻地在桌面上叩击起来：

"哚哚哚，哚，哚哚哚，哚；哚哚哚，哚，哚哚哚，哚；哚，哚哚哚，哚哚哚，哚。"

刘明安高兴极了，又轻轻地重复叩击了一遍。

王副部长感到有一部发报机，正在向他发出强烈的信号。他知道，响三下是"哒"，一下是"嘀"。他很快就听清了发报机的信号：

"哒嘀哒嘀；哒嘀哒嘀；嘀哒哒嘀。"

"CCP！"王副部长站起来大声说。

"CCP！"刘明安也站起来大声说。

两双手紧紧地握到了一起。

刘明安哽咽着说："杨先生，我终于接上关系啦！七十多年里，我一直保守机密,没给您丢脸!"说着腿一软,手从王副部长手心快速滑出,重重地一头侧倒在饭桌上。

坚拐子和胡记者先是像看谍战片一样,看得惊心动魄,现在看到刘明安栽倒在饭桌上一动不动,又吓得魂飞魄散。天啊,要是把个老革命搞死在酒桌上,那就下不得地啦!王副部长作为主要演员,更是紧张得不行。三个人一声惊呼,三根指头,不约而同地伸向了刘明安的鼻前,一股带着酒味的热风,让他们瞬间收回手。刘明安把脑壳转了个方向,张开嘴巴,旁若无人地打起了牛皮鼾[1]。那鼾声,真是惊天动地!

(原发《湖南文学》2021年第7期)

---

[1] 牛皮鼾,方言,指极其响亮、夸张的呼噜声。

1981年的病与药

时令进入深冬，寒风像一伙强盗，举着冰冷的刀锋，掠过空旷的田野，跨过枯瘦的河流，从北方一路呼啸而来，翻着跟斗在村庄里肆无忌惮地横冲直撞。雨已经连着下了好些天，急着想做活路的人们，也只得勾头夺脑地缩在屋子里，暂时聚成一团取暖。尽管纸糊的窗户关得紧紧的，火塘中还烧着柴蔸，但隔壁不断传来的像狗叫一样的剧烈咳嗽，仍让大家脊背发凉。

"唉，如何得了呀！这鬼天气冻得狗死，你看她刚刚好点，寒风一吹，又咳成了这样！"

有人质疑："不是说谷子寄回的药很好吗？"

有人摇头："她那病啊，难得断根。"

有人点头："这个冬天只怕蛮难熬哦！"

有人就大声喊："麦子，麦子！你别只晓得写作业，也给你娘搞个火烤烤！"

麦子坐在窗台前，眼睛望着远处的村道，作业本压在她的手臂下，干干净净，一个字都没写。村道也干干净净，沉默在风雨中，看不见一个人影，但她还是望了又望。她在等一个人。她知道，这个人今天一定会来！每到星期四，这个人就骑着绿单车，有时还披着黑雨衣，从村道上嘎吱嘎吱地驶进支书家，丢下厚厚一沓的新鲜与惊喜，让村子里的人们快乐好些天。她在心里默算过好几遍了，哥哥谷子的回信，今天无论如何会被这个人带来。想想马上又会看到哥哥排山倒海般的表扬与激励，麦子的心热热的，一点也不觉得冷。

麦子十三岁，还在上小学四年级，这真让她脸羞羞的。按理讲，她这个年龄早该读初中了，之所以落后这么多，并不是她蠢，她最怕别人说她蠢了。父亲去世后，她中途辍了学，直到前年年底哥哥去当兵，哥哥走时央老支书免了学费，她才重新入学。她的成绩向来不错，可毕竟丢得久，学的字也不多，写起信来还是很吃力。妈妈不识字，只知道絮絮叨叨说一大堆，要她原原本本地记下来，她好多字不会写啊，哪里记得全，常急得想哭！有时写一封半页纸的信，母女俩也要折腾老半天。从去年年底起，她就不这么干了，只把妈妈的话记个大概，再写上一段自己想说的话，当然这些写给哥哥的悄悄话，她是不会念给妈妈听的。妈妈一边抚着胸脯咳，一边还夸她写得好呢。

麦子是二十多天前给哥哥去信的。这一次，妈妈没要她写，她自己主动写了三页，比以前任何一封信都写得长，字也写得很好看。她觉得，写信其实不难，只要把自己心里想说的话记下来就行了，就像面对面聊天一样。是的，她已两年没见过哥哥了，很想和他说说话。那天放寒假,她捧着第一名的奖状回家,看见妈妈在新分的田地里栽油菜,金色的阳光照着她白净的脸庞,一派安详,她突然感到浑身暖洋洋的,很想把这种幸福的感觉告诉哥哥。晚上趴在窗台前的旧桌子上,她不知不觉就写了整整三页算术纸。她告诉哥,语文、数学都考了满分,黄老师说了,过年后要她直接跳到六年级去;她告诉哥,队里的田土都分到了户,妈妈担心明年双抢家里没劳力。支书说,慌啥啊?到时大伙一起来,军属嘛!她还特别告诉哥,妈妈在按时服用他寄回的药,玻璃瓶里的药丸每天三颗,白瓷坛里的药粉早晚一调羹,现在,妈妈的病好多了,晚上咳得不厉害,血也吐得少,脸上还有了红晕呢,再过一个多月把药都吃完,估计就全好了……麦子想,这么多的好消息,哥一定会乐翻天的,怪不得这么久没见回信,哥肯定是在搜肠刮肚地想着怎么表扬我呢。寒风追着枯叶从窗台前翻滚而过,麦子的心热热的,一点也不觉得冷。

"麦子!麦子!你娘咳成这样了,怎么喊你还不应?"

麦子醒过神来,高声应答了一句,她车转[①]脑袋,发现屋里比窗外灰暗多了,妈妈半躺在床上,佝偻着身子,脸色一片寡白,咳得连床板都吱呀吱呀地叫。麦子站起来说:"妈,你冷吗?我到队里给你搞个火来!"队里就是隔壁的堂屋,以前社员开会算工分的地方,现在不搞集体了,大家闲时还是喜欢聚到这里,谈东家长西家短,要不就是分析国内国际形势。妈妈早就听到了隔壁的议论,她喘着粗气,摆了摆手。麦子说:"要不给你泡碗药

---

① 车转,方言,指转过去。

吃?"妈妈边咳边说:"晚点再吃,你别管我,好好写你的作业。"麦子感到刚刚还热乎乎的胸口,这时似乎有了一丝丝寒意。

妈妈的病是前些天复发的。麦子真没撒谎,吃了哥哥寄回的药后,妈妈一天比一天好转。但前些天,寒潮要来,为了抢栽油菜,妈妈比别人在田里多吹了两天风,结果病就翻了①。麦子想起这事就难受,别人家劳力多,几下就栽完了,她娘俩拖在后面,也不见谁来帮帮。老支书的话有时也信不得!现在都不搞集体了,谁不是各顾各?

妈妈害的到底是什么病,麦子搞不太清楚。打她懂事起,妈妈就干干瘦瘦,咳个不停,有时还卧在床上十天半月下不得地。有人说是痨病,有人说是癌症,总之是十分凶险难治的病。妈妈自己却认为,她的病是做苦了的,累坏了的。妈妈说:"麦子你不知道,生你哥和你的头几天,我还在队里出工呢,那时谁敢请假啊,一满月,又是泥一脚,水一脚,加上饭都吃不饱,你说怎么会不得病?"麦子今年学了《自然》,知道了细菌。她疑心妈妈的病是细菌侵入体内引起的,要想让妈妈好起来,就必须消灭侵略者!可是,要想把这些坏家伙打败,还真不是容易事,爸爸就是为了给妈妈采药,从悬崖上摔死的。

麦子望了她妈妈一眼,迟疑了一下,说:"我没做作业呢,我在等哥的信。"她本不想把这事告诉妈妈的,看到她咳得那么难受,知道只有哥哥的消息,才能让她暂时忘记苦楚。

妈妈的眼睛果然一亮,从床上坐了起来:"你背着我给谷子

---

① 翻了,方言,指(病情)复发、加重。

写信啦？死丫头，上次首长不是说他们训练正紧吗？我叮嘱过你没事别乱写信的，怎么记性被狗吃了吗？"

麦子抿着嘴巴笑。

妈妈一声惊呼："哎呀，你不是把我发病的事告诉他了吧？"

麦子笑着摇头："没有啦，我只讲自己的事。"

妈妈高兴起来："那就对了，你是应该把跳级的事说给他听听，好让他也乐呵乐呵，我的病和队里的事，其实也可以顺带说两句，不过要说病好了，队里都帮我们种地，田里的油菜壮实着呢，好让他安心站岗放哨，保家卫国……"

麦子发现，妈妈寡白的脸上这时有一股生气升起，而且这么久她居然没有咳嗽一声，儿子的消息，真是医治妈妈病痛的一剂良药啊！

谷子是前年冬天去当兵的，那一年，他刚满十七岁，那一年，南方正在打仗。

要是换了平时，谷子是无论如何都去不成的。在农村，当兵是除了升学之外唯一的出路，每到征兵季节，后生们一个个摩拳擦掌，跃跃欲试，家长们则暗中拉关系找门路，像谷子这种"四无家庭"（无权、无势、无钱、无人）的子弟，基本上想都不用去想。何况，他本身条件就不合格：没满十八岁，身高体重均不够，是家中独子，父逝母病。这当中的任何一条，都能让他与军营无缘，而且理由绝对道义。

但这一年，情况不同了。

当谷子跑到大队部强烈要求参军入伍时，老支书正在为无人应征而烦恼，征兵动员大会已开过多时，但全大队数十名青皮①后生却无一人报名，一些家里兄弟多的还装起病来，有的甚至自残手脚。也怪不得大家，前不久发生在南方的那场战争，像一片乌云，恐怖地笼罩在大家心头，让人对当兵谈之色变，避之犹恐不及。老支书再三斟酌，选了几个家庭条件比较好、以前从政策中受益较多的对象，连着做了几个晚上的工作，可人家横竖不答应。都是沾亲带故的乡亲，他也不好硬逼，要知道，打仗死人的事还真不是传说，邻近好几个村庄都有人牺牲在这场战事中，要是把他们逼去出事了，他如何担待得起？可上级定的指标不完成又过不了关啊，他头发都要抓脱时，瘦骨嶙峋的谷子摇摇摆摆地来了。

老支书只瞟了他一眼，就挥着手说："你不行，快回去，别给我添乱！"

谷子不走，鼓着眼睛声音洪亮地说："国家兴亡，匹夫有责！没有国，哪来家？现在白眼狼都快打到我们家门口了，作为热血青年，怎能不报名参军，报效祖国，保卫我们来之不易的幸福生活！"

老支书知道这些话不是谷子的，是广播里天天在喊的，看到谷子一本正经的滑稽样子，他心里有些想笑：你家总共一间半破房，口粮都还缺两个月呢，有啥好保卫的？满嘴大话、套话、假话！

老支书装作严肃地说："你别给我背社论，想去当兵就跟我讲真话，否则门都没有！"

---

① 青皮，方言，常用于指年轻人。

谷子说:"伯,我真的想去当兵!你知道的,我和妈都是半劳力,麦子没读书天天割牛草,三个人年头搞到年尾,口粮都混不到,更不要说给我妈治病。我当兵了每年会有二百元钱,她们的肚皮就不慌张了,我妈也能去买点药。"

支书沉默了,半晌才问:"今年的兵很可能去前线,你家就一个崽,你妈能同意?"

谷子说:"我跟她说了,我当兵了,她就是军属,年年有钱进!她起先坚决不准我去,昨天去祖师岩问了卦,乐意我去了。"

谷子坐上军车时,全大队的人都敲锣打鼓来欢送,他娘拉着他的手不放,飞快地把一道布缝的神符塞进他新换的军装口袋,悄悄说:"有祖师保佑,会处处逢凶化吉的。"谷子说:"妈,你这是迷信啊,部队不允许的。"他妈马上当着接兵首长的面,大声对谷子说:"放心去吧,你去时我是军属,你回来我就是烈属了,光荣啊!"

首长和支书都大惊失色。支书呵斥她说:"你胡说什么呀!"

谷子妈妈一脸懵懂:"咳咳……你们不是说'一人当兵,全家光荣!'……'军属光荣,烈属更光荣'吗?咳咳……难道我记错了?"

谷子到部队后,信一封接一封地寄回。到支书家拿信,给妈妈念信,从此就成了麦子光荣的使命。

信其实不是谷子写的,他只读了三年书,字又丑,写不好。以前是班长和司务长代他写,后来是排长,现在反倒不固定了。他告诉麦子和妈,他们的部队在广西宁明,属边防三师,但距前线还很远,大炮都打不着,不用担心……这里很闷热,冬天一点不冷，根本不用像家里那样愁没被子盖……饭可敞开肚皮吃，菜跟我们的搞法不同，有人吃不惯，我餐餐能吞三碗……这些信，麦子看过无数遍，也给妈妈念过无数遍，背都背得出来了。她写信问过哥，哥说信不是他写的，但话都是他说的。她给妈念信时，常常觉得是一家三口坐在一起聊天，幸福极了。看到妈妈刚刚一提起谷子就神采飞扬，咳都不咳了，麦子忙拉开抽屉，想把哥哥最近的一封来信再念给妈听听，她刚把这封信找到，一抬头，看到村道上爬来一辆单车。

麦子高兴地说："妈，送信的来了！"

麦子打开房门就往外走，一股寒风猛蹿进来，让妈妈触电般打了个寒战，咳得眼泪都漫了出来，但她高兴地说："你快去啊，别磨磨叽叽的，早点拿回来念给我听。"

麦子迎着寒风往支书家小跑，她已背着妈妈接连去打探了两个星期，但两次去都空手而归。她有经验，广西到这里的邮路一般是一个星期，来去最多半个月，这一次，哥的回信肯定能到。

麦子走进支书家时，邮递员正好也刚刚进门，他从帆布包里拿出一沓报纸和一扎信件。麦子问："叔叔，今天有我家的吗？"邮递员翻了翻，摇头说："好像没有，麦子，想你哥了？"麦子不相信，从支书手里把信全部要过来，一封一封地看，真的没有。但她看到了一个熟悉的牛皮纸信封，下面印着一排通红的字：中国人民解放军五四二××部队×缄，封皮上盖着红色的"义务兵免费邮件"三角章，这是谷子部队的信封啊！但收信人不是她，也不是妈妈，而是支书。

麦子的心"咯噔"一下，怦怦地狂跳起来，奇怪啊，哥为啥不给家里写信呢？还有，那信封上的字迹，也不像排长他们的啊，她从来没见过，难道哥哥出事了？

麦子着急地说："大伯，你快把信拆开，看我哥给你写了些啥？"支书看到这封信，眼睛一跳，但很快就恢复了惯有的神情，他摸着麦子的头说："丫头，这是王连长写给我的呢，就是上次来你家送药的那位。"麦子说："你就撕开念念吧，看他咋说我哥的？"支书说："他和我有个公事要谈，跟你哥无关的，你回去吧。"麦子将信将疑地走出支书家时，一股寒风迎面与她撞了个满怀，她像被刀子刺中了心脏般，全身都打起了冷颤。

麦子和妈妈一样，一直在担心谷子的安危。自从哥哥当兵去了，妈妈就到祖师庙接了香火回家，每天早上和晚上，都要洗净双手向祖师上香叩头，即使是咳喘得起不了床，也从不间断。也许是她的虔诚起了作用，谷子在部队一直顺风顺水，不但没有上前线打仗，出现她们最害怕的事情，还好事不断，喜报连连：新兵训练结束，他评上了优秀士兵；去年，当上了副班长；今年上半年，他还成了预备党员！但妈妈知道，只要谷子还在军营一天，就随时会有上前线的可能。儿子入伍时曾悄悄告诉她，他去当兵就是为了打仗，因为只有上了前线，立了功，才能像张家寨的宋老满一样，安排工作，吃上国家粮，当然也才有能力给妈妈治病。她宁可不治病，也不愿儿子去冒这个险，但儿子说，都不去冒险，国和家不就完了吗？冒一下险，就都有了活路呢！儿子的话，一直在她耳边回响，弄得她成天胆战心惊的。特别是从今年春天起，儿子不断在信中说，他现在越来越想和白眼狼干一仗，也不图什么工作和国家粮了，就想干一仗！他说："妈你不知道，面对这些嚣张的家伙我们坐不住啊,我们现在代表的是国家,我们不上谁上?"每次看到儿子寄回的相片,她总是久久地凝视:儿子长得越来越强壮了,眉毛浓浓的,眼珠黑黑的,鼻梁高高的,嘴唇厚厚的,英俊得很啊。她把相片紧紧贴在胸前,感到既踏实,又空虚;既温暖,又冰凉。她生怕自己的儿子,最终变成这样一张薄薄的纸。

麦子带着一身寒风进屋时,妈妈正咳得喘不过气来,麦子连忙过去帮她轻轻拍背,看到麦子空着的双手,妈妈的咳嗽戛然而止,她着急地问:"信呢?"麦子神情黯然地摇了摇头,妈妈双眼瞬间变得茫然无助,她呆呆地望着麦子,望着望着,又天翻地覆般咳了起来。

麦子知道,妈妈肯定和她一样,想到了最坏的事情。每天晚上,或者是下雨天,她们总能听到隔壁队部传来的谈论南方战事的声音。好多年来,大家就喜欢聚在这里唉声叹气地发牢骚,咬牙切齿地骂上面吃冤枉①,如今,他们不再讲这些没用的空头路②了,自己田土上的庄稼和南方国土上的胜败,成了他们关注的焦点。这些作田种地的汉子,也不知从哪听来的消息,把前线的事讲得有板有眼,有名有姓:有人说,芦洞一伢子③开军车,流弹打穿他的心脏,人死了,车还在开,坐在旁边的连长好久才发觉;有人说,茶树坳那个更惨,踩了雷,炸个稀烂,什么都没留下;有人又翻旧账,说还是张家寨宋赖子家的老满最划算,1979 年本来

---

① 吃冤枉,方言,指占公家便宜
② 空头路,方言,指空谈、废话。
③ 伢子,同"细伢子"。

要退伍的,也没安排上战场,自己写血书硬要去,结果把个卵子打飞了,转业到公安局捞了张饭票子,一辈子不用闻牛屁了……听到这些真真假假的事情,麦子和妈妈就常常想起谷子,差不多每夜每夜,她们都要被噩梦惊醒。

南方为什么要打仗,麦子弄不太清楚,她只是隐隐约约地觉得,国家就像妈妈的身体一样,本身体质不太好,又受到风寒之类的外物侵袭,所以生病了。哥哥他们去打仗,就是用枪炮当药,把这些趁虚而入的东西驱逐出去,好让国家的身子骨强壮起来;而给妈妈治病,又好像是另一场战争,那些药啊、丸啊、粉啊,就好比子弹炸药,把细菌消灭光了,人就胜利了。但打仗也好,治病也好,都不是一件容易事,比如妈妈的病,拖了这么多年,吃了这么多药,问题到现在都没完全解决。麦子痴痴地想,要是妈妈不生病,国家不打仗,爸爸就不会早逝,哥哥也不会外出,一家人天天在一起,团团圆圆,快快乐乐,多好啊!

看到妈妈咳得直不起腰,麦子赶紧到神龛上去拿药。药有两种,一种是茶色玻璃瓶装的药丸,一种是白色瓷坛装的药粉。这些药,是一个多月前,谷子托连长带来的。连长来这里接新兵,顺路来麦子家看看。那天,在支书和上面干部的陪同下,连长带着来验兵的军医给妈妈看了病。军医低声对连长说:"果然是肺结核加哮喘,药带对了。"连长握住妈妈的手说:"大嫂子,您的病不要紧,谷子买回的药够吃两个月,您按说明吃就是啦。"他又拿出三百元钱说:"谷子训练紧张呢,不能回家探亲,他立了功,这是给您的奖金。"连长走后,麦子按照茶色药瓶上的说明,每天给妈妈吃三粒丸子,但白色瓷坛上没有说明,里面的粉末不知服多少。妈妈笑话麦子说:"傻丫头,读了这么多书都不会算,连长不是说了这些药够吃两个月吗?平均下来还不就一天两调羹!"部队的药就是好啊,药丸一日三粒,药粉早晚一调羹,才服用了半个多月,妈妈的病就好了一大半。妈妈高兴地跟麦子说:"我吃了你哥寄回的药,好像看到他回来了,他就站在我面前呢,给我按肩、捶背,舒服死了。"麦子看到妈妈精神抖擞的样子,就在放寒假那天,偷偷给谷子写了信。麦子想,要不是受了风寒,妈妈也许早就不咳了。

麦子刚服侍妈妈吃下三粒药丸,正准备到瓷坛里挖药粉泡给妈妈吃时,老支书一身风雨推门进来了,他的眼睛被雨水打湿,鼻孔里喘着粗重的白气。麦子朝窗外看看,雨不大呀,他跑这么急干什么?难道哥哥真出事了?她捧着瓷坛的手,不由自主地颤抖起来。

老支书示意麦子放下瓷坛,眼睛望着麦子的妈妈,嘴巴张了又张,喉结滑了又滑,但一个字都没有吐出来。他喘得慌呢。麦子瞪大双眼,怔怔地看着他,感到自己的心脏,好像长了一对翅膀,正在一上一下地扑腾、冲撞,仿佛马上就要飞出来了!

妈妈说:"傻丫头,快请大伯坐呀,还不给大伯泡茶!"

麦子手忙脚乱地搬凳子,洗茶杯。老支书站也不是,坐也不是,满腹心事地在房间里踱来踱去,他几次下定决心般停了下来,却又欲说还休……这个在广播里口若悬河一讲老半天的厉害脚子①,今天嘴巴怎么变得这么笨啊?

---

① 脚子,方言,指家伙、角色。

他真不知如何开口,更不知从何说起!

一个多月前,他就知道谷子早已在五月牺牲了,与他一同光荣的,还有以前帮他写信的班长、司务长,此后给麦子回信的,变成了排长,后来排长也长眠在南国的土地上了。谷子上战场时留下遗言,如果牺牲了,先不要告诉家里,希望部队能用最好的药,帮他治好他妈妈的病。上次连长带着军医专程来这里,把谷子的情况讲给他听时,他当场就忍不住老泪纵横。他与连长的意见一致,先给谷子妈妈治好病,真相由他慢慢来说,要不然的话,万一她受不了打击出个状况,留下一个年幼的麦子怎么办?哪曾想,麦子的一封信,让他再也隐瞒不下去了!

他刚刚收到的那封部队来信,确实是连长写的。他原以为连长只是来问问麦子娘俩的情况,没想到他说的竟是这么一件惊天地泣鬼神的事情——连长把麦子的信回邮给了他,在"妈妈按时服药,玻璃瓶里的药丸每天三颗,白瓷坛里的药粉早晚一调羹"这句话下画了线,还在旁边用红笔重重地打了一连串的惊叹号,连信纸都刺穿了!看到这句话,一股热血像惊涛拍岸一般撞击着老支书的脑顶,他喉咙一哽,鼻子一酸,豆粒大的泪珠狠狠地砸落下来,把麦子的信打得透湿。他感到眼前那一排红色的惊叹号,就像一把把滴血的匕首,在狠狠地扎着他的心!罪过啊,作孽啊,一片好心怎么成了这种结局!

"大伯,您坐啊,请喝茶。"麦子的声音,让老支书回过神来,他揉了揉眼睛,指指神龛前的白瓷坛,轻声对麦子说:"把它收好,不要再泡给你娘吃了。"

麦子说:"为什么呀?"

老支书说:"连长给我来了信,上次忘记叮嘱了,那坛子里的粉末不是药。"

麦子紧张地说:"那是什么呢?"

老支书说:"他也没说,只说谷子回来了有用,你收好啊!"

麦子走过去,从神龛上把瓷坛小心地抱了下来。这个白色的瓷坛子,有点像以前妈妈陪嫁的冬瓜坛,但是更小巧一些,更精致一些,它的身子白白的,胖胖的,洁洁净净,没有一丝杂质,麦子的手捧着它,感到心里一片冰凉。

麦子端详着这个瓷坛,看着看着,发现谷子的面孔慢慢地浮现在瓷面上,浓浓的眉毛,黑黑的眼珠,高高的鼻梁,厚厚的嘴唇,越来越清晰,越来越真实,正甜甜地望着她笑呢!

"哥……!"麦子一声惊叫,把脸紧紧地贴在坛壁上。

她小心地把瓷坛的盖子揭开,低着头静静地看着坛子里面。她不相信那么英俊的哥哥、那么活蹦乱跳的哥哥会藏在里面,她轻轻地颠动坛子,发现粉末中露出了一个纸角,她伸手把它拿了出来。

是哥哥穿着军装的相片,背面写着:

陈谷子,男,19岁,湖南平江人,1981年5月8日牺牲于法卡山,抚恤金300元与骨灰同送家属。

麦子的眼泪瞬间哗哗地流了下来。

她呜咽着问老支书:"什么是抚恤金啊?"

妈妈咳嗽着说:"就是奖金!"

这时,寒风像一伙强盗,正在窗外肆无忌惮地横冲直撞,妈妈双手接过儿子的相片,默默地看,看着看着,她就笑了起来;

笑着笑着,她就哭了起来;哭着哭着,她就惊天动般地咳嗽起来,翻江倒海般呕吐起来,撕心裂肺般疼痛起来……麦子泪眼蒙眬,但她清楚地知道,妈妈的病,这辈子是再也没有任何药物能够医治了!

(原发《鹿鸣》2019 年第 8 期)

影子像风一样掠过

太阳慢慢沉下去，灯光渐渐浮上来的时候，郁子照例又溜过来看我。她帮我打扫房间，折叠衣被，完了就搬个小板凳，坐到我身旁，趴在房中唯一的小方桌上，像检查作业一般，认认真真翻看我前一天晚上写的诗。我每天晚上都在写诗，写完就摆放在小方桌上，等待郁子第二天傍晚时分前来欣赏。这是我每天最期待、最幸福的时刻。看着看着，郁子突然就哈哈大笑起来："在这个繁华的城市，我像一只饿得寡瘦的蝙蝠，穷得连一个接吻的屋檐，都不曾拥有……方子轩，你想把我酸死啊！你现在，不是拥有整整一间出租屋了吗？"笑着笑着，郁子的眼角，就有晶莹的液体滴落。我赶紧拿出纸巾，轻轻给她擦拭。就在这时，我发现窗外有一个人影，似乎正紧贴着糊满报纸的玻璃，用眼或者是耳，打探房内的秘密。

"哪个！"我站立起来，大声吼叫。

那个影子像风一样，一掠而过。我打开房门冲出去，山脚马路边的路灯，惨淡地扑了过来。窗外的小地坪里，只有几片枯黄的落叶，在秋风中旋转。而屋旁的山林，浓黑如墨，涛声翻滚。

我搬到这个鬼地方，还不到两个月，但那个幽灵一般的影子，已经出现好几次了。

我问郁子："难道，是你姑姑知道了？她对你每天晚饭后出来'散步'产生了怀疑？"

在公司，郁子威武得像个公主，而我，简直就是一个落魄的小瘪三。瘪三与公主之间的距离，在同事们的眼中，至少相隔着整整一个洞庭湖。至于她姑姑，肯定感到把这两个风马牛不相及的名词，捕风捉影地组合成某个传说，该是何等的荒唐与可笑。事实上，在公司里，我和郁子都严守她姑姑和同事们设定的规则，安静地生活在自己的工作半径之内，并无半点公开的交集。尽管，在灰尘漫天的车间，在人声鼎沸的食堂，我们只需遥遥对视一眼，心灵便紧紧地依偎到了一起。我们小心翼翼地呵护着心底的秘密，不想任何人干扰和破坏它的成长。但压抑的激情，却在疯狂生长。经过郁子一个多月的谋划，我终于从公司的集体宿舍，搬到了距她姑姑的别墅只有六百米的出租屋。她精明的姑姑，莫非注意到了我这个小小机电技术员的动态？

郁子想都没想，一口否认："是姑姑的话，早就把我的腿打断了，早就把你给开除了，还会一次又一次地来窥探？"

"那会是谁呢？没有一个熟人知道我住在这里啊？莫非是老邹？"

"是后山的狐仙，看到你可怜，穷得连一个接吻的屋檐都没有，特意来给你一个机会。"郁子咯咯地笑了起来。

这里真的像个狐仙出没的鬼地方。如果不是为了和郁子亲近，说什么我也不会来住。一栋"凹"字形的两层破旧红砖屋，像一个风烛残年的老者，孤零零地蹲在城边荒山的半腰。尽管山脚马路的那边，就是一片新开发的豪华别墅群，但马路的这边，依然是一个被城市遗弃的角落，除了一条两三米宽、百把米长的水泥路，坑坑洼洼歪歪扭扭地从马路上斜插上来，似乎再没有别的人间烟火。而屋后黑压压一大片莽莽苍苍的高大香樟，更是增添了一股逼人的阴气。房子不但破旧，连内墙都没有粉刷，粗糙的砖墙上布满缝隙，像怪物裂开的一张张嘴。每层楼房各有五间房，中间三间，左右各一间。房东老邹一家住一楼中间三间，我住他们旁边那间，靠近山林。

老邹是个半老男人，无业，基本上靠出租这些房屋打发他富得流油的时间。他每天微驼着背，顶着一头灰白的乱发，在房前屋后东搞一下，西摸一下；要不就在各个租户家穿梭往来，压低声音跟这个耳语几下，跟那个交待几句，完了总是不忘抬高音量，夸张地总结："啊！就这么啦。啊！"之后又继续进行他永不停歇的巡视工作。大概是由于甲亢，他的眼珠有些外凸，眼角常有稀泄的眼屎流出，有时是左边，有时是右边，有时左右都有。他跟人说话时，眼睛像流星般舞动，而眼屎也跟着上下乱窜，看了很恶心。

老邹也经常到我的房间来巡视。有时是晚上，有时是星期天。有时就站在门外耳语几句，有时还要踱进房里来，自己搬把椅子与我促膝谈心。

"哎，方子秆（从搬来第一天起，他看了我的身份证后，就一直呼我为方子秆。我也懒得纠正），告诉你啰，小白今天又没去上课，关起门在屋里死睡。读个鬼书，浪费爷娘的钱！"他是指住在我对面的那个民办大专的女学生。他对此似乎很痛心。

"方子秆，你不晓得吧，黄狗牯昨夜带了一个女的回来困，我的爷哎，比我婆婆子都老，长得丑死了，什么眼光！"他讲的是楼上东边那个摆地摊的小伙子。他一脸的鄙视。

"方子秆啊，你看你看，牛鸭叫和兰桂香现在竟然非法同居了！真是乱搞，这是在我家啊，出了问题我要负责的！"他指责的对象是住楼上中间两间的厨师和服务员。他的眼珠差不多要瞪出来了，似乎无比愤怒。

……

他每次跟我传递完情报，都要压低声音叮嘱："这事我谁都没讲呢，你要保密呢。"然后站在房门边大声说："啊！就这么啦。啊！"手几挥，心满意足地走了。其实，对别人的这些隐私，我一点都不感兴趣。离奇也好，古怪也好，香艳也好，麻辣也好，都是别人的生活，关我何事？

在老邹源源不断的情况汇报下，尽管住来的时间不长，我已对这栋房子的东家长西家短滚瓜烂熟，了如指掌。每次他神秘兮兮、得意扬扬地向我讲述捕风捉影的奇闻怪事时，我就不由自主地想起窗外的那个影子。在老邹的身边，那团朦胧的阴影，一点一点地浮现起来，清晰起来，丰满起来。他的嘴，他的眉，他的眼，他的上下乱窜的眼屎，慢慢地就与它合二为一了。我在听老邹说话时，眼睛望着他，心里却在想那个影子，好几次，我都差点喊出声来："嘿！老邹，你瞄什么瞄！"

要命的是，我不但没有点醒老邹，反而在他貌似不经意的聊天中，出卖了很多自己的信息。

"哎，方子秆，陈郁怎么没来？这是个好女孩啊，又漂亮，又温柔，你一定要好好抓住！听我的啰，好好抓住！"

"嗯啰。"

"听说她有个亲戚好有钱？"

"就是我的老板啦，陈郁的姑姑，正阳制药的大股东，那栋别墅就是她的！"

"哎呀，那可不得了！怪不得陈郁像个公主，天天从那边过来。哎，你怎么不住到别墅去呢？她姑姑肯定喜欢你啦，你这么标致！"

"让她知道了我俩都得死，还住别墅。"

"你们迟早是要结婚的啦，你看，陈郁对你几多好①。"

"那肯定，买了房子就告诉她姑姑。"

"你什么时候买房子啰？"

买房子？做梦吧。但极度的虚荣让我张口就吹起牛来："现在还只有五六万块钱，要等年把。"

"哦，那好，那好！"老邹起身，脸上露出压抑不住的嬉笑。那笑意，既有对我没脑子的嘲笑，也有对自己手段高超的得意，还有对意外收获大情报的欣喜。可以想象，未来几天，我和郁子，将是他播报的主打新闻。

我恨死了自己，一笼子就被别人带进去了，这智商，还诗人，诗人个屁！但我又不得不承认，这个老家伙，投石问路,察言观色，

---

① 几多好，方言，指很好。

还真的有几把刷子,没有让他去从事情报收集和新闻采访工作,简直是党和人民的一大损失。我和郁子暗暗商量,一定要把他那鬼影捉住,狠狠教训一顿。

其实,对于窗外的那个影子,在猜测到它的真身之后,我完全可以不再理会,因为,除了害怕郁子的姑姑和公司的同事发现,我实在没有什么见不得人的事情。郁子曾建议我加装一个窗帘,我拒绝了:"原本就什么事都没有,何必还要搞得遮遮掩掩,让人更加觉得黑幕重重呢?何况,装了窗帘,我就没法'诱捕'老邹了。"

没花多少工夫,我就悄悄在窗外的雨棚上安装了一个一百瓦的灯泡。一旦外面有动静,只需把桌旁的开关一按,外面的人影就会在灯光的照耀下原形毕露。看了这个装置,郁子很佩服。我也有点小得意:"你别忘了,我可是一个优秀的机电技术员呢,这点简单的事能难住我?你就等着看今晚鬼影现身吧!"

晚上,我和郁子像往常一样,坐在房间里,谈心,聊天。我们的眼睛,都紧张地盯着窗户,手随时准备按下开关。可惜的是,紧张了半天,外面什么动静都没有。郁子心一横,眼一闭,朝我张开双臂:"来,来点刺激的!"我们一边激情地拥抱,一边夸张地叫唤,一边密切注意着外面。还是什么也没出现。郁子把我推开:"读诗!"她拿起桌上的诗稿,大声地朗读起来。读完当天写的,又读前天写的,差不多把我一个月写的诗都读完了,外面依然风平浪静。郁子豪饮了一大杯开水,嘴巴一抹:"下一个节目,唱歌!"我们两个先是搞独唱,你一首来,我一首去,然后又搞合唱,从流行歌曲,唱到革命歌曲,从京剧,唱到儿歌,唱得郁子的嗓子都嘶哑了，外面还是安安静静。郁子看看传呼机说："今晚的演出到此结束，我要撤了。"我送郁子出门，外面一片昏暗，山林像一团团浓郁的乌云，挨挨挤挤涌向天边，只有几粒隐隐约约的星子，还在远处神秘地眨啊眨。

老邹为什么就不来呢？难道，他发现了我的阴谋？应当不可能啊，我安装的时候很小心，没有任何人看见，灯泡也藏得很隐蔽，不刻意去寻找，根本发现不了。我按了一下开关，外面瞬间一片雪亮。根本就是好的嘛，如果有人发现了，还不早就搞了破坏？那么，那个影子，难道不是老邹？不是老邹，那又会是谁呢？

我迷迷糊糊到很晚才睡着，第二天太阳好高了才起床。慌慌张张打开门，老邹正在房前的小地坪里转悠。看他那神清气爽的样子，大概昨晚睡了个好觉，连眼角的眼屎都出奇地少。他略带诡秘地朝我笑笑："昨夜玩得蛮晚吧？"我吐出一嘴牙膏泡沫，含混地"嗯"了一声。"陈郁的歌唱得真好啊！"他一脸的恭维。我"嘀嘀嘀"地仰头漱口，算是回答。见我在屋外的水龙头旁刷完牙要走，他赶紧跟到门边，压低声音说："晚上别搞太晚了，读书的要读书，摆摊的要摆摊，都得早起。你看，你自己也要迟到了！"我有些不好意思，连连点头。他满意地离去，才走几步，又回头叮嘱："啊！就这么啦。啊！"

晚上郁子没有来。她咽喉发炎，讲不出话。我一人枯坐在房间里，看书，写诗，想昨晚的事，想那个神秘的影子。正当我浮想联翩时，窗户外面突然又出现了一个黑影。我大声吼道："谁？"然后迅速地按下了开关，屋外顿时一片亮堂。"哎呀，还装了一个这么亮的路灯啊！"一个女人的声音，随着一个女人的身影,几乎同时从外面打了过来。是小白。这结果,太让我意外了!我跟她一点都不熟,连话都没讲过一句,只是碰到时点点头,笑一笑而已。一个女大学生,夜里不好好读书,跑到一个男人的窗前来瞄什么瞄?我正不知怎么说她时,她大方地敲门进来了。我只得礼貌地请她坐下。她就在平时郁子坐的椅子上坐下,还像郁子一样,顺手就拿起了我刚写好的诗稿。"方子秆?你叫方子秆?"我又不知怎么回答她了,老邹读错字情有可原,你一个大学生,怎么连一个"轩"字都不认得呢?我"嗯嗯啊啊"地回应她。"方子秆,这是你写的?"我微笑着点点头。"你女朋友今天怎么没来唱歌?"我照实回答:"昨晚唱嘶了喉咙。"她抿着嘴巴快活地笑了起来。"看到你们昨晚搞得这么热闹,今晚我特意来看看。"她跟我闲聊了一会儿后,就起身告辞,走时借走了我一本自费出版的诗集。

郁子接连几个晚上都没来,她的咽炎还没好。我只想她快点来,告诉她事情的真相。我想她肯定像我一样,会对这个结果大吃一惊。我还想与她分析和探讨小白的动机,这个问题,肯定也充满着悬疑甚至是乐趣。可是,我亲爱的郁子,她的咽炎还没好。

小白倒是又来了我的房间。她把诗集还给我,一双毛茸茸的大眼睛,定定地望着我:"方子秆,怪不得你女朋友这么喜欢你,你太有才了!"这话我听了舒服,心里乐呵呵的,嘴上却说:"哪里,哪里。""你年轻有为呢!"小白继续表扬我。"还有为?有为还住这么破旧的房子?"我说的是实话。小白似乎有些不满,用她的大眼狠狠瞪了一下我:"别跟我装啦,我也不找你借钱!你不是有十几万块了,马上要买房子吗?"天啦,这个多嘴的老邹,果然把我的一句谎言,当作重磅新闻,进行了广泛的宣传。我突然感到害怕起来,如果这栋房子里,租住了一个杀人越货者,荒山野岭的,我这个瘦弱的诗人,岂不是……我感到先前的那个影子,频频开始在眼前闪跃,一会儿是老邹,一会儿是小白,一会儿是小白,一会儿又是老邹,最后幻变为一个陌生的劫匪或是魔鬼,杀气腾腾,张牙舞爪地向我猛扑过来。"你的诗里有好多影子的意象,那是指你女朋友的身影或是你内心对爱恋的担忧吧?也许,还有对生活的敌视和焦虑?"小白似乎看穿了我的心思,及时岔开了话题。我没想到这个读错字的女学生,居然还懂意象。郁子天天来读我的诗,但她只读懂我的心,从来不明白我的意。小白的理解尽管是片面的,但只一句话,便把她的聪明展现无遗。我心底的恐慌,一下就暂时消退了,正儿八经地与小白探讨起诗歌的奥秘来。我们谈得轻松自在,我们谈得热火朝天。

"哪个!"我突然发现那个影子又出现了。我急忙按下桌边的开关,外面的灯泡却没有亮起,那个影子一闪,像风一样掠过。我准备冲出去捉拿,小白却说:"不用看啦,是老邹。"她端坐着没动,说得平静且肯定。

我望着她,充满疑问:"你怎么知道?"

小白还是淡淡的样子:"老邹这人,你又不是不知道。"

我继续追问:"老邹是个什么样的人?你说说,你说说!"

小白站了起来:"我回去了啊。"

我与小白一同出门,深秋的寒意让我的心一紧。屋外一片安静,整栋楼房只有我的灯还亮着。我站在房门前看着小白打开自己的房门,耳边若隐若现地传来老邹家的鼾声。那鼾声,轻巧、柔软，应当是他女人的吧。借着自己房间的灯光，我又特意查看了一下雨棚上的灯泡，奇怪，灯泡不见了！

老邹到底是一个什么样的人？除了对他日常生活中的表现有一些感性的了解，对他的背景，我一概不知。甚至他的年龄，我都觉得是一个谜。他看起来快六十岁了，但他老婆，顶多也就四十刚出头。两个女儿，都还在读高中。他老婆好像在对面的那个高档小区做保洁，每天早出晚归。老邹对她，总是客客气气的。而那两个女儿，对老邹，似乎又并不那么客气。我还发现，老邹似乎有些排斥租客们跟他家的三个女人接触。每次我与她们碰到了，说话时，往往才说几句，老邹就仿佛从地下钻了出来，吊着两坨眼屎，微微弓着腰，不声不响地站在了我们身边。

小白接连几个晚上，都跑来我房里谈诗、聊天。我没有从她那里打听到老邹更多的信息，但目睹了老邹夫妇挨打。那是一个傍晚，我正在房里读书，突然听到老邹的门被人踢开，随即传来他杀猪般的号叫。我赶紧跑出来，看到三个男人和一个很漂亮的年轻女子，把老邹和他女人围堵在房间里。一个年纪跟老邹差不多的男人，正在狠狠地对他拳打脚踢。老邹缩成一团，抱着头边号边说："别打啰，你听我讲好不，你听我讲好不……"年轻女子尖着声音骂："还听你讲个屁！一张破嘴巴到处乱说！撕烂他的皮啰！"男人又用力地扇老邹的耳光，打得他鼻涕眼泪一起流。年轻女子也扑了过去，扯住老邹女人的头发，用涂得通红的尖指甲，在她脸上一把一把地抓。老邹的女人哭叫着抱住那个男人的腿，哀切地说："我真的只帮你们打扫院子啊，我真的没管闲事啊！"老邹趁机从地上迅速爬起，大家还没反应过来，他就一个

111

箭步冲出了房门,像风一样,从我的窗前闪电般掠过,然后消失在屋后的山林中。那身影,像极了我印象中的那道影子。

那伙人在后山追赶搜寻了一阵,什么都没找到,回来后又凶神恶煞地把老邹的女人打了一顿,然后才骂骂咧咧地扬长而去。老邹的女人瘫坐在地上,泪眼婆娑,一声高一声低地鬼哭狼嚎。

"你这个忘眼鬼唉,只顾自己跑掉,就不管老娘的死活啊!呜呜呜……"

"你这只死畜生唉,一点都不讲感情啊!呜呜呜……"

"你这只歹病瘟[①]唉,老娘平时对你还不好啊!呜呜呜……"

"你这只癞皮狗唉,有吃你比谁都抢得多,有事你比谁都跑得快啊!呜呜呜……"

……

夜已很深了,老邹的女人还在声情并茂、有理有据地高声哭诉。她的两个女儿,神情凝重地在旁边劝慰。而老邹,大概还躲在山上,不敢回来。我坐在自己的房间里,被吵得写不成诗,读不进书,也睡不着觉。有时感到安静下来了,以为哭诉这个环节结束了,正准备上床安睡,隔壁的哭骂声突然又尖厉地响起。如此反复多次后,我终于认识到,今天晚上,别再指望能安心睡觉了。

我走出房间,想清醒一下晕晕沉沉的脑壳,发现小白房间的灯也还亮着。她肯定也是被吵得睡不着觉吧。鬼使神差地,我竟然跑到小白的窗户前去张望。屋里很亮,但窗户上贴了报纸,看不太清。我缩着头,把鼻尖抵住玻璃,这下基本看清了:小白和

[①] 歹病瘟,方言,指骂人该死、害人精。

衣躺在床上，在翻一本杂志。"进来吧，老邹！"我吓了一跳，下意识地说："是我呢。"小白从床上起来，把门打开，笑笑，说："睡不着吧，进来坐坐。"小白的房间里弥漫着一股淡淡的香水味，很好闻。床边的小桌子上，摆了一大堆化妆品，还有一摞书。我在桌旁坐下，顺手拿过一本书来翻，里面的字却一个都不认识。是朝鲜文字。"你学的是韩语专业？"小白点头笑笑："两年多了，明年就毕业。"哦，怪不得中文基础不扎实。

"怎么没住学校？"

"几个人挤一间宿舍，不自由啊。"

"你好像对老邹很熟？"

"我住这儿两年多了。他有时……也来坐坐。"

看着我有些疑问的眼神，小白望了望窗户，又望了望门，然后小声说："你不是问我老邹是个什么样的人吗？告诉你，他以前是打流的，也是这里的租户。后来和那个寡妇搞到一砣[1]了。"

啊，原来他不是这里真正的主人呀。怪不得他生怕我们跟寡妇母女接触，原来是想掩藏自己的秘密哦。

我正想进一步了解老邹，突然发现窗外有团阴影。我忘了是在小白房间，站起来大叫："看什么看！"那个影子，又像风一样，不见了。

小白哈哈大笑："方子秆，你死定啦！"

第二天下班回来时，我边在山路上行走，边在心里寻思，老邹昨晚到底回来没有呢？小白窗外的那个影子到底是不是他呢？

---

[1] 一砣，方言，指一起。

他还能在山林里躲藏多久呢？他女人今天还会吵闹吗？走到屋前，我却意外地发现老邹正像平时一样，在房前屋后东摸西搞；他的女人，也像往常一般，正在厨房里热火朝天地炒菜。昨晚惊心动魄的打斗、惊天动地的叫骂、疾若闪电的影子，好像全都没有发生一样，看不到半点痕迹。

"今天好像回来得早一点？"老邹主动跟我打招呼，像往常一样。

我打开房门，发现他已不急不慢地踱着步子，跟了进来。他鼓着布满血丝的双眼，把房间细细打量："有点凌乱啊，陈郁几天都没来吧。"

我抓起椅子上的衣服，快速丢到床上，点点头说："她咽喉发炎，在吃药，不能出来。"

"哦，方子秆，陈郁是个好女孩呢，又漂亮，又温柔，你一定要好好抓住！听我的啰，好好抓住！"

我挺直腰，望着他，对着左边的那坨眼屎，点了点头。

老邹把房间又扫视了一遍，几番欲言又止后，终于带点神秘地说："那个，那个小白，你注意过没有，她白天好丑，晚上倒是蛮妖艳。"

我有些奇怪地望着老邹，不太明白他的意思。

"晚上把个脸涂得哦，像刷腻子粉！香水味也浓，熏得我脑壳痛。"老邹作了详细阐述。

正当我在左思右想、模棱两可时，郁子春风满面地进来了。一进门，她就紧紧把我抱住，好像生怕我飞走一般。我们已经整整一周没有接触了，我抚摸着她的长发，关切地问："喉咙好些了吧?"郁子高兴地说:"好啦!我姑姑天天晚上陪我做雾化治疗。她要我以后不要出来散步了。"我心里一惊,你姑姑?她难道看出了什么蛛丝马迹?我着急地问:"她为什么不要你出来?""秋天夜里寒气重呗。"郁子淡淡地说。我连忙说:"那怎么行?那不行呢!你不来陪我,我会孤独死的!"郁子一本正经:"不会吧?这个星期我都没来,你不也活得蛮自在的?"看到我急得不行,郁子点着我的脑门笑了:"傻瓜,逗你玩的啦,我会隔几天溜过来一下的啦。"

郁子没来的这些天,发生了太多奇奇怪怪的事情。我原本想一五一十地全部告诉她,但说出来的,却只有老邹夫妇挨打这件事。郁子问:"没啦?"我指指窗户说:"那个灯泡不见了,不知谁下走了?"郁子说:"那还用想,肯定是老邹发现后取掉了。你也不用再装了,装了他又会再下掉的。还有什么没?"我想了想,犹豫着说:"老邹,老邹其实不是这房子的真正主人。他以前是打流的,也是这里的租户。后来和那个寡妇搞到一砣了。"郁子抬眼直视着我:"你怎么知道的?谁跟你说的?"我一急,就结结巴巴起来:"是……是老邹自己说的。""鬼怪!老邹会把自己的隐私告诉你?方子轩,你是不是有什么事瞒着我?"我脸红了起来:"是真的啦,你不知道,那个晚上他不敢回去跟他女人睡,半夜时分从山上溜到我房间来了,絮絮叨叨讲了一大堆。"郁子望着窗外,不再跟我说话,沉默了半天,才叹口气说:"人啊,总是在着急时智商最低!"自从与郁子交往以来,我从来没对她撒过谎,在她面前,我透明得就像一块玻璃,这也是她最看重我的原因。但今天晚上,我第一次感到有一团阴影,像乌云一般,浮在我的心中，阻隔了我和郁子心与心的交流。

郁子接下来几天都没来，不知是生了我的气还是她姑姑管得紧。每天晚上，我总是在房间里坐立不安。走出房门，我总是第一眼就望向小白的房间。她的房间，有时一片黑暗，有时一片亮堂。只要看到她的灯亮着，我就会不由自主地悄悄靠近窗户，把鼻尖抵住玻璃，紧张地朝里面打望。我也不知道自己到底想看什么，我更不清楚自己为何会变得和老邹一样，成了一个别人窗前幽灵一般的影子。

更为痛苦的事情紧接着到来。几天后的一个下午，我正在满手油污检修机器时，科长急急忙忙跑来说："快去，董事长找你有事！"我的心里"咚"的一声巨响，像一个惊雷炸过。董事长找我有事？她找我能有什么事呢？她从来都不找我的啊！肯定是发现了我和郁子的秘密！方子轩，你死定啦！我忐忑不安地来到董事长办公室，郁子的姑姑笑容满面地对我说："小方啊，这两年你进步很快啊，设备科要是多几个你这样的业务骨干就好了。现在公司在长沙星沙的新厂要投产了，新设备的调试安装很重要，我想调你过去。你准备一下吧，过两天就随公司的车子过去。过去了好好干，啊！"

我像被电打了一般，浑身无力。

走出董事长办公室，我就满厂区寻找郁子。我已经不用担心别人知道我们的关系了，因为我预感到，随着我的调离，我们的关系差不多行将结束。但我始终没有找到郁子。打她的手机，一直关机。我们曾经约定，平时互相不打电话，除非有紧急事情。今天她到底怎么啦，打了这么多电话也不回。没精打采地，我回到了荒山上的蜗居。

  我在房间里一面整理东西，一面耐心地等待郁子的到来。我想，今天晚上，她应该无论如何都会来一下的。可是，七点钟了，郁子没有来；八点钟了，郁子还是没有来；九点钟了，郁子依然没有来。郁子为什么就不来呢？莫非她还在生我的气？不可能啊，我除了在心里撒了一个她并不知道实情的谎，说了一桩她自认为有些漏洞的事以外，并没有什么不妥当的证据被她掌握啊？如果就因为那晚的一丁点不愉快，她就从此不再理我，那我们的爱情，是不是也太脆弱了一点？肯定不是这样的！肯定是董事长发现了我和郁子的情况后，瞒着她快刀斩乱麻地把我调走，然后又把郁子支开或拖住，让我们无法相见。唉，既然这样，也就只能明天再到公司去寻找郁子了。如果明天还见不到她，我就直接去找董事长！我就不相信，这个经常对我笑眯眯的胖女人，会变成一个魔鬼，将我恶狠狠地吞噬掉。

  看到时间已过十点，我彻底失望了。我知道，今天晚上，郁子是无论如何都不会来了。我打开房门，想出去清醒清醒。在山林边上撒过一泡尿后，我发现小白房间的灯光还亮着。我突然想到，应当跟这个长得其实一点也不丑的女孩告个别。像往常一样，我弯着腰，缩着头，把鼻尖抵住玻璃，看到小白正坐在桌子旁看书。她似乎注意到了外面的影子，但只扭头瞄了一眼，又继续看书。我轻轻地敲响小白的房门，她打开后看到是我，很高兴，抿嘴一笑："坐吧。"我站着没坐，有点悲伤地说："不坐啦，以后也不会来坐了。公司把我调到长沙去了。"小白听后，脸上的笑容一点点地消逝，沉默了很久后，她突然紧紧地抱住我，带着哭腔说：

"方子轩，你……你能不能不走？"我一下吓坏了，赶紧说："别，别这样，董事长已经决定了，我过两天就走。"小白哭了起来："那陈郁肯定会和你分手的，你到长沙等我，我明年毕业了就来！"听了这话，我突然莫名地感动起来，用双手紧紧地抱住了她。小白把头轻轻地靠在我的胸前，泪水中闪烁着幸福的光芒。

就在此时，我又看到了窗户外面的影子。我推了一下小白："有人！"小白把我搂得更紧："别理他！他打我的主意好久了！"门却被重重地擂响，打开门，我还没反应过来，脸上就挨了重重的一巴掌。是郁子，她发疯一般地怒吼："方子轩，你这个混蛋！姑姑以前还跟我说，你是一个靠得住的人，没想到，你，你居然也是一个花心大萝卜！你……你混蛋啊！"郁子哭叫着冲出了房门，冲下了山路，冲出了我的内心。我跟着追出来，看到老邹正微微驼着背，伸长颈根，幽灵一般站在窗户下面。我瞪了他一眼，发疯般地边追边喊："郁子——"

郁子已经冲到了山下的马路，冲进了路边的一辆小车。小车发动，扬长而去。车尾那个金属的奔驰车标，仿佛让我看到了董事长冰冷的脸。

"算了吧，再也追不回来啦。"

我听到，老邹的声音，在我的身后悠然响起。此时，天地一片昏暗，四野一片静寂，只有满天的星子，还在深邃的夜空中诡秘地朝着我眨啊眨。

（原发《佛山文艺》2020年第1期）

浑身无力

防盗门铃声响起时,林子亮正好吃完中饭。尽管知道门外站着的是刚刚来电话的那个搬运工,但他还是很有礼貌地朝对讲话筒说了声"请稍等",然后匆匆跑到卫生间,用毛巾擦了擦嘴,并照着镜子把本来已很工整的头发又梳了梳。他觉得注重仪表,是对自己也是对别人起码的尊重,而懂得尊重,是一个知识分子最基本的品质。

林子亮之所以请搬运工上门,是因为他无力将几袋水泥搬上天台;之所以要搬水泥到天台,是想将空中花园改造成小菜园。

为了天台上那个小菜园,林子亮已忙乎了好些天。他们这个院子,是报社十几年前集资兴建的。那时节,报纸红火着呢,发行量大、影响面广不消说,关键是钱还多,每天到广告部排队交钱的客户络绎不绝,财务室隔几天就通知大家领钱,至于是啥名目,谁也搞不清,也没人问,一个个只知道笑眯眯地低头签字数钞票。钱多好办事，集资建房时报社就讲了点排场，摆了下阔，三十六栋楼房，每栋虽然只有六层，且没电梯，但面积都大得吓人。比如他这套位于顶层的房子，正屋有一百八十平方米，阁楼有八十平方米，天台还有六十平方米。十年前装修时，他把阁楼全部设计成了书房，所有的墙壁，包括天花板，全部用实木包裹，靠墙连绵不断摆了二十个实木书柜，里面挤满了长长短短的书籍，看上去真是金碧辉煌，气势恢宏。天台的设计他更是动了一番心思，地面全部铺了精美的瓷砖，分区错落有致地修了几个花坛，种满了花花草草，中间还穿插了假山、鱼池、小桥、流水，旁边用防腐木搭了一个宽敞的平台，上面摆着休闲桌椅，还配了一把硕大的遮阳伞。平时慵懒地躺坐在这上面赏赏花，喝喝茶，聊聊天，看看书，确实显得很有情调。那年装修，他花了好几十万元，其中阁楼和天台差不多用掉一小半，是他最为得意的地方。不过他平时并不太到天台上去，原因除了去天台麻烦，要弓腰穿过一个过道，更重要的，是他并不爱好花花草草的小资生活。他喜欢安静地待在书房里读书。谁叫他是一个从农村出来的读书人呢。之所以花巨款建了这么一个空中花园，除了老婆喜欢，最根本的原因，是他需要这么一个能彰显他身份的场所。你想啊，平时朋友们来了，带到这上面来坐一坐，多体面！可是朋友们来得并不多，他也就不常上来，花草都是老婆在打理。但这两年，由于疫情，他被封闭在家好几回后，便关注起这方天地了。先是拔掉花草，试着撒了点小白菜种子，没想到几天就发了芽，很快就吃上了自家的青菜，解决了小区静默管理时买菜不便的难题。后来又试种了黄瓜、辣椒、茄子，都获得成功，只可惜产量太低了。现在疫情刚一结束，他就与老婆商量，决定把空中花园改造成小菜园，扩大种植面积。城里长大的老婆从来没种过菜，只喜欢养花，要是以前，她肯定不会同意，如今她们单位好几个月接不到订单，发工资都困难，她这个主办会计愁死了，哪还有心情去侍弄那些花草，就随他去折腾。他也弄不清自己为啥这么急着要修，也许是种菜给他带来了乐趣，也许是为了节约一点开支，也许是为了防范某种风险吧。

修菜园看起来简单，实际上麻烦得很。最难的就是材料不容易上去。林子亮喊人来看过，对方嫌业务小，不愿接，后来勉强答应了，只包工不包料，材料要自己搬上去，对方只负责施工。前些天，他开着车找遍全城，才在城郊看到一家水泥店，就先买了一包放在尾箱拖回，准备试试不请人能否弄上去。到楼下后，他打电话要儿子下来抬。儿子去年本科毕业，好不容易才找到一个工作，哪知上班没两个月，就碰到当地疫情，咔嚓，公司一下就放了他长假，变相解聘了。如今儿子待在家里，说准备考研。至于是不是在搞学习，林子亮完全不清楚，估计八成是关着门天天打游戏。可不打游戏他又干什么呢？难道真的让他去拧螺丝或是送外卖？即使他自己愿意，他们做父母的也接受不了。林子亮在楼下等了好久，儿子才磨磨蹭蹭下来，还一脸不高兴，说："你不知道请人搬啊？"林子亮说："数量太少了，没人送，我们试一试。"父子俩一人抓住水泥袋子的两只角，"嗨"的一声抬起，原想能一鼓作气抬上楼去的，哪知刚抬出尾箱，袋子就砸到了地上，像个铁砣一样。儿子一边夸张地惊叫，一边忙不迭地拍打身上的灰尘，眉头皱得老高，问："怎么这么重？"林子亮说："不重呢，就一百斤。"一百斤还不重？儿子直直地站着，不愿再弯腰。林子亮不由想起自己十八九岁时，虽然面黄肌瘦，但放假回家帮父母搞双抢，百来斤重的稻谷他挑着在窄窄的田埂上照样健步如飞。儿子现在比自己当年高大多了，怎么就这般无力呢？是没吃过苦还是不愿吃苦？他想干脆自己扛上去算了，可试了一下，哎呀，别说上肩，提都提不起来。他不知道这是阳过的后遗症，还是年纪大了的原因。后来父子俩搞了一个多小时，抬几级，歇一阵，最终也只搬到三楼。林子亮觉得好笑，一个四十八岁的壮年，加上一个二十二岁的青年，居然搬不动一袋水泥，真是百无一用是书生啊。看来，小请人来搬是完全行不通的。

今天上午，林子亮通知水泥店送一些材料过来，顺便把三楼的那包水泥一并搬到楼顶上去。哪知店家派来送货的是个老头，他费了九牛二虎之力，把东西搬到阳台上后，再也无力往阁楼上送。林子亮放下手中的书，看看手表，从沙发上站起，有些恼火地说："就四袋水泥、六袋沙、一百块砖，你搬了整整两个小时，现在又说不能弄到楼顶上去了，这叫我怎么办？"老头喘着粗气，一个劲地赔礼，说："年纪大了，气力不济，实在是搞不动。"看到他花白的头发，林子亮强忍怒火，语气缓和下来，问："您满六十了？"老头摆摆手，打出个七字的手势，说："七十了。"林子亮叹了一声："这么大年纪还出来！"老头说："现在搞搬运的，根本就没有年轻人啊。"

林子亮知道，老头把材料堆到阳台上，不肯再往上搬，那等于是没搬。因为最难的就是从阳台搬上天台——首先要从阳台的旋转楼梯爬上阁楼，然后经过书房，再穿过那条低矮的过道，再钻出一个门洞,才能抵达天台。这路径,确实是很不好用力。老头上去看了两次,还是摇头。林子亮说:"早晨跟你老板讲好了八十元送到屋顶的。"老头说:"不是我不搬,实在是搬不了,你就少给我十元钱吧。"嘿,谁还稀罕这十元钱。林子亮打了水泥店老板电话,说了情况。老板要老头接电话,听了一阵,然后对林子亮说:"没想到上去的难度这么大,你首先也没讲清啊,看到你货少,才安排个老头来的。他年纪大了,肯定不行。我给你安排一个年轻的来吧,费用你们自己谈。"林子亮尽管不乐意,可也没有办法,只得答应了。

拿八十元钱打发走老头后,林子亮很快接到一个电话,说是水泥店安排来搬东西的。林子亮告诉了对方地址和材料数量,问要多少钱。对方说:"情况我都知道了,一百元吧。"林子亮说:"你们的行规不是一包水泥一元五角钱一层楼吗?这么点东西,就上一层楼,哪要这么多钱?老头从一楼搬到六楼都只收了八十元钱。给你八十元行不?"对方说:"难度不同啊,老板,一点小业务还讲什么价。行吧,八十就八十。"

没想到挂完电话简单炒个菜,才扒完一碗饭,门铃就响了。这家伙,来得倒挺快的。

林子亮从卫生间出来,正准备去开门,发现吃剩的半碗白菜寒酸地搁在餐桌上,赶紧把它收到了冰箱里。他有"三高",饮食清淡,不想让外人觉得他生活清苦。他小跑着去打开门,一看却傻眼了——进来的是一个干瘦的小老头,年龄比上午的只怕小不了多少,个子倒是高。他有些怀疑地问:"刚刚打电话的是你?"瘦子说:"是啊,东西在哪里?"林子亮带他到阳台上,指着几袋水泥和一堆砖说："就这么点东西，你看行不？"瘦子说："行，哪有不行的。"林子亮说："我是说你不上去看看？上面过道有点难走，得弯腰。"瘦子说："不用看，不管多难我都能搬，全市最厉害的搬运工就算我了。"说完很开心地笑了。林子亮也笑了，给他端来一杯茶，说："那好，那好。"

瘦子边喝茶，边扫了几眼客厅，然后恭维道："老板的房子真大啊，装修也豪华，家具都是红木的吧，一看就是个有钱的富翁。"林子亮哈哈大笑。说实话，在这座城市里，能有这么大面积的房子的人还真不多，装修呢，在十年前也确实算得上高档。那时节，这套大房子和另外两套小房子，以及楼下停着的两辆帕萨特，是他们夫妻俩在这个城市生活的荣耀和底气，不过现在全都落伍了。至于富翁，那就算了吧。早些年报社效益好时，他们的收入在公职人员中算高的，但比起做生意的，简直是不值一提，哪谈得上有钱？顶多称作白领阶层或是勉强算个中产阶级。如今就更不行喽，自媒体铺天盖地，报社生存都成问题，工资一减再减，有时还拖几个月不发，手头紧得很呢。林子亮说："还富翁，负翁呢，负数的负。"瘦子呵呵地笑，说："老板真幽默，哪至于呢。"

瘦子喝了几口茶后，把一次性杯子小心放到茶几上，解下扣在背上的短扁担，准备做事。看到他那弱不禁风的样子，林子亮有些担心地问："你准备挑上去？"瘦子说："是啊。"林子亮说："砖头可以挑，水泥只怕只能一袋袋扛，太重了。"瘦子说："都挑上去。"林子亮说："一担水泥两百斤，你这么瘦吃得消？"瘦子说："没问题，几十元钱的业务，我也不能耽误太多时间啊，等下还得去别家。"林子亮想起自己与儿子抬水泥的事，感觉那两袋水泥的重量,似乎一下就能把自己的脊柱压断。他不由自主地打了个战,觉得生活太沉重了,谁都不易。

瘦子蹲到地上,用一个铁丝做成的工具装砖头,林子亮站在旁边看,心里默默计算数量。一口,两口,三口,一直数到二十口,瘦子才停下装另一边。林子亮大吃一惊,他这是要挑四十块砖啊,一块砖差不多五斤,四十块就是将近两百斤呢!他看到瘦子鬓角花白,脊骨弯曲凸起,心里不由得有些心痛。唉,干体力活的人真苦!他有些后悔还他的价了。

林子亮问:"师傅,你是哪一年的?"瘦子边装砖头边回答:"七四年的。"林子亮又是大吃一惊,七四年跟自己同年啊,今年正好本命年,四十八岁。他没想到,瘦子看上去居然这么老,至少像是五十八岁的样子。自己虽然也人到中年,但内心一直觉得自己还是个青年,别人也常常认为他刚进四十。如果自己也像瘦子这般显老,那真是一件恐怖的事。林子亮心里涩涩的,都说岁月是把杀猪刀,苦累才是他娘的杀猪刀呢。同年这个身份,一下就拉近了他与瘦子的距离。他突然无比同情他,心里默默决定,等下直接给他一百元,不用找了。

林子亮对瘦子说:"七四年属虎吧。"瘦子眼睛一亮,抬起头说:"老板也属虎?"林子亮怕说了实话会让他难堪,就说:"我哥属虎,我属龙。"瘦子问:"七六年的?"林子亮犹豫着点点头。瘦子很高兴地说:"跟我老弟一年的,兄弟,缘分啊。"

也许是这个缘分,瘦子的话多了起来。他说:"老弟,你是不是看不起我?认为我瘦就不中用?告诉你吧,现在全城搞搬运的,就我力气最大,别人搞不定的,全要我来了难。不是这样,老板也就不会派我到你这里来。为什么别人搞不了我能搞？我年轻啊，他们都老啰，搞不动了。"林子亮问："没有年轻人加入吗？"瘦子说："年轻人谁愿干？"林子亮想了想，也是，他觉得现在搞搬运的这批人，似乎还是十年前他装修房子时的那批人。不单是搬运工如此，凡是脏重累的体力活，好像也只有老年人在干。瘦子这个年纪的，确实都很少见。唉，这些二十世纪五六十年代和七十年代初出生的人，真是为城市吃尽了苦，他们年轻时就进城打工做苦力，起早贪黑干了几十年，如今老了，依然在做苦力。城市一天天变大变美变年轻，可他们除了一天天变老变弱变穷什么都没改变，想想真是太不值了，城市也太不关心他们了！他突然很想就此事做个策划，报道一下，讨论一下，呼吁一下。作为一个职业新闻人，他觉得自己有这个责任。早些年，他策划报道过的拾荒货失学女童、无歇息场所环卫工、没户口水上渔民等一大批弱势群体，他们的问题都得到了很好的解决，有的还改变了命运。如今想起这些报道，他依然感到自豪，觉得自己的职业很崇高、很光荣，成就感满满。不过热血沸腾几秒钟后，他转念一想，如今做这种报道，谁看？谁给钱？报社现在计酬看效益看点击，说得通俗点，就是要么能带来广告，要么能带来流量，这种稿子既不来钱，也无人阅读，注定了吃亏不讨好。罢罢罢，报道就免了，等下再多给他二十元钱，也算是向他们致敬吧。

　　瘦子把一担砖装好了，他站起身，捶了两下后腰，拿起短扁担准备上肩。林子亮赶忙站到旋转楼梯上，有点担心地说："行不？"瘦子挺挺腰，铁丝咔咔地响，很快就绷得笔直的，林子亮生怕它们断掉，睁大眼睛望着。瘦子颈一伸，一声"没问题"，砖头就被他挑起来了。林子亮发现，扁担不仅很短，两端的铁钩也缩得很高，砖头是紧贴着扁担被挑起的，就像泰山的挑山工那样。瘦子挪动脚步，准备上楼梯，林子亮急忙说："师傅你慢点，千万别碰坏了楼梯。"这架十六级的实木旋转楼梯，贵得很，十年前就花了他两万多元，他平时十分爱惜，卫生都不让老婆来搞，自己用抹布小心翼翼地擦。瘦子说："放心，特意用的短扁担，不会。"只见他勾着腰，两手张开，抓住扁担两端的铁丝，一只脚缓缓地往前探，踩中梯级后，另一只脚再慢慢提起，缓缓前探，看上去就像慢动作一样。那一担砖头，紧贴着他的前胸和后背，跟随着一架瘦骨嶙峋的肉躯，在旋转楼梯上缓缓上升。林子亮站到最上面，紧张、担心、着急，看得心惊肉跳。谢天谢地，瘦子终于上到阁楼了，楼梯也皮毛无损，林子亮长长松了一口气。

在阁楼里，瘦子也松了一口气，还大声"啊"了一声。阁楼的书房有十米长，他几步就走完了，看上去还蛮轻松的。林子亮想，这个同年的力气还真不小哩，要是换了自己，别说挑着走，肩都起不了。唉，书生就是书生，只能做些写写画画的事，纸上谈兵。

书房的尽头，左侧有一扇小门，折向那条低矮的过道。这条过道，空间高度只有一米五，长度是五米，成年人完全直不起腰。林子亮最初不明白，埋怨施工方偷工减料，胡搞。后来才知是有意而为的——天台并不是供人使用的观景平台，这条过道只是维修通道，为防止住户使用天台，特意作此限制。当年装修时，林子亮很想把天台利用起来，基建科的同志告诉他，要用也能用，除了进出麻烦一点，承重什么的都没问题，但他们必须这么设计。林子亮心里有了底，就把过道和天台一并装修了，果然像打开了一扇天窗，面积增大很多不说，人也感到敞亮很多。特别是疫情防控期间，能到天台上透透气，那简直是一种享受。楼下被关在家里的邻居都羡慕极了。不过，有时他也想，自己是不是太贪婪了，房子本身这么大，又有一个阁楼，还要把天台据为己有。

　　林子亮知道，材料上天台的瓶颈，主要是旋转楼梯和过道。旋转楼梯已成功通过，过道就成了最后的关卡。不过他私下认为，过道容易多了，无非是把材料放到地板上，弯腰来回多送几次罢了。哪知瘦子却没有放下砖头，而是直接挑着弯腰进去。林子亮忙说："放下，师傅你快放下，这样过不去的。"瘦子没吱声，抿紧嘴唇，轻轻摇了摇头，把两条腿往边上分开，腰杆才卜弯，像个螃蟹一样慢慢往前移。林子亮蹲在书房里，看到他颈上的血管鼓得像条粗绳，仿佛随时都会破裂；而后背弯曲的脊梁，更是像随时都会被压断一样。他大气都不敢出，紧张地看着他一步步往前移。唉，真的是太难啦，近两百斤的重量，压在一个弯曲的血肉之躯上，想想都害怕。如果不是生活艰难，谁愿意为了几十元钱，来冒这么大的风险呢？要真是把脊椎压断了，他后半生怎么搞啊？以前林子亮常抱怨自己的工作辛苦，采访回来为了赶写稿子，中饭晚饭一起吃是常态，碰到值夜班，一熬就是大半夜，而收入，却越来越像个笑话。他常常觉得那一点点工资，是蘸着自己的血液，一个字一个字写出来的；是抽着劣质香烟，一个字一个字熏出来的。现在，看到瘦子被压弯的身躯，还有被汗水湿透的衣衫，林子亮觉得自己还是轻松得多、优越得多。他不由得愈加同情起这个同年来，决定等下结账时，再给他加三十元钱，一起给一百五十元。尽管，他的荷包也很羞涩。

瘦子终于顺利通过了。林子亮跟着来到天台,感到眼前一片明亮。瘦子放下担子,直起腰,恢复到正常状态,笑呵呵地说:"你担心个啥呢,我有数的。"林子亮说:"何必硬挺着,多搬几次不轻松些吗?"瘦子说:"没时间,我得赶下一家,是插空来帮你搬的。"林子亮问:"搬完这点材料得多久?瘦子说:"顶多二十分钟,我几担就挑上来了。"林子亮伸伸舌头,说:"你真厉害。"瘦子笑了,说:"还不是被逼出来的。"

瘦子围着空中花园转了一圈,还在遮阳伞下坐了坐。他很羡慕地说:"老板真是会享受,这么大的房子,这么大的书房,还有一个这么漂亮的花园,太有情调了。"林子亮听到瘦子夸他曾经引以为荣的书房和花园,自豪感一下又冲上来了,他谦虚中带着骄傲地说:"哪里哪里,不过是随便砌了几个花坛,消磨消磨时间。"瘦子问:"老板这是还要升级改造花园吗?已经很好了啊!"林子亮随口就答:"不是的,准备改造成菜园。"一说完,他就后悔了,花园变菜园,终究不是一件"升级"的事,甚至内部还暗暗隐藏了生活的某种破败。尽管事实确是如此,但他也不想让外人尤其是一个搬运工轻看自己。他的脸不由得有些尴尬,好在瘦子根本没注意到,反而很认同地说:"改成菜园好,又实用,又有乐趣,吃的还是放心食品,老板真是个生活家。"林子亮不想再与瘦子讨论花园与菜园的优劣,告诉他材料应当分别堆放在哪里,多注意安全,自己就下楼去了。楼顶有些热,他也还惦记着自己在看的书。

林子亮躺在沙发上,继续看奥利维娅·莱恩的《孤独的城市》。这个月来,他迷上了这位英国女作家,才读完她的《沿河行》,

又马上读这一本。"若你孑然一身,这本书便是为你而写。"他虽然有妻有子有房有车,内心深处却总觉得自己一无所有,无比孤独,莱恩写在扉页的这句话,一下就打动了他。他觉得正像作者所说,生活在一座城市里,被数百万人围绕着,但彼此隔离,只会让内心变得更加荒芜与冷清。从小时候起,他就爱读书,几十年来,这个习惯一直陪伴着他。早些年,他每天能看五万到十万字,近年来眼睛变花,不能看太久,加上手机误事,看书时间少多了,但一个月最少看三本书的规矩雷打不动。可老婆和儿子都不爱看书,整天就抱着手机刷刷刷。特别是儿子,自从进了大学,反而不进他的书房了,一年到头只怕三本书都没读完。他想起就伤心,大好的青春年华不读书,今后如何得了。当然,身边的大多数人如今也都不读书,比如他们报社,一个靠文字吃饭的单位,几百人里就没几个爱读书的。但不管别人怎样,他始终在读。他觉得读书是内心的一种需要,也是自己有别于他人的一个标志。至于读书是让自己变得更加强大还是更加无力,他不知道,也没法做出结论。

林子亮看完了一个章节,还没见瘦子下来。看看表,都过去快二十分钟了,这家伙在干啥呢?楼顶没有其他出路,阁楼上除了书,也无贵重财物,所以他放心让他一个人在上面。林子亮赶紧跑到阳台上,一看材料还摆在那,一动未动。他心中一惊,我的爷哎,不会是心脏病发作了吧?那可就麻烦大了!他"咚咚咚"地踩着旋转楼梯就往阁楼上冲,一进书房,发现瘦子站在书架前,扁担扣在后背,正举着一本书在看。

看到林子亮来了,瘦子有些不好意思,赶紧把书插回书架,问:"老板是开书店的?"林子亮一笑,说:"开什么书店,自己买着读的。"瘦子一声惊呼:"哎呀,读这么多书,老板是个大学生啰?"林子亮说:"专科。"其实他如今的学历是研究生,但他总觉得这些在职时弄来的本本水分太大,不好意思说出口,只敢说自己的最初学历。瘦子说:"专科也很不错呀,我当年中专都没考上。"林子亮问:"师傅也参加过高考?"瘦子说:"九二届。"林子亮一惊,妈呀,跟我一届的。他正准备说出来,记起自己说的是属龙,就咽了下去。他突然觉得,自己与这个瘦子,越来越有缘分,越来越感到亲近。而且,他还越来越同情他。他想,如果不是当年考上了一个大专,说不定现在搞搬运的就是自己,而房子的主人,很有可能是考上了大学的瘦子。他暗暗决定,看在同届的份上,再给他加五十元钱。两百元虽然不多,但如今在他的眼里,也不算少,最重要的是,表达了他的关爱与情怀。

　　瘦子问:"老板读的是什么专业呢?"林子亮说:"汉语言。"瘦子说:"汉语言文学,我知道,就是中文嘛。"林子亮说:"汉语言与汉语言文学是有区别的,汉语言主要研究语言文字,跟文学关系不大。"瘦子恍然大悟,又迷惑不解:"老板不喜欢文学吗?我看你文学书好多的。"林子亮说:"喜欢,从小就喜欢。"瘦子问:"那为何不报汉语言文学?"林子亮说:"不懂嘛,农村伢子,以为是一个意思,填错了。"瘦子深有感触,连连摇头说:"农村人吃亏哦。"他眼中似乎有了几分同情,问林子亮:"你现在在哪上班?"林子亮说:"报社。"瘦子腰一挺,作肃然起敬状,说:"那你是大记者呀!"林子亮一笑,心中充满了优越感,嘴上却谦虚地说:"讨饭的。"瘦子也呵呵笑,说:"哪会呢，报社效益很好的，发一篇小文章都要收好几千元钱。"林子亮一惊，近些年来，新闻单位情况越来越不景气，为了生存下去，不少媒体只好变相用版面卖钱，把新闻变现。他们报社这几年也折腾来折腾去，想出了一大堆搞钱的办法，但在他看来无一不是昏招，比如与下辖县区、市直单位搞打包服务，一个单位一年交几十万元，美其名曰是宣传合作，实则是收保护费，除了大唱赞歌，合作单位一个字的负面报道都不能发；再比如成立行业工作室，美其名曰专业的人做专业的事，实则是承包给个人，垄断一切行业信息，哪怕发一个标点符号都要交钱，管你新闻不新闻的。这些做法带来的直接恶果，就是报社没有了公信力和影响力，真成了一个变相讨饭的。至于还能讨多久，讨不到了怎么办，干什么去，谁也不知道。不过话又说回来，不这样去创收，几百号人怎么活下去？让他来搞，他也同样没辙。只是每天面对这样一堆文字垃圾，还得认认真真去修改、校对、美化，他觉得无比悲哀。回想起自己当年的新闻理想与专业作为，他不知道现在的工作意义何在。唉，短短十来年的时间，他们就从一个受人尊敬的行业与职业，从一个经济与地位都优越的白领或中产，一不小心断崖式跌落到生活的谷底。原本以为破败的只是内部，外面依然光鲜亮丽，还能自欺欺人地保持几分虚荣，哪知现在连一个搬运工都知道了他们的底细，真是斯文扫地，丢人啊！林子亮问瘦子："你这是听谁说的？"瘦子说："大家都知道啊，我崽就出钱发过稿子。"林子亮原本想再问几句并做些解释的，一想，肯定是事实，只看又是哪位同事做的好事，快莫多嘴，免得自找麻烦。

　　瘦子下楼继续装砖，林子亮站在旁边看，陪着他聊天，没再看书，也看不进去了。他觉得这个同年同届的兄弟，还真不是个一般的人，啥事都门清着呢。可是，一个二十世纪九十年代初的高中生，怎么就心甘情愿做了搬运工呢？那时的高中生，还是有点含金量的，他肯定是一个有故事的人。

林子亮问："师傅做搬运多少年了？"瘦子笑道："很久啦，快二十年了。没点经验，我能跟你说是全城最厉害的？"林子亮说："怎么想到做这一行？"瘦子说："当初还不是没办法。我在广东打了近十年工，不瞒你说，还是个小白领，收入不低。后来我父亲得了病，瘫在床上，发作起来痛得要命，只好回来照顾。我家是城郊康王乡的，进城骑摩托几分钟，原想找个固定工作，早出晚归，能有个收入，也方便照顾家里。后来发现不行，一是工作难找，工资又低，二是我父亲的病反复发作，我得随时回家，不能限死自己，所以就灵活就业，跟同村人一起进城搞搬运。原以为是个权宜之计，没想到一搞就是二十年。唉，这就是命，一辈子卖苦力。嘻嘻。"

林子亮发现，瘦子从进门起，就始终是一脸的笑，即使是在讲述自己的苦难，即使是面对一堆沉重的负荷，也没有苦大仇深的模样，总是不慌不忙，不急不慢。林子亮想，这真是一个善良而又乐观的人。他不知他是习惯了，还是麻木了，抑或是真的对生活充满希望。

林子亮问："你能坚持这么多年，肯定还是收获不小吧？"

瘦子说："还行，我在康王做了一栋楼房，城里买了两套房。"

林子亮大惊，问他："全是搞搬运挣的钱？真行啊你！"

瘦子笑："哪里行啊，都是血汗换来的。还是你们好,空调吹着,夏天不热，冬天不冷，退休也有保障。"

　　林子亮嘴里说哪里哪里，心里却在翻江倒海。这套他引以为荣的大房子，如果不是单位集资修建，房价奇低，按市场价的话，凭他那点工资，是断然买不起的。即便是这么低的房价，装修时他也还贷了款，如今每月都在节衣缩食还着呢。他突然感到自己很失败，一个读了这么多书的人，居然还混得不如一个搬运工！他不知道等下结账时，有没有必要给瘦子多加钱。

　　瘦子从楼上下来时，林子亮才注意到阳台上的材料只剩下两包水泥了。这家伙，做起事来真是麻利，自己一走神，他就运完几趟了。他现在一点都不关心他是如何上旋转楼梯的，也一点都不担心他在过道里被压断腰，他很想知道的是瘦子一天能挣多少钱。

　　他笑嘻嘻地望着瘦子，尽量显得比较随意，问："师傅，你一天能挣五六百吧？"

　　瘦子一边把水泥放进铁丝络子中，一边轻描淡写地说："今天耽误了时间，还只进一千二百元。"

　　林子亮一声惊呼："多少？你说多少？"

　　瘦子平静地说："一千二。"

　　林子亮说："天啊，你平时一天也能挣到一千二百元？"

　　瘦子说："那还不止呢，我说的是今天已经有一千二了，等下还要去搬啊。"

　　林子亮哑了，不再做声。妈呀，这真是颠覆了我的人生观、世界观和价值观啊！他知道现在劳力难请，工价较高，比如他联系的那个修菜园的泥水匠，一天就要四百元；他也知道快递小哥们工资高,随随便便就月入过万。但他真的从来没想过,一个最没技术含量、处在社会最底层的搬运工,一天的收入居然这么高。好吧,就只算一千二百元一天,那一个月也就是三万六,一年就是四十多万。怪不得他能做一栋楼房买两套房子。林子亮现在感到胸口似乎堵满了砖头,浑身无力,呼吸困难,就像阳了一样。他觉得自己无比悲哀,书房里那五千多册书,还有那个专科,当然还有那个"假"研究生,以及各种各样的进修,简直全都白读了。早知如此,读这么多书干什么呢?自己开始还可怜他,同情他,还优越感爆棚,想多给点钱帮助他,拯救他,好让他感谢感动感恩,你妈这不是个笑话吗?

这些年,林子亮感到越来越艰难——单位每况愈下,身体频出问题,父母行将就木,儿子前途渺茫,哪一件都让他揪心不已。他和老婆都是苦读出来的,想通过读书来改变命运,事实上也确实如此,他们都成了体面的白领。以前两人的工资加到一块,足以让他们过上有尊严的生活,原本以为会越来越好,哪知一波自媒体的横空出世,加上一场疫情的从天而降,让一切悄然发生了改变。现在,他们两人的单位都岌岌可危,万一哪天都失业了,怎么办?积蓄微薄,退休又没到年龄,真是尴尬啊,人到中年,居然还在为钱财和前途发愁!特别是儿子,最让他担忧。四年本科,已花掉他一大笔钱,如今待在家里,开支增大不说,每月还得给一笔不小的零花钱。考研成功了当然好,无非再过几年苦日子,勒紧裤带送他读,万一没考上呢?那就真是个麻烦事,工作找不到,坐吃山空事小,最怕的是把人养懒,更怕的是他对生活失去信心,精神崩溃,变得抑郁——这样的例子,亲朋中已有好几个。儿子倒是无所谓的样子，说万一不行就去送快递，能养活自己就行了，反正又不打算结婚生孩子。想起这些，林子亮就变得烦躁，心里只想骂娘。可是骂谁的娘呢，时代？技术？领导？社会？似乎都怪不上。唉，自己都破败成这样了，还到搬运工面前装什么阔？人家比你好过得多，你大可不必同情他，搬运费给个整数一百元，已完全足够了。

瘦子很快就把水泥搬完了，站在阁楼口喊林子亮去检查。林子亮跟他一起来到天台，看到材料分门别类，码得整整齐齐，心里非常满意，就说："行，很好，我们进去结账吧。"

在书房里，瘦子停下脚步，站到书架前不动了。他找了一下，很快抽出一本书，拿在手上不停地翻。大概正是刚才看的那本。林子亮瞄了一眼，见是本散文集，就问："师傅也喜欢文学？"瘦子答："喜欢，高考时报的就是汉语言文学，不过啥也没考上，哈哈哈。"林子亮说："我送一本给你。"瘦子连忙道谢。

两人正在说着话，林子亮的儿子爬上阁楼，来找他要车钥匙，说是跟同学出去有事。林子亮把钥匙给了他，叮嘱慢点开，注意安全，千万莫喝酒。儿子很不耐烦地连说了两声"好喔好喔"，就头也不回地下去了。林子亮望着他的背影，无奈地摇了摇头。瘦子说："你崽多大啦？"林子亮说："二十二了，还让人不省心。"瘦子说："比我崽小五岁。"林子亮说："你崽都这么大了？"瘦子说："我属虎嘛，比你大，结婚又早。"林子亮点点头，问："他在干什么呢？"瘦子说："没考上高中，跟人学了几年装修，现在自己开了家装修公司，在你们报纸上还做过宣传呢，生意还行。"林子亮说："怪不得你知道我们发稿要收钱，能到我们报纸做宣传的家装公司规模都不小啊，你崽年纪轻轻就这么有作为，真不错。"瘦子说："作为个鬼，就知道打牌谈爱，开公司的钱是我投的。嘻嘻。"林子亮睁大眼睛问："妈呀，你搞搬运到底挣了几个亿啊？"瘦子哈哈大笑，说："哪有，我搞搬运的钱都买了房子，开公司的钱是康王老房子和土地的征收款，有几百万。"林子亮又一次惊呆了，他突然坚信，个人的努力有时是拗不过命运的。他真诚地对瘦子说："师傅，你的命真好！"瘦子说："说好又做了半辈子苦力，说不好又确实还可以。嘻嘻，我知足了。"林子亮不解，问："你这么多钱还搞什么搬运？"瘦子说："我又不老，搞惯了，不做事筋骨反而痛，真是贱。何况搞搬运能给我崽带点业务。你崽呢，现在干什么？"林子亮说："大学刚毕业，还没找到工作。"瘦子说："听说这两年就业蛮难，学的啥专业？"林子亮说："视觉传达设计。"瘦子说："哎呀，我崽正要招一个这样的人呢，不嫌弃的话要他去试试？"林子亮礼貌地笑笑，说："谢谢，我回头问问他。"心里却酸酸的。

　　林子亮从钱包里拿出一张百元钞票，递给瘦子，毫不犹豫地说："找二十。"也不知是什么原因，他原先想过的那些数字，现在全部自动作废了。他想，人家这么有钱，崽都开公司当老板了，还用得着我来扶持吗？他感到自己给八十元理直气壮，也理所当然。

　　瘦子没接他的钱，问："没有零钱吗？微信转也行。"

　　林子亮坚定地说："找！"

　　瘦子笑了笑，从裤兜里摸出一把红红绿绿的票子，抽出一张五十元的，递给了林子亮，然后从他手中接过百元钞票。

林子亮说:"你那不是有二十元的吗?"

瘦子挥挥手中的书,说:"看这一屋子的书,就知道你不是当领导的,肯定也不会搞广告。你们读书人不容易,搬这么一点材料,就收五十元算了吧。何况,你不是还送了本书给我吗?"

林子亮说:"这,这怎么行?"

瘦子说:"没事,我比你力气大,挣得多,随便搬一趟就回来了。"

看着瘦子离去的身影,林子亮又一次感到浑身无力,胸口似乎堵满了砖头,怔怔地说不出话来。他觉得,从此以后,他也要做一个瘦子那样的搬运工。不过他要搬除掉的,并不是现实的砖头,而是内心的负重。

(原发《啄木鸟》2024 年第 5 期)

等 待

细舅毫无征兆地出现在防盗门边时，我们全家都惊呆了。

他已整整二十年，不曾跨进这个房门！

最先反应过来的，是我老婆。她一把推开呆若木鸡的我，麻利地从鞋柜里拿出一双新拖鞋，热情地说："细舅，您快请进！"

细舅戴着金丝眼镜，像以前一样，理着整齐的板寸，只是发色中，已夹杂了不少霜白。但没关系，他干净的白衬衫和格子西装，恰到好处地掩盖了年龄，让他显得年轻且有精神。尤其是那只时下流行的棕色真皮提包，更让他浑身散发出一股时尚的气息。单看他的行头和装扮，如果我不说他是一个农民，大家一定会认为他是一个港商。

"哈哈，你们都在这边啊。好！我正要找你们。"细舅爽朗的笑声，惊得母亲手中的菜碗"咣当"一声掉在地上，她满手是油从厨房冲出，高兴得结结巴巴："九……九娃，真……真是你啊！

哎呀，快进来，快进来！"细舅把提包放到沙发上，站在客厅中央，上下左右打量着房间里的摆设。他的脸上，慢慢浮起一股淡淡的沧桑。这套房子，对他来说，真是太熟悉了，又太陌生了。二十年前，他曾是这里的常客，歪在木沙发上看电视，躲在书房里读小说，光着膀子喝啤酒，趴在地上给我当马骑……如今，木沙发换成了真皮的，黑白电视换成了液晶的，与他喝酒的风流男人成了秃顶的退休老头，而骑马的刁蛮少年，也已成家立业，搬到了外面的新房。母亲有点紧张，望望细舅，扭头大声唤叫："老头子，快出来，九娃来哒！"父亲拿着老花镜，急急忙忙从书房奔出，紧紧与细舅握过手后，又手忙脚乱，翻箱倒柜，找出他珍藏的极品芙蓉王，连盒扔给了细舅。我打燃火机，毕恭毕敬地给细舅点烟。我老婆给细舅端来热茶后，又麻利地削起了水果。母亲呢，笑眯眯地钻进厨房，把手洗净后，又笑眯眯地来到客厅，陪着细舅在沙发上小心坐下。我们全家，都为细舅的到来而忙碌不已，欣喜万分。

我们心里都知道，细舅能来我们家，真的不是一件容易事。二十年前，他甩在客厅门口的那句话，至今仍在我们耳边轰然作响："老姐，你莫搞得像个黄世仁样，死死逼我还钱，你放心，我吴九成总有一天是要发大财的！欠你的那几个钱，迟早会连本带息送来。不发财，我就再也不登你这金銮殿！"当时，我们都以为他说的是一句气话，没想到，一年、两年、三年……整整二十年，他真的再也没来过。尽管父亲和母亲早就帮他把那笔欠款还清了，早就不指望他给我家还钱了，早就与他恢复正常邦交了，但每次盛情邀请他前来做客，他总是摆着手说："时候到了，我自然会来的。我说过的话，你们不记得，我自己记得！"今天，他满面春风从天而降，肯定是带来了惊人的好消息！

　　细舅家离我家其实并不远，就在城市北郊的冷水铺，顶多二十来里路。冷水铺北邻长江，南接我们生活的这座城市。那是一片肥沃的冲积平原，泥土黑得发亮，植被绿得发黑，一栋栋高高低低的农舍，错落有致地掩映在黏稠的绿海里。细舅的房子，紧挨着大舅、二舅的家，蹲坐在冷水铺中央的一方台地上。站在细舅门前的地坪里，只见规整的水田，一丘咬着一丘，连绵不绝地铺陈向远方，无边无际，望不到尽头。饱满的金黄或是荡漾的绿波，常让人感到壮阔和震撼。当然，这都是我童年的记忆了，如今的冷水铺，已看不到一株水稻，满眼都是翠嫩的时蔬——当年的郊区农民，如今已全部成了菜农。大舅常常抱着新摘的肥嫩瓜菜感慨："冷水铺的地真肥啊，丢一把种子，就有一车的收获。只怕埋下一根稻草，也能长成金条！"细舅不屑地说："只有你这种猪脑壳会这样想，冷水铺的地，本身就是金子！还种什么鬼菜，埋什么鬼稻草！"大舅望着细舅冷火秋烟①的家，丢下两棵大白菜，摇着头，走了。

　　细舅肯定是来还钱的，我想。如果不是来还钱，他绝对不会上我家的门。这么多年来，我们一直在等待细舅敲门，其实并不是想要他还钱，而是希望他能早日发财。在我们看来，上门、还钱、发财，在细舅身上，等同于一个意思。问题是，细舅真的发财了吗？春节的时候，我们去冷水铺拜年，尽管细舅升级用软芙蓉王待客，但依然看不出多少发财的迹象。大舅还悄悄告诉父亲，

---

① 冷火秋烟，方言，指冷清。

地　盘

细舅年背① 又借了人家五万块钱，三分的息。他气恼地说："九娃太不想事了！欠一身的账，还借起钱来讲排场；地里没有一蔸菜，生活却比谁都过得好，冷水铺的馆子，都被他吃遍了；球毛砣二十好几，还定不了亲。何得了啰！"难道短短几个月，细舅真从冷水铺的地下，挖到了大块的金子？

父亲肯定也像我这样疑惑。他陪着细舅东拉西扯了一番之后，终于小心翼翼地发问了："九成啊，今年在运作什么项目呢？"听到父亲这么说话，我心里暗暗发笑，还运作，还项目，细舅不就是很多很多年前炼过一回胆红素嘛。当年，他就是用这类吓人的词语，从我家借走了最初的一笔款子。

那一年，细舅从报纸广告上获悉（他是冷水铺唯一自费订报的农民），胆红素价格昂贵，市场广阔，供不应求，就不远万里跑到广东，花钱费米，学来技术，买回设备，在自家的堂屋摆开了阵势。多少年来，细舅一直为此骄傲不已："这是全市第一个从沿海引进的高科技项目，是冷水铺地区第一家冒烟的工厂！"其实，这个高科技项目，这家冒烟的工厂，不过是一个简陋的猪胆加工作坊。每天，细舅天不亮就踩着破单车出门了，方圆几十里屠凳上原本一文不值的猪胆，全被他以一块一只的高价，当作宝贝般地收了回来。那时节细妗还没到麻将馆当"正式工"，还很年轻，也很发奋，埋着头把猪胆熬煮得臭气熏天。当猪胆熬得黏黏糊糊、黑咕隆咚时，细舅就穿上一件半新不旧的白大褂，搬出天平、量筒、烧杯、玻璃棒，拿出一包又一包的药剂，把大门

---

① 年背，方言，指后来。

关死，把眼镜也带上，像个科学家般，开始提炼他梦寐以求的胆红素。也不知经过了多少个回合，总之是费了几千只猪胆，几十天后，他终于兴高采烈地来我家报喜了："姐夫，你莫小看了这包粉末，我明天拿到广东，回来就是几万块！"父亲想凑近观赏一下那点辣椒面样的玩意，细舅一手拦住："远点远点，你一鼻子风，就会吹掉我几千块的啦！"父亲有点尴尬："这东西未必是黄金，这等娇贵！"细舅得意地哈哈大笑："黄金才多少钱一克？我这家伙一克就上万！高科技，你懂不？回来给你带个录音机！"几天后，细舅空手来到我家，看那样范①，就知道高科技塌场了。父亲故意问："录音机呢？"细舅头一昂："下次送货给你带个录像机，如今沿海都不流行录音机了。"父亲说："只怕你的高科技连个收音机都买不起吧？"细舅长叹一声："那个搞检验的家伙心好狠，一瓢就挖去一克多，化验出来又说纯度差几个百分点。我总共才炼出两克，七一搞，八一扣，才拿回两千块钱，本都没捞回。"不过很快他就又信心十足起来："姐夫，你再到你们行里借我万把块钱，我在技术上再用点心，下次送货经验也足些，录音机、录像机什么的，都不成问题。"此后几个月，细舅带着他的胆红素，还有他的发财梦，频频往返广东。每次，他都充满希望而去，没精打采而归。那个"纯度"，成了他无法绕过的劫数，尽管也在一次次地提高，但离对方的标准，总是遥不可及。当他意识到这完全是一个局，带了一伙难兄难弟到广东去讨说法时，与他们签了回收合同的那家公司，已是人去楼空。细舅平生

---

① 样范，方言，指样子、派头。

地　盘

运作的第一个项目，最终以负债三万块胜利结束。看到他把自己失败的经历，跟人讲得曲折离奇，满脸兴奋，像讲别人的故事一般，全无半点反思和痛心，细妗气得几天不给他做饭。细舅从馆子里打着饱嗝回来，满嘴酒气："蠢婆娘，关公还走麦城呢，李嘉诚也不是一帆风顺，你着什么屁急啊？你就等着做富太太吧！"这一等，就是二十余年。

细舅吐出一口烟，仿佛多年前的那些往事也已烟消云散。他淡淡地回答父亲："搞什么鬼项目啰，休息！"父亲说："休息？哦，休息好，是要好好休息休息。"细舅显然不想与父亲探讨休息的重要性和必要性，也对项目的运作之类缺乏兴趣，他扭头问我："你们市委机关忙吗？"我笑笑说："机关嘛，总是有事做的，不忙也像很忙。"细舅点头，表示认同，又问："马书记这向①只怕蛮忙吧？"父亲抢着说："人家市委书记肯定忙啦，他一个小萝卜头，书记的面都没见过几次，你问他不等于白问。"细舅朝父亲摆摆手，神秘地说："你不知道，马书记这向绝对搞不赢②。"那神情，俨然是对马书记知根知底，了如指掌。我心中一惊，细舅何时跟马书记接上了头？但看他今天的语气和底气，又好像真的与马书记成了朋友，怪不得他今天来了我家哦，怪不得有能力来还钱了哦，细舅啊，还真没想到您有这等本事！父亲也惊讶得张大了嘴巴，他问："九成，不是马书记关照你做了笔什么贸易吧？"

贸易这个词，也是细舅的术语。早些年，他做过无数的"贸易"，

---

① 这向，方言，指最近、这段时间。
② 搞不赢，方言，指忙不过来。后文忙不赢同此意。

赚过一些钱，也亏过不少本，而最初的那次"贸易"，还欠下了我家两万块钱。那是胆红素黄了后不久，细舅跑来我家住了两天，把书房中一大堆报纸看完后，阴郁的脸突然晴朗起来，高兴地对我母亲说："姐，我要外出做贸易去，你借点私房钱给我吧。"母亲很惊讶："你能做什么贸易啊，上次那事搞得……"细舅轻轻按摩着母亲的肩："姐——那不是运气不好嘛，莫非连你也怀疑我的智商？"母亲沉默了。在她的几个兄弟姊妹中，细舅是最会读书的一个，一直读到高二，都是年级第一，但外公的突然离世，让细舅的大学梦戛然而止。冷水铺比他成绩差多了的几个同学，后来都考上了大学吃起皇粮。这事一直让母亲感到愧疚和难过，尽管当初她并没有能力帮助细舅继续读书。母亲回头问："你想做什么生意？"细舅笑笑："这是商业机密。"母亲说："那你就不要找我。"细舅把嘴伸到母亲耳边，神秘地说："做牛皮！"母亲急得站了起来："这未必有钱赚？！"细舅胸有成竹地说："你不懂！现在皮鞋厂遍地开花，牛皮俏得很，用不了几个月，两万块就会变成四万块，到时给你打个金手镯。"细舅拿着母亲给的钱，带了几个帮手，跑到平江、浏阳、通城的大山里，收回了上千张上好的黄牛皮，搬到自家阁楼后，他就每天到冷水铺的小街上找人下象棋，吹牛皮，坐等两万块翻成四万块。年底时，牛皮不但没涨，反而跌了一半。到第二年初夏，价格下滑得让他实在扛不住了，喊人到家里来收，结果一大半皮子被虫蛀得稀烂。为这事，母亲唠叨了好多回，说他太没眼光了，但细舅从来不承认，他颈根伸得老长，很不服气地说："对市场走向的分析，我的观点与专家高度一致，根本没错！要怪就怪那些皮鞋厂，不按规矩搞，净做些假皮鞋。"很多年后，我在细舅的抽屉里，翻到了一个硬皮本，里面有一张发黄的剪报，贴得工工整整，粗黑的标题分外醒目：今明两年黄牛皮供不应求价格将翻番。

细舅低头喝了一口茶，抬眼白了一下父亲："我不做贸易已多年，你又不是不清白[①]？"父亲有点尴尬，赶忙起身拿起细舅的茶杯去加水。细舅继续向我打听机关里的事情："王市长这向到市委来得吧？"我说："市长一般在政府办公，当然，开常委会时会到市委来。这向——似乎是来得频繁点。"细舅高兴地说："这就对啦！"我疑惑地望着他，不知是什么对了。细舅没有注意我的表情，沉浸在自我的兴奋中，微笑着频频点头。过了一会儿，他抬头对我说："王市长这人不错，能力超强！"我越来越感到糊涂了，细舅今天是怎么啦？从市委，到马书记，到王市长，净说些没头没脑的话。我知道，细舅爱看报纸，多年来一直坚持自费订阅，他关心时事，关注政治，特别是对市委市政府的重大决策和重要人事，总是十分敏感，但他平时与我交流这类事情时，完全是乱扯乱谈，信口开河，根本不像今天这样神神秘秘。难道，他又洞察到了什么重大的政治变化？可是，这又关他这个郊区老农民什么事？

父亲端着茶杯过来了，他像猜出谜底一般，激动地说："我知道了，我知道了！九成，这向你肯定是参加了市里的一次重大赛事，赢得大笔奖金！"父亲显然没细听我们刚才的谈话，还沉浸在细舅为何来我家、哪里搞到钱的思考中。这个话题，倒是有

[①] 清白，方言，这里指清楚、明白。

些对细舅的胃口，他不再跟我探讨上层建筑，转头与父亲兴致勃勃地交流起象棋运动来。

"参加市里的赛事？那不是侮辱我的人格，那几个臭手，我边车马炮都能把他们打个落花流水！谁敢跟我搞？"

"那是，那是，你是省冠军。嗨，九成，要不是那次比赛，你只怕也搞不清自己这么厉害吧？"

细舅骄傲地昂起头，不屑地说："几个温州人还想赢我？嘿嘿！"

这样的对话和神态，我实在是太熟悉了，他们两人都讲臭了，但每次讲起来，依然无比投入。也难怪，这是细舅一生最引以为荣的一件大事情。那一年，"项目"搞尽，"贸易"屡败的细舅，无可奈何地跑到温州去打工。几百块一个月的工资，何年何月才能还清欠账啊，何年何月才能发财啊，细舅很灰心，下班后常到厂子前面的小街上找人下象棋。他从小就爱下棋，外公在世时，他放学后总是要到冷水铺跟人杀上几盘，经常赶不上家里的饭，外公气愤地说："你把象棋烧了泡汤喝掉好啵！"到他十五六岁时，冷水铺已无人敢跟他对弈。他原以为温州这个大地方的人棋艺会高他一筹，没想到也尽是些冷水铺老爹爹般的角色，三下五除二，就被他将得无路可走。细舅的棋艺，很快就在厂里声名鹊起。恰恰这年温州举行全市象棋大赛，细舅代表厂里出战，一路过关斩将，轻轻松松就将冠军收入囊中。后来他又代表温州参加浙江省外来务工人员象棋大赛，同样轻而易举地拿到了第一名。这次比赛，他从省、市、工厂共获得了将近两万块的奖金，还被温州棋院请去做了教练，工资比父亲这个副行长都高。照理说，这已经很不错了，但细舅仍然觉得来钱太慢，那些蠢得像猪样的学员，也常常让他生气。他开始偷偷到外面去赌棋,从一百块一盘,一直赌到上万块钱一盘。正当他数着钞票以为找到了一条发财之路时,警察将他抓了起来,关了半个月后,又身无分文地被遣送回了冷水铺。从此以后,细舅再也不敢赌棋,偶尔赌一下,赌注最多不超过五百块,而且还美其名曰"赛事"和"奖金"。

父亲说:"最近你真的没参加大赛事?"

细舅又有些不耐烦了:"这些没用的事有什么搞头啰,赚点伙食费还差不多,靠它何时发得了财!"

细舅瞄了一眼电视里的新闻,问我:"市委机关最近有没有什么内部新闻?"我不知道他指的内部新闻是哪方面的情况,想了想,说:"没有啊,一切似乎都很正常。"细舅很不满地摇了摇头,教诲我说:"你呀,这么大了还没长进,市委是什么地方?是全市的大脑,是决策中心,你在里面,要学会分析蛛丝马迹,从中寻找机遇!"

我也一下尴尬起来,正在细细寻找"蛛丝马迹"想着如何作答时,母亲喊我们吃饭了。我如释重负,赶紧站起身请细舅就座。母亲把手在围裙上擦了两下,装作很随意地把细舅放在沙发上的提包拿起,掂了掂,顺手放到电视条柜上。她脸上有一丝失望掠过,不过很快又恢复了笑容。细舅注意到了这个细节,诡秘地笑了笑,什么也没说。

父亲与细舅碰了一下杯,笑了笑:"细妗还好吧?买码的手气还好啵?"

细舅仰头喝一大口,咂咂嘴巴,问我:"马书记来市里只怕快八年了吧?"

母亲捡起一个鸡腿,放到细舅的碗里,说:"球毛砣呢?球毛砣在家吗?听说他上次赢了一辆汽车。"

细舅撕了一块鸡肉,边嚼边问我:"王市长从管城建的副市长做到市长,花了上十年,市领导里还有比他资历老的没?"

父亲拿过酒瓶,给细舅加满,又笑了笑:"你以前搞'房产开发'时建的那几栋平房还漏吗?有没有处理掉?"

母亲紧接着也问:"我记得你很久以前买了十几亩地,搞什么农业产业化,那地现在还荒着吗?没卖掉吧?"

细舅把筷子往桌上一放,说:"姐,姐夫,你们就别再拐弯抹角问我了。我实话告诉你们,我老婆没有中码,亏得倒不算少;球毛砣是赢过一辆汽车,但我接报喜电话没半个小时,他又向我通报输掉一个轮子,到第二天早晨,反欠了别人半辆汽车,如今还在外面躲债;我的屋和地都在,没卖。但你们放心,今天我会有好消息给你们,欠了你们的钱,还有球毛砣输掉的汽车,全部都会还清。我今天高兴,先让我痛快喝场酒再说好啵?"

这真是一个让人无比振奋又无比期待的好消息!细舅啊,真没想到,短短几个月不见,你居然就时来运转、吉星高照、财宝归家、福如东海了!难怪你今天这么潮哦,难怪你这么沉着,这么有底气,这么胜似闲庭信步哦!哎呀,我太为你高兴了,也太为自己高兴了,有了你这个有钱舅舅,我们这个工薪家庭,今后还愁没好日子过?父亲和母亲也同样是一脸的欣喜,一个忙着给细舅敬酒,一个忙着给细舅夹菜。餐桌上,浓得化不开的甘甜与幸福,与火锅的气雾一同升腾和弥漫。我们全家都压抑住内心的兴奋,急切地等待细舅把谜底揭开。

酒足饭饱之后，细舅摸着肚皮，在沙发上坐下，悠闲地抽了一支烟，又慢慢地品完一杯茶后，才把下巴一扬，示意我将棕色提包拿给他。和母亲一样，我也将提包掂了掂，感到手上轻飘飘，里面没什么硬货。我疑惑地想，细舅该不是发达到开现金支票的层次了吧？细舅接过提包，提起笑眯眯地看了看，得意地问我老婆："这包还行吧？"我老婆恭维地说："真漂亮！商场里要两三千块一个呢。"细舅满意地说："你真识货。"

细舅将提包放到腿上，慢慢地把拉链撕开。我们全家人的眼睛，一齐紧紧地盯住，母亲挨细舅坐着，侧转的头都快抵着包了；父亲坐在细舅对面，颈根伸得老长；我老婆站在茶几旁，不断地把眼镜往上推；我远远地站着，心里紧张地想，细舅啊，你可千万别玩什么花招啊。细舅把提包打开了，在里面翻找了一会儿，很快就拿出了一张报纸，满脸嘚瑟地递给了父亲："你看看这个！"父亲接过，从口袋里取出老花镜戴上，打开报纸，匆匆忙忙地从一版浏览到八版，然后取下眼镜说："这有什么好看的，把里面的东西拿出来。"我过去拿起报纸，发现是一张本市当天的日报，头版头条是《市第六次党代会拟于十一月召开》，翻了一下后面，也没看到什么惊人的内容。我沉默地将报纸转递给了老婆。

细舅将拉链拉上，把提包放到身边，点上一支烟，朝着父亲缓缓吐出一口烟雾："里面没什么东西，就是这个！"

父亲又失望又气恼，站起身走了几步又坐下，说："九成啊，不管你还不还钱，有没有钱，姐夫家的大门都永远对你敞开，随时欢迎你来，但你不要跟姐夫逗霸①，我都六十好几了！"

母亲更是伤心："九娃，你姐夫根本就不在乎你还不还钱，在乎的是你到底有没有赚钱，你都五十出头了，何势②还这么不靠谱啰！"

细舅若无其事地笑了笑："你们急什么啰，仔细看看头条！"说完双手抱在胸前，一副踌躇满志而又高深莫测的样范。

经细舅提醒，我朦朦胧胧好像明白了什么，但召开党代会到底与他发财有什么关联，一下子还没想得太清楚。这时，一直认真在看报纸安静思索的老婆，突然大声说道："我明白了！"

细舅竖起拇指，点着头说："到底是学精算专业的，脑瓜子转得快！"

母亲迷茫地望着细舅，着急地说："你就别卖关子了，赶紧说出来！"

细舅把烟头熄灭，喝了口茶说："党代会最重要的议程是什么？"

我不假思索地回答："换届，重新选举书记。"

细舅问："谁最有可能当选新书记？"

我说："照理来讲应当是王市长，不过也有可能省里空降。"

细舅说："也就是说，不管是谁，都不会是马书记了！那新书记到任后，最重要的事情是干什么？"马书记已在市里当了两届书记，早就传闻要调到省里去，肯定是不会继续留下来的。

---

① 逗霸，方言，指说的话有点脱离实际。
② 何势，方言，指为什么、怎么还。

"当然是出政绩啦。"我老婆说。

"怎样才能出政绩?"

"搞城市建设,搞土地开发。"

"到哪里搞土地开发?"

"还能到哪里,只能到城市的北郊冷水铺啦!你想想,前面的几任书记,一个搞东扩,一个搞南移,一个搞西靠,留给新书记的地盘,只有北面了。有哪个一把手,会接着前任的工程搞呢?"

听到细舅和我老婆的对话,我们全家一下就明白了。其实,十五六年前,冷水铺就进行过一次短暂的开发,当年的书记拍板定下城市北拓,准备开发沿江码头,并指定由干副市长负责,但刚刚开始不到一年,书记就调走了,新来的书记到任后立马停止了这个项目,改为东扩,将城市连接京珠高速谋求发展。也就是那次北拓,在外面东奔西跑从事"贸易"活动的细舅匆匆忙忙地赶了回来,到处借钱,请人在自己的土地上,赶建了五六栋简易平房。这些房屋连基脚都没打,用红砖直接在田泥上垒砌,内外墙壁都没粉刷,门窗也没安装,地上坑坑洼洼,屋顶盖的是油毡,一到下雨,漏得满屋是水。从此以后,细舅再也没有去搞过什么"项目"和"贸易",更没出去打过工,他就待在冷水铺,打牌、下棋、喝酒、吹牛皮,等待征收,承包的那些田地,早就茅深草乱荒芜多年。大舅看着心痛,劝他还是种点水稻和瓜菜,这样荒着实在是太可惜,土里有作物,至少吃饭不成问题,总比借钱生活要强啊。细舅说:"你真是个老古董,都什么年代了,还想着种田为生，你种了几十年地，还不是只混了个嘴头光①，发了什么财？我劝你也少种点，多养养身骨子，别等到土地一征收，拿到大把大把的钞票人又不行了，那才可惜呢！"在这件事上，细妗与球毛砣的观点与他高度一致，都认为应当提前好好享受生活，现在欠点账没关系，到时一次性还清就是了。因此细妗吃香喝辣天天到麻将馆"工作"，球毛砣游手好闲夜夜到赌场"加班"，只要不太出格，细舅并不过多干涉。细舅原本以为，过不了几年，冷水铺就会开发得热火朝天，哪曾想，事情却一次次地令他失望，这一等，就是十五六年了，不但旧债未还，新债还越添越多。我常想，要是不把希望寄托在土地征收上，凭细舅的聪明才智，无论是搞"项目"，还是做"贸易"，他都早就发家致富了。我们全家，包括大舅、二舅，都深为他的状态担忧，不止一次地劝他，不要再等了，东南西三个已经开发的地方，到如今都只是一个半拉子工程，市里哪有钱再去开发北边的冷水铺？死了这条心吧，去干点正经的事。每次细舅总是胸有成竹地微笑着说："不急，不急，会有办法的！"原来他早就洞察了其中的玄机，算到了市里的下一步动作哦。

细舅满意地对我老婆点点头，从沙发上直起腰杆子，有点亢奋地说："我现在自己手头有七八亩地，那年换书记，又低价买了十几亩地假装种大棚菜，加起来有二十亩，你们算算，这会有多少钱？"

母亲说："只怕有百把万哦？"

细舅不屑地说："嘿，百把万？你也太小看我了！你们知道

---

① 嘴头光，方言，指只能勉强糊口，没有多余积蓄。

现在正在开发的城南板块商业用地涨到多少钱一亩吗？两百万！欠你们那十几万块钱，一只地角就还了！"

这时父亲也高兴起来，他"啧啧"着说："哎呀，九成啦，你真要发大财了，几千万呢，你和球毛砣两代人都用不完！"

细舅哈哈大笑："姐夫啊，你这人就是保守，说得不客气，就是目光短浅！二十亩地，几千万块钱，你就满足啦？你不想发更大的财？"

父亲问："怎么发？"

细舅说："我现在承包的那些地，名义上归我，实际是集体土地，征收时价格低得很，加上乡里村里一提留，到手的根本没几根毛。当务之急是要趁别人还没睡醒，赶紧注册一家房地产公司，把自己的地还有别人的地，低价购买进来，到时新书记一旦决定开发冷水铺，我们的地就能以商业用地的性质转让了。"

父亲问："主意是不错，问题是你哪来钱去买地啊？"

细舅说："所以我今天特意来你们家送发财机会了啊！姐夫，你投几十万块进来吧，机会难得啊，我都等了快二十年！"

父亲沉默了，我看到母亲在给他使眼色，父亲一声不响地随母亲进了卧室。我正在想自己是不是也去贷点款来投资，老婆用手碰了碰我，往书房走去，我赶紧跟了进去，顺手把门关上。我看到细舅从沙发上站了起来，双手相扣，高高举过头顶，长长地伸了一个懒腰。

我们全家决定一共在细舅的公司投资一百万，过几天就把账转给他。从现在开始，我们也像细舅一样，翘首等待市里党代会早日召开。细舅穿好他的格子西装，提上棕色真皮提包，摸了摸理得整整齐齐的板寸，挥手向我们告别，我们客客气气地把他送出了防盗门。

"等着我的好消息啊！"细舅在楼道里喊。那声音，无比的雄浑和洪亮。

（原发《湖南文学》2014年第11期）

血 橙

星期天,朋友送了我一篓血橙,颜色金黄,色泽艳丽。剥开一个,香气扑鼻,酸甜可口。我放下几个到家里,马上开车送去给元元吃。元元问:"血橙有什么来历吗?"我说:"没有,但有一些事情,多少与它相关。"元元说:"讲来听听。"我就讲了起来。

那时节,我最喜欢细公来。细公来我家,从来不空手。

细公住在横洞,离我们牛角冲有五里路。横洞好啊,那里有铺着细沙子的大马路,有滴滴叫唤的汽车,还有供销社、电影院、农科所、果园,天宽地阔的,哪像我们这儿,就一条狭窄的破山沟,野果都找不到几粒。在我的眼里,横洞是个大地方、好地方,要是能住到那里去,可就带劲了。

奶奶却不这么认为。她说:"横洞有什么好,汽车吵死个人,灰尘又迷眼睛,哪有牛角冲干净?再说了,你爷爷以前还不就是横洞人,有什么稀奇的?你看你细公幺茄子,还不是一年四季往我们牛角冲跑!"

我后来才搞清楚,爷爷与细公是亲兄弟,都是横洞人。爷爷从小就过继到了牛角冲,继父是他的堂叔。

我知道奶奶不喜欢细公,连带着也就不喜欢横洞。可我喜欢横洞,也喜欢细公。

细公每次来我家,都要背个小竹篓。好多次我放学回家,看到他坐在我家堂屋里,一个人抽着旱烟,腰杆子笔挺的。奶奶在一边忙自己的事,似乎也没理他。一见到我,他就高兴地站起来,热情地喊我的名字,轻轻地抚摸我的头。然后把椅子旁边的竹篓提起来,麻利地拿开上面盖着的一件半新蓝罩衣,掏出一包饼干,或者是一把纸包糖,塞到我手里。更多的时候,竹篓里装的是水果,杨梅、桃子、李子、板栗、橘子、梨子,有一次,他甚至还背来了几个大西瓜。在我眼里,细公的这个竹篓,简直就是一个水果铺子,而他则像一个搬运工,总是跟随着季节的脚步,准时将最新鲜的收获,源源不断地送到我家来。

细公送来了这么多好吃的,奶奶为啥还对他没个好脸色啊?我想不明白,就问她。奶奶揪着我的耳朵说:"你呀,就知道吃吃吃,今后要是像了幺茄子,那就该了死!"

我那时真的是好吃呢。牛角冲方圆几里的山上,哪里有一棵野梨,哪里有一株山枣,全都清清楚楚。其实别的小伙伴也清清楚楚,大家都生怕别人抢了先机,常常野果还没成熟,就悄悄摘了回家,也不怕它酸掉小牙。

我们这么好吃，是因为没有东西吃，肚子饿。牛角冲除了山上的几粒野果，实在找不到别的啥来止馋，不像横洞，有供销社，有果园。当然，牛角冲也有几株果树，但那是私人的，看守严密，我们也从不敢乱动心思，怕被大人打。在牛角冲，大家最不齿的事情，就是手脚不干净。

　　然而，好吃的我，后来却动了一回这样的心思，要不是被细公救下，差点就被奶奶打个半死。

　　那一年我十一岁，刚刚考上初中。十一岁的初中生，走在路上常让人以为是个小学生。学校在离家十里远的师公塘，母亲见我人小，怕路上不安全，就要我每天跟一个叫李定清的高个子同学同行。李定清是五斗垄人，每天上学经过我家门口时，就站在路上大声呼喊。看到我与李定清同去同回，母亲非常放心。

　　我与李定清走出牛角冲，就到了塔坳；过了塔坳，就是到湾；走完到湾，就到了学校。刚开始觉得十里路好远，走惯了也就很轻松，不到一个小时就到了。我们从最初的埋头匆匆赶路，慢慢就变得东张西望、走走玩玩了。深秋的时候，我们在塔坳与到湾交界的地方，发现了几株果实累累的血橙树。当然，我们开始是不知道那叫血橙的，这种水果比橘子大，比柚子小，我们从来没有见过，细公也没送来过。

　　这几株血橙，长在路边田坝上一户人家的后院。我们此前每天打这经过，从来没有发现，直到某一天，绿叶丛中露出点点淡黄，才引起我们的注意。从此我们走到这里，脚步就不由自主地变慢，眼睛也像是被粘住一般，盯着那些血橙不放。血橙的颜色在一天天变化，先是淡黄，然后是鹅黄，接着是金黄，之后变成淡红，最后一片火红。空气中的香味也在一天天变化,先是若有若无的清香,然后是淡淡的芳香,之后是浅浅的甜香,最后是浓郁的馥香。我们抽动鼻子,咽着口水,心思再也藏不住了,经过无数次的侦察与策划,李定清决定带我去搞几个来试试。但我发现,每次我们在这里鬼鬼祟祟时,院子里总有一个干瘦的女人,在有意无意地看着我们。

李定清读书不行,但这次行动的功课倒是做得比较充分。他从本班一个杨姓同学那里打听到,这些果木,叫血橙,长在后院一口水塘边,有五棵,树高;平时这里只有一个女人在家,女人得了"干金痨"(我至今不知何病),一天到晚咳,没得救了;池塘边上有一口水井,水清甜的,很好喝。这些情报非常重要,能够科学地指导我们的行动。

一天放学回家时,李定清和我邀了杨同学,三人假装很渴,一起到这户人家家里讨水喝,大大方方地。那个干瘦女人认识杨同学,尽管满眼狐疑,还是热情地张罗凉茶。杨同学说:"伯娘,我只能喝开水,他们俩喜欢喝井水。"还没等主人同意,他就打开了后院的门,往血橙那边胡乱一指:"喏,水井就在那边,你们自己去喝。"见我们欢快地背着书包闪进去,他又眨眨眼睛,叮嘱一句"快点回来啊!"然后顺手把门掩上,陪着他八竿子都打不着的"伯娘",不急不慢地烧茶,东拉西扯地聊天。

我和李定清抑制不住内心的狂喜,蹦几下就到了池塘边。但奔到血橙树下时,却傻了眼。原来主人用接近一人高的竹片,扎成篱笆,将果树围了个半圆,另一边则面临塘水,根本无法近前。我数了数,血橙树果然是五株,每株都是这样围着,可见主人对它们的珍爱和对他人的防范。我用手推了推篱笆,牢固得很,加上树高,我们根本够不着。血橙在我们的头顶上像夜晚的红灯泡一样亮着,浓郁的香味刺激得我们饥饿的肚子咕咕直叫。近在咫尺,却无法得到,李定清一时兴起,准备翻过篱笆去摘,但试了两次,都不能成功。我说:"快去找一根长棍子来打。"李定清说:"对啊,我怎么没想到呢。"于是我们到处找棍子,但转了一大圈,一根也没有,最后李定清只好从山脚边折了根细竹竿来打。也许是竹竿太软,也许是力气太小,我们跳来跳去地抽打了半天,除了掉下几片树叶,半个血橙也没打下来。而这时,杨同学已打开后院门,大声发出信号:"你们怎么还没喝饱啊?"我们还没来得及收住敲打的动作,那个干瘦女人的声音就尖尖地打来:"哎呀,你们在做么子①哟,橙子还没熟透呢!"我羞愧得满脸通红,低头不语。李定清倒是一点也不慌张,一本正经地说:"打鸟呢,树上有一只很好看的鸟。"女人说:"鸟呢?"李定清说:"飞走了。"

我们狼狈地出来后,杨同学不断地埋怨我们手脚太慢,怕我们独吞成果,还翻看我们的书包,甚至还嗅了我们的嘴巴,最终确信我们真的是血橙毛都没搞到一根后,大声骂道:"真没用,两个蠢货!"然后扬长而去,再也不理我们了。

我和李定清垂头丧气地走了一阵,他突然说:"这次行动也不能说完全失败,至少我知道从后山可以进去。"我说:"那有什么用。"李定清说:"你敢不敢再来?"我说:"怎么来?"

---

① 么子,方言,指什么。

李定清说："明天我们五点钟就出发,趁黑从后山下来,我带把镰刀把篱笆砍开,爬上树摘。"我想了想,似乎可行,就说:"好。"李定清说:"那我明早五点钟喊你啊。"

这天晚上我比往常迟了半个多小时到家,奶奶早就把饭菜做好了,站在门口望了又望。她以为我学习不认真留堂了,说了我几句也就没再做声。我进门才知细公来了,他穿着一身麻色的棉绸衣,布料很柔顺地贴着骨架,让身材越发显得高瘦,连后背的两个肩胛骨都看得清清楚楚。我叫了一声细公,他大声地答应了,然后笑眯眯地接过我的书包,说:"如今读书真吃亏,这一大包书都能把人的背压驼。"我感到细公的声音和以前不同了,似乎有些漏风。细看,才知他的当面牙又缺了一个。唉,细公也老了。奶奶横了他一眼,说:"不读书干嘛,去喂猪还是杀猪?"细公笑道:"读书,当然要读书,我的孙子能不读书?"奶奶说:"又来了又来了,什么你的孙子?满了十二岁再说!"细公呵呵地笑道:"是的是的,不是快满了嘛。"然后把他的竹篓拿过来给我看,哦嗬,里面满满的全是板栗。细公抓了一把放到我手上,说:"好甜,你快试试。"奶奶说:"吃饭!"

这一夜,细公住在我家。他每次送东西来,都要吃一餐饭,有时也住一晚。在我的印象中,他似乎已很久没到我家住了。其实我看得出细公每次都很想到我家住,但奶奶总是给他脸色看,他不好意思,只好把放在竹篓里的换洗衣衫,又原封不动地背回去。

奶奶为啥这么嫌弃细公呢?她可是地方上公认的贤惠女子啊,对任何人都热情有加。以前我想不通,这个时候却已经知道个大概了。我都读初中了嘛。原来,这跟复杂的过继有关。

爷爷有四兄弟两姐妹，他从小过继到牛角冲堂叔家做崽后，留在横洞的两个哥哥，竟然都在二十来岁时先后病故，连婚都没来得及结，当然也就没有后代。嫁在毛田的姐姐和嫁在虹桥的妹妹，也不知什么原因，都没有生育，各自带了一个养女。最小的弟弟，也就是我细公，倒是长得一表人才，高高瘦瘦的，人也勤快，但就是讨不到亲——乡邻们传说他家有遗传病，男丁命短，女丁不育。其实这根本就毫无根据，但没有人敢把自己的女儿送去冒险，所以他打了大半辈子单身，人也变得好吃懒做。直到四十好几时，才找了一个比他还大两岁，且带着一个十几岁女儿的外地女子成了家。那时的他又虎虎生风起来，做起了三间瓦屋，把继女养大，嫁给了一个英俊的浏阳郎中。然而好景不长，没多久那个叫探春的外地女子，就得急病死了。继女带着浏阳郎中赶来痛哭一场，办完丧事后就再也没回来过。我可怜的细公，从此又成了孤家寡人。其实，早在他三十岁还没有讨进亲时，就想着从我爷爷这边过继一个孩子去做崽。那时节爷爷还在世，他没有理由拒绝亲兄弟的合理要求，就答应从自己的三个儿子中，挑选最小的那个，也就是我父亲，过继给细公做崽。可是我奶奶提出了不同意见，倒不是不肯，精明的她非常清楚，就是还一个过去，也是到处都讲得通的，如果拒绝了，别人就会说她无情无义，她才不会那么蠢呢。她说："幺生，要崽你随时来拿，可是真过继到了你横洞，那你就得打一辈子单身啦！你想想，谁还会嫁给一个崽都过继好了的男人？"细公一想，也对，这事就搁下了。后来他娶了已过育龄期的探春，又提起过继我父亲的事。这时爷爷已过世，奶奶一口就拒绝了，她说："我的崽都快结婚了，哪有养这么大还送出去的？你想都不要想。"细公说："嫂子，你不能看着我绝后啊，今后死了，端灵牌的人都没一个！"奶奶说："以后老三得了崽，我再做主过继给你做孙。"我哥出生时，细公提起了这事。奶奶说："你这人好不讲道理，哪有长子就过继出去的呢？看二胎，如果再生个带把的，那就是你的孙。"细公只好同意。我的降生，让细公喜上了天，我妈跟我讲过，给我做三朝酒时，细公送来了一头猪，外加一头羊和八只鸡。可是不久奶奶又反悔了，她骗细公说："算了八字，孩子得满十二岁才能过房，否则长不成器。"我妈心里更不愿送我走，因此在这件事上与奶奶空前团结，口风高度一致。细公半点办法也没有，只能耐心地等。

正因为这样，奶奶一直不喜欢横洞，也不欢迎细公。

这天晚上奶奶之所以留细公住下，一来是他送的板栗实在太多，二来是因为我的耽误，吃完晚饭后天色确实太暗了。

夜里细公坐在堂屋里，与父亲他们聊天。我在里屋做作业，但耳朵却听着外面的动静。也不知为什么，我喜欢横洞，知道那里比牛角冲好，也喜欢细公，知道他真心对我好，但真要我到横洞去给他做孙，我又不愿意。想起吃晚饭时细公提到我快满十二岁，我就好紧张，生怕他要把我带到横洞去。

但细公一个晚上都没提这事。他兴致很高地给父亲他们讲江湖见闻。早些年细公好吃懒做，曾出去打过一段时间的流，懂得不少江湖规矩。他无数次要把这些知识传授给我父亲，说今后出门在外用得着，但父亲不愿学，听听倒是乐意。在我的印象中，细公似乎每次来我家，都要讲讲这方面的事情。他的口才其实是不错的，讲起故事来不急不慢，一波三折，表情非常丰富，肢体也配合到位，连我奶奶都听得津津有味。每每讲到关键地方，他都要停下来抽一斗烟，要不就很自然地吩咐我妈去给他倒茶，像差使自己的儿媳妇一样。当我妈把茶杯恭敬地送到他手上时，他的眼光里就流露出幸福和惬意的神情。我父亲他们三兄弟加上我妈她们三妯娌陪着细公坐，我哥和两个堂哥、两个堂姐比我大不少，他们有自己的朋友圈，都在外面玩，每回来一个，必定大声地叫细公。细公总是站起身，呵呵地笑："好啊，好啊，都长大啦，家里有人喽！"他感慨地对我奶奶说："还是牛角冲热闹啊，我一个人住在横洞，像只孤雁。"我也感到细公看到我们兄弟姐妹就非常高兴，可惜奶奶不常给他提供机会。

睡觉前我问奶奶："满十二岁了真要我去横洞吗？"奶奶说："你傻啊，跟了他有什么好！"我有点担心，要是满十二岁了他来要怎么办？奶奶说："我会说等你考上高中再去。要真考上了高中呢？那就等考上大学再说，反正我不会让你过去的。"我放心了，准备安心去睡，突然记起了与李定清的约定，就说："奶奶，明早五点钟叫我啊。"奶奶说："去这么早干什么？天都没亮。"我说："天一亮就要考英语呢。"

第二天奶奶并没喊醒我，不知她是忘记了，还是有意不叫。五点刚过，我还睡在床上做梦，李定清就到了我家门前路上。他高声大叫着我的名字，把我妈啊、我爸啊、我细公啊、我大伯二伯啊统统吵醒了，他们还以为半夜三更出了什么大事呢。我妈警惕性很高，问我："去这么早是不是做坏事？"我说："能做啥坏事呀，考英语！"我妈不懂英语，奶奶也不懂，只要我一说英语，她们就闭嘴了。

李定清果然带了一把镰刀，藏在书包里。我们打着手电，一边急匆匆地赶路，一边商量行动细节。我非常担心，无数次问他："把握大不大？要不算了？"李定清说："我算好了时间的，万无一失，每人搞一书包就溜。"我说："我还是怕。"李定清说："你真是个软骨头，今天如果不搞几个血橙，以后我们还想在杨同学面前做人？！"

我们走到那户人家后山时，天还没亮，四周一片安静。李定清蹑手蹑脚地钻下山，进入后院，待了一会儿，用手电极快地给我发了个信号。我们碰头后，猫着腰，很快就找到了一株血橙树。可那篱笆实在是太牢固了，我们又不敢用力砍，怕搞出声音，只能轻轻地削，来回地割，搞了半天，总算搞开了一道口子，但天色也渐渐变得斑驳，房屋、树影、池塘，都隐约可见了。李定清几下，就爬到了树上。他麻利地一边摘血橙，一边往地上丢。我蹲在地上，一个个把它们摸进书包，不一会儿两个书包就满了。我小声说："够啦，装不下了。"但李定清没有做声。我站起来，突然发现面前站着一个牛高马大的人，吓得惊叫一声，把书包也丢到了地上。这时天已慢慢亮了起来，我看清眼前是一个二十来岁的壮汉。那人把书包拎到手上，凶恶地说："下来！哪里的？"李定清乖乖地下来了，跟我站到一起，不做声。这时天色大亮，屋里又出来了几个高大强壮的年轻人，估计与我面前的壮汉是兄弟。真没想到，一个得了"干金痨"的干瘦女人，竟然养了一窝如狼似虎的崽。他们把我与李定清团团围住，我被吓得瑟瑟发抖，李定清则是一副死猪不怕开水烫的样范。他们把我们狠狠地骂了一顿，把镰刀也没收了，血橙当然一个也不会给我们。完了一定要我们说是谁家的孩子，我们起初不说，他们就威胁要把书包交给班主任。我只好报了父亲的名字，李定清比我狡猾，胡乱报了个假名字。他们把书包丢给我们，一声大吼："快滚！今天不是看到你们是小屁孩，早就打断了你们的狗腿！"

晚上放学回家时，我一直忐忑不安。刚进屋，奶奶就板着脸说："你过来！"我过去在堂屋里站好。奶奶朝一担谷箩前一指，说："跪下！"我知道已经东窗事发，瞒是瞒不住了，跑倒是可以跑掉，但跑得了和尚跑不了庙，跑了又到哪去吃饭到哪去睡觉啊，还不如态度好点，于是就地跪了下来。奶奶用箩绳反绑了我的双手，又拿来了一根细竹棍。我以前做错了事，奶奶最多骂我几句，从来没让我下过跪，更没有绑过手。她打我，也顶多是用小竹枝抽两下屁股，吓唬吓唬，从来没有过今天这种架势。我吓得哭了起来，说："奶奶，别打我，我怕。"奶奶咆哮着说："不打？都做贼了还不打！"

原来，血橙的主人放我和李定清走了后，马上就找到我家来了。他把我们连续两次偷水果的事，原原本本讲了出来，末了将镰刀和几个血橙递给我奶奶，说："不是我们小气，一来是还没打霜，果子不好吃，二来是怕小孩掉到池塘里去，那水太深了。"我奶奶气得脸都青了，她只接过了镰刀，血橙坚决不要。

奶奶咬着牙，用细竹棍狠狠地抽了一下我被反绑的双手，一种强烈的痛刺激得我大喊"哎哟"。奶奶骂道："还骗我们说考英语，怎么考到人家园子里去了？"我哭着说："又不是我要去的，是李定清硬要去。"奶奶说："还犟嘴，小时偷针，大了做贼，这还得了，我打死你！"说着竹棍接二连三抽向我的双手、后背和屁股,我痛得眼泪直流,想跑又跑不动,因为箩筐里装满了稻谷,只好扭动着身子躲避和号叫着痛哭。哪知我越躲越叫,奶奶就越发抽打得厉害。我大声哭喊:"妈妈快救我……大伯快救我……二伯快救我……大伯妈快救我……二伯妈快救我……"但没一个人敢来劝奶奶,我妈妈还带着哭腔说:"打得好,谁叫你不听话!"我知道,他们都怕我奶奶。奶奶话不多,但在我们家族和整个屋场有着极高的威信。她为家族贡献了三男二女,居功至伟,加上读过书,讲道理,为人方正,屋场里的人都喜欢找她评理,凡夫妻吵架,丈夫追打妻子,只要妻子一只脚踏进了我家的屋檐下,丈夫就不敢再动手了,否则我奶奶会发大脾气:"到了我屋里还撒野啊!"在屋场里,我家就是女人们的"避难所"和"法租界",男人们没半点办法。想起这些,我知道没人能救得了我,只怕会被奶奶打死,于是哭得更加伤心了。

正在我绝望时,细公来了。他一进门,就夺过我奶奶手中的竹棍,说:"嫂子啊,细家伙做了坏事,是该教育,但也不能往死里打啊。"奶奶说:"不打?今后成了贼骨头,谁看得起!"说着狠狠地剜了细公一眼。细公一边给我解绳子,一边摸着我的手说:"你看你看,手都打肿了,还怎么写字!摘几个水果吃,也不是个蛮大的事嘛!"也许是打累了,也许是心疼我的手,也许是给细公一个面子,也许是给自己一个台阶,总之,奶奶没再打我了。细公摸着我的头,非常自责地说:"我来迟了,早晨那人来告状,我就知道今晚只能我来救你,唉,嫂子下手太狠了!"

细公晚饭都没吃,就连夜回横洞去了,奶奶也不留他。走时他把我交给我妈,要她好生带着我,并悄悄跟我说:"想吃血橙,细公给你买啊，你别急，过几天我就给你送一篓来。"

我的手肿了一个星期才消。每天上下学，我都不敢再从那户人家门前经过，而是绕道走河堤。我妈也不准我再跟李定清同行，我一人走在路上，常常想起那天发生的事，想来想去，别的竟然都慢慢变淡了，独独细公对我的承诺，在脑海中越来越清晰。

每天放学回家，我都要先朝堂屋里瞄一瞄，然后小声问我妈："细公来了吗？"我妈说："没有，他送的板栗我们都没吃完呢。"

我后来麻起胆子[①]从那户人家门前走了一次。我是特意去看血橙的。我发现树上的血橙已经不多了，但颜色变得更加鲜艳。我想，细公如果来买了，肯定早就送给我了，他肯定只是随口说一句而已。

我后来就慢慢忘记这件事了，也不再惦记细公。事实上，细公如果自己不来我家送东西，我们也没有谁会记起他。顶多是每年七月半他生日时，我爸就拿十元钱，要我妈带我去横洞吃餐中饭。每年的这一天，是细公最开心的日子，他常常大声向邻居们宣告："我侄媳妇来了呢，我孙子也来啦！"他今年的生日早过了，谁还想着他？大家各自的事情都搞不赢。

直到一个月后，横洞那边有人带口信来，说："幺茄子病在床上动不得，你们快派人去看看。"我们这才想起，细公确实很久没来我家了。

父亲他们三兄弟连夜赶了过去，细公果然躺在床上，骨瘦如柴，"哎哟"连天。父亲留下二伯照顾细公，自己和大伯赶回来

---

① 麻起胆子，方言，指壮着胆子或勉强鼓起勇气。

向奶奶汇报。他说:"细公可能不行了,刚刚喊郎中看了,也搞不清是哪里的毛病,躺在床上动不得,屋里屎臭尿骚,真的有蛮'茄'。""茄"在我们那里有倒霉、寒酸、软弱的意思,细公被人叫了一辈子"幺茄子",没想到这么快就要死了,死时还是这么"茄",真可怜。奶奶问:"吃得不?"大伯说:"吃倒是吃得,我给他下了一碗面,煎了两个鸡蛋,只剩一点汤。"奶奶说:"那就还有救。"她很认真地对大伯和父亲说:"不管幺生有多懒多'茄'多不靠谱,他都是你们三兄弟的亲叔叔。你们只剩一个叔叔啦,尽管我不喜欢他,但你们得凑钱救他!"父亲说:"能救肯定是要救的,问题是郎中看了不肯开药。"奶奶说:"不肯开药只有三个原因,一是救不活,二是不识症,三是没有病。他能吃,可能没有病。不是被人打了吧?"大伯说:"看那样范,我也怀疑他是手脚不干净,又被人打伤了。"

啊,细公竟然做贼!我还是第一次听到,忍不住插嘴说:"不会吧,细公这么好的人,怎么会偷东西!"

奶奶说:"哼,他是个惯偷,经常偷横洞果园里的水果,送给我们的全是偷的!"

啊,是这样哦,怪不得奶奶讨厌他,怪不得我偷血橙时,奶奶把我往死里打。

大伯说:"唉,其实他也并没偷过什么值钱的东西,无非是偷点小菜自己吃,偷些水果送给我们。"

父亲说:"他一个人过日子,确实蛮孤单的,又没地方去,大姑死了,毛田那条路就断了;细姑如今跟着养女过日子,自身难保,虹桥也就去不得;所以只能来我们家走动走动,我们是他在世上血缘最亲的人了。但他很爱面子，空手来不好意思，又没钱买，所以就偷点水果送来，一来有理由来看看我们，二来也有面子进门。"

奶奶说："谁要他的东西啦，只要手脚干净，就是次次空手来我也高兴。唉，不过也怪我，每次都只对他板脸，没有明说。他还以为我对他冷淡是嫌他礼轻，所以越是去偷。"

我听了这么久，想起细公与我的约定，似乎明白了什么。我对父亲说："明天是星期天，我想去看看细公。"

父亲说："刚才我回来时，他特意叮嘱要我明天带你去。"

奶奶说："去吧，如果真不行了，就叫一声爷爷。"

第二天一早，大伯和父亲带着我去横洞。要是平时，我一定非常高兴，因为又可以到供销社买吃的，到电影院听声音，但这时我却心情沉重。我好怕细公是为了我才挨打的，他要是这样死去，我会非常愧疚。

一路上，大伯和父亲商量着细公的治疗与后事。大伯说："如果真是被人打伤了，那不管对方多强势，我们一定要为他讨个公道。快七十的老人了，又不会拿什么值钱的玩意儿，怎么能下如此狠手！"父亲说："我们三兄弟，加上他们下面四兄弟，还把姐夫妹夫以及三个外甥和一个外甥女婿也喊来，一起去！"大伯说："就是，欺负他没人，让他看看，有人没人！"

听了大伯和父亲的对话，我感到热血沸腾，为自己的家族人多势众而感到自豪、踏实、安稳。

父亲说:"幸亏我们牛角冲发人①,唉,横洞细叔这一辈,也是三男二女,现在竟然一个后人都没有。"

听到父亲的话,我不由得又悲伤起来。我不知道自己老了时,会不会也像细公一样。我这一辈现在人是不少,但细算起来,其实每房也就两个,还包括姐姐们。我是想读书出去的,但听说吃国家粮的一对夫妻只能生一个孩子,等我到细公这个年纪时,我们这众多的兄弟姐妹,还会有几个后人呢?到时我又到哪里去走动走动?

我们很快就到了细公家。细公家我来过很多次,他的三间瓦房似乎又破败了不少。细公躺在床上,枕一个很高的枕头,头发就像长了白霉,脸瘦得吓人,双颊深深地凹陷下去,嘴巴张开,急促地出气,两只眼睛空洞地盯着屋顶发呆。这样子,只怕是会死。我记起奶奶的话,心里想喊他一声"爷爷",说出来的,却是"细公"。

细公转过头,看到我,很高兴地笑了。他的当门牙又缺了一颗。他吃力地从被子里面伸出一只手,紧紧地握住我的手。

大伯说:"好点没?"

二伯说:"早晨又吃了一大碗面,好了一些。卫生我也搞了,现在清爽不少。"

父亲说:"老人家,你是不是哪里受了外伤?"

细公不答,只是握着我的手,微笑着静静地看我。

大伯说:"如果是受了外伤,我们就送你去浏阳治。你说说,哪里痛?"

---

① 发人,方言,指家族中人口兴旺、子嗣繁多。

细公还是不答。他捏着我的手反反复复地看，然后说了一句什么。他的话更加跑风了，声音又微弱，我没听清，就问："您说什么？"二伯说："他是说你的手全好了。"我的脸一下就红了。细公松开我的手，用他仅剩皮包着骨的右手，反过去，在头下的枕头边颤颤巍巍地摸索。摸了半天，没找到他想要的东西。二伯说："是找钱包吗？"细公轻轻摇了下头，继续吃力地摸。突然，他的手停下了，脸上露出了笑意。他拿出了一个火红的血橙。这个血橙，比橘子大，比柚子小，散发着浓郁的芳香，跟那户人家的一模一样！

细公把血橙放到我手上，也不说话，只是微笑着看我。我眼睛一酸，说："他们打了您？"

细公说："真狠！一篓血橙没给我留一个。这一个我死死抱在胸前，打我踢我都不松，一定要带给你。"

我哭了。细公说："傻家伙，哭啥，你不是没吃过血橙吗，快试试。"

"我不吃。"

细公说："你快吃，我今后还要享你的福呢。"

父亲说："细公要你吃你就吃吧。"

我把血橙剥开，芳香在房间里慢慢弥漫。我递一瓣到细公的嘴边，要喂他，细公说："你吃，我已经没牙了。"我含着泪咬了一口，看到了果瓣里丝丝缕缕的红，如血脉一样紧紧连通着，无比真实与灿烂。

……

细公这次没有死。父亲三兄弟把他送到了浏阳。他被那户人家打裂了一根腿骨,踢断了三根肋骨,住了一个多月院才回家。

五年后,细公还是死了。没等到我长大,没等到享我的福。那时我正在读高二,十七岁。我考上高中时,他曾特意跑来送我二十元钱。看到我犹豫着不接,他说:"放心,这是我挖半夏挣来的,干净。"

细公死后,没有一个人记得他。只有我,记了一辈子。记得他的血橙,记得他的二十元钱,记得他单薄且寒凉的一生。

故事讲完了。元元说:"那你为何送血橙给我吃呢?"我说:"我是你细公啊。"元元说:"为何不给姐姐和妹妹们?"我说:"我们全家只有你一个男孩啊!"元元说:"你是不是也像你细公一样,已无处可依?"我瞬间愕然,半天不响。临走,我问元元:"血橙好吃吗?"元元说:"好酸,也有点甜。"

(原发《文艺生活》(中旬刊)2022年第9期)

山高水长

神刀

旧时的连云山，山高林密，盛产石头、野兽和土匪。这地方，山多田少，土地贫瘠，交通闭塞，物资匮乏，百姓的日子过得清苦。如果手上还没几招功夫，那就更加难受，野兽、土匪、地痞、劣绅不消说，就是周边的乡邻，也无人瞧得起你，随随便便，就把你当个糯米团般揉过来捏过去地给欺负了。

张家寨的张怜生，就是一个糯米团。他一无田土，二无手艺，三无功夫，算是一个"三无"人员。一家老少住在一个破茅屋里，靠租种地主的几亩薄田艰难为生。由于家贫，又无本事，加上为人老实，怜生在乡间自然只有被人欺压的份了。一次怜生一清早去磨坊碾米，磨坊才开门，他是第一个到的，正当他准备倒谷碾米时,第二个来碾米的人进来了,他边喊边拉住怜生说:"慢些慢些,让我碾了你再碾。"怜生尽管不情愿,还是说:"行,你碾了我再碾。"这个人还没碾完,后面陆续又来了一些碾米的人,而且越来越多。那人碾完后,怜生准备接着碾,后来的人一把拉住他,狠狠地说:"死开些,我碾了你再碾!"怜生忙赔着笑脸说:"好的好的,你碾了我再碾。"从清晨到中午,从中午到黄昏,怜生一次又一次地赔着笑脸对别人说:"你碾了我再碾。"然而,直到所有的人都碾完了,他才最后一个碾。当他挑着碾好的米回到家时,满天的星子,正在茅屋的上空,凄冷地闪。"怜佬碾米,你碾了我再碾"这个典故,从此在山区盛传了几十年。

受尽欺负的张怜生,自然不愿后代也跟自己一个样。他一次次发誓,就是砸锅卖铁,也要送独子去学几招拳脚。可是,在那时,学武并不是一件易事。首先,要有师傅愿教,其次,得有大笔的拜师钱。像张怜生这样的糯米团,哪个师傅愿教他儿子?像他这样穷得叮当响的家,又如何拿得出不菲的礼金?因而,一年又一年,张怜生只能将这个想法压在心底,默默地看着儿子,一天天地长大。

机会终于来了。在儿子十四岁那年的一个冬夜,一名腿受枪伤的汉子,跌跌撞撞地划进①了张怜生的茅屋。他是被山上的土匪追杀到此的。张怜生胆战心惊地将汉子安顿好,土匪就来了,高声喝问他是否见到一个腿脚受伤的人。怜生吓得浑身发抖,结结巴巴地说:"没……没……没有。"土匪屋内屋外搜索了一番,

---

① 划进,方言,指走进。

不见汉子踪影，正准备拿出点颜色来，匪首望着面色如土的张怜生，缓缓地说："算了吧，怜生这人，我料想他也不敢对我撒谎，我们到别处去找。"土匪走后，怜生将汉子从屋后的地窖中背出，汉子自个儿将子弹挖出，又倒了些药末敷上，然后抱拳说："兄弟的救命之恩，我彭淡如没齿不忘！"怜生大惊，他没想到眼前这名汉子，便是威震湘东的武林高手彭大侠。怜生阴郁了半辈子的眼睛里，此时突有亮光闪烁。

半个月后，康复的彭大侠告别破茅屋，踏上了进山的路。他的身后，跟着张怜生的儿子。张怜生站在茅屋前，双眼望了又望，双手挥了又挥。

这个冬天，是民国十一年的冬天。

连云山绿了又黄，黄了又绿。一转眼，五年就过去了。也是在一个冬夜，张怜生的儿子回来了，长得高高大大地回来了，他的背后，插着一柄马刀，寒光直闪，映得张怜生的眼，细细地眯着。

这一夜，父子俩围坐在火炉边，亲亲热热地聊了个够。临睡前，儿子说："爹，您明早去磨坊碾些米回来，我想吃新碾的米。"

第二天清早，张怜生就挑着谷子来到了磨坊，在他的前面，已经有了两人了，在等待的过程中，陆续有人进来。后来的人见了张怜生，都半开玩笑半认真地说："怜生啊，还按老规矩，我碾了你再碾！"怜生笑着认真地回答："好呐好呐，你碾了我碾。"日上三竿时，儿子找到磨坊来了，他扫视了一圈后，沉沉地说："爹，怎么还没碾完啊。"怜生指着后面的人说："不急不急，他碾了我碾。"儿子"哦"了一声，站着没动，又用目光狠狠地扫视了一圈，然后盯住父亲的帽子说："爹，有几个苍蝇骑在你头上拉屎呢，您别动，看我来收拾它们。"只见一道寒光，闪电般从张怜生的头顶掠过，所有的人都还没反应过来，儿子已收住了马刀。张怜生简直是吓呆了，来碾米的人也全惊恐万分，但只一瞬间，所有人又都哈哈大笑起来。原来张怜生帽上的那几只苍蝇，还原样不动地伏在那里。儿子吹吹马刀，插到背后，不急不慢地说："爹，您把帽子取下，看看那几只畜牲的手脚还在吗？"张怜生急忙把帽子取下，人们凑过一看，只见每只苍蝇均被挨着腹部削断了脚，而张怜生的帽子，却完好无损。人们无一不震惊，无一不感到张怜生的儿子目光像马刀般锋利，直剜得他们的脊背，阵阵发凉。

从此，神刀的威名，便传遍了山区；从此，张怜生便活得舒展起来。他再去碾米，不论去多迟，别人都会让他先碾；他走在村道上，老远就有人跟他打招呼，老远就有人站到路边给他让路；他坐在家里，不时就有人跑来，送上一只山鸡或是兔子；就连乡里的何保长，有事也不忘来问问他的意见。张怜生知道，这一切，都是因为他有一个神刀儿子。对儿子，他是愈加地钟爱起来。

民国十七年的春天，神刀被何保长请到乡里做了保安队队长，每年领谷五十担，另外，每处决一个犯人，发银元五块。这可是一笔大收入啊，张怜生租种一年的地，还挣不到五六担谷两三块钱呢。但他却坚决不允许儿子处决犯人，他说："你做个保安队长倒也罢了，但杀人的事万万不能干！杀人是损阴德的事啊。何况何保长抓的游击队，都是几个地方的人，你如何下得了手，我又如何做得起人？"

然而在何保长的劝诱下，神刀最终还是成了一名刽子手。刚开始时，他心中还有些不安，慢慢地也就不觉得有什么不妥了。

他觉得就算他不杀犯人，同样也会有别人来杀，而作为神刀，他行起刑来，要比别人干脆利索得多，只消马刀轻轻一闪，犯人便瞬间超脱，哪像那些笨手笨脚的家伙，砍了几刀，犯人还嗷嗷直叫。他甚至觉得，由他行刑，对犯人来说简直是一种幸福的享受。

张怜生劝了儿子无数次后，知道没用，也就不再多说。只是每次儿子杀人后，他都要到庙里去诵半天经，并悄悄地把五块银元送给犯人家属。

而神刀，慢慢地竟对杀人上瘾了。他感到，行刑，是他对刀功的一种艺术展示。几天没展示，他便手也痒痒，心也痒痒。可犯人毕竟有限啊，于是，神刀的刀功便渐渐地展示到乡亲们身上，好些个他看不顺眼的人，一言不合，便成了他刀下的冤魂。乡亲们对他是敢怒不敢言，对张怜生，也就慢慢地敬而远之了。他走在村道上，别人老远就躲开；他待在家里，十天半月也难得有人登门。

张怜生怒气冲冲地跑到乡公所，痛骂了儿子一顿，他要儿子保证，再也不杀人了，儿子答应了。回家的路上，父子俩一前一后地走着，沉默无语。走到朱砂塘时，儿子突然对张怜生说："爹，您的脖子长得真好啊！"张怜生猛然回头，问儿子什么意思，儿子支吾了半天才说，杀的人多了，他便习惯性地喜欢研究别人的脖子，看如何才好下刀。张怜生静静地看着儿子，没有发怒，只是低声说："你把马刀给我看看。"儿子刚把马刀交给父亲，张怜生便手起刀落，儿子的右手掌，立马掉到路边的草丛中，五根手指，还在地上微微发弹。儿子号叫着抱住右手，惊叫道："爹，你咋啦？！"张怜生把马刀丢进塘里，抱着儿子哭道："你这家伙，果然杀人杀得没了一点人性，不废掉你一只手，还不知有多少人要遭殃啊！"儿子也哭着说："爹，你别忘了，没了我这只手，没了我这把刀，您会被人欺负的啊！"张怜生哭着说："我宁愿被人欺负，也不愿被人唾骂。"

奇怪的是，从此以后，张怜生走在村道上，又老远就有人跟他打招呼，老远就有人站到路边给他让路；他坐在家里，又不时就有人跑来，送上一只山鸡或是兔子。大家都说，张怜生张大侠，是连云山里一位真正的神刀！

神算

马智玄这人，身材颀长，面容清瘦，戴花镜，留须，尽管年逾七旬，却神清气朗，一派仙风道骨的架势。他十六岁起，随父亲学习阴阳，历三十八载，细研《太玄解》《河洛理数》《罗经解定》《青囊解惑》《命理探源》《卜法译考》《风角书》《奇门一得》《太乙照神经》《太清神鉴》《渊海子平》《麻衣神相》《柳庄神相》诸书，终于凿开玄门，扬名立万，举凡命理、术数、八卦、卜筮、相面、占候、堪舆之类，无一不精，连云山中人，皆敬称其为神算。

神算名不虚传，山人们谈起其神机妙算，案例三天三夜也讲不完，最经典的，有两个。一是上个世纪七十年代，神算对一知青说："你不要在农村娶妻落户，三年之内，你必回城。"果然，三年不到，知青就回城了，当了工人。一年后，知青跑来谢他，他又说："五年之内，你必当官。"知青笑谢，心中却想，我一个小工人，哪能当什么官？谁料回去不久，知青便考上了大学，毕业后果然当上了干部。知青佩服得不行，遂与其成忘年之交，经常返乡来看望马智玄。每次，马智玄都会给他预测一番，无不应验。知青最后一次来是前两年，其时他已官至副厅，威风八面，事事顺心。送他走时，马智玄却说："我看你双目带翳，印堂发黑，小心牢狱之灾啊。"回去没多久，知青果然东窗事发，锒铛入狱。二是三十多年前，马智玄便对人讲，他命中注定有三个妻子，七十岁后仍会得三子。娶三个女人，山人们倒也相信，但七十岁后仍会得三子，简直是闻所未闻，就算是神算说的，山人们打死也不相信。马智玄也不辩解，只是捋须笑着说，到时大家再看吧。几年后，马智玄的原配病故，没多久他就又娶了一个女人。这个女人身体很好，与马智玄平平安安共同生活了二十余年，到马智玄七十岁时，这女人还能下地种菜，正在人们对马智玄的算术表示怀疑时，女人竟暴病身亡了。很快，马智玄又把同村的一名寡妇娶进门来，这寡妇生有三个儿子，按乡中习俗，寡妇的三个儿子，自然也就成了马智玄的儿子。山人恍然大悟，无不惊呼，神算啊，真是神算！

　　由于功夫了得，马智玄在乡间自然受人敬重。山人们每有疑难，总是第一个想到他，请他预测判断，指点迷津。马智玄呢，总是热情接待，侧耳倾听，然后不急不慢，细细批说。他的话总是引经据典，专业艰深，让人似懂非懂。但这并不影响大家对他的信任，因为事后细想，事情的结果，他早已在批语中暗示和透露，只不过是人们当时没有悟出而已。此所谓天机不可泄露也，山区的乡民们，都懂。

但有一件事，马智玄却没有云山雾罩，而是很直接地说出来了，那就是关于他自己的寿数。在他四十岁刚刚出名不久时，他就跟人说："凡事都有个定数，不可强求，每个人的命运，都是按八字排好了的，都是能算得到的，比如我，就命中注定七十八岁寿终。"马智玄为何要把自己的寿数公之于众，不得而知，也许他是算准了炫技，也许是随口说出以佐证自己的理论，也许是一个并不作数的骗人阴谋。不过，随着他后来的预测一个个应验，人们对他这话却愈来愈当真，愈来愈关注，大家都在等待，等待见证神算最紧要的一个预测是否是真的。

七十岁了，马智玄依然身体健康，还娶了第三个老婆；七十三岁了，马智玄依然红光满面，四处行走；七十五岁了，马智玄依然饭量如常，无病无痛；七十七岁了，马智玄依然鹤发童颜，银须飘飘……有好事者终于忍不住了，问他："马神算，关于您自己的……那个……那个事情，准吗？"马智玄洒脱地一笑，说："我倒是巴不得不准呢，但命中注定的事，谁也没办法。你们到时节看吧，七十八岁生日前，我是一定会走的。"

七十八岁的生日越来越近了。马智玄的家人一个个急得不行，他们一面早早地准备寿器，免得到时手忙脚乱；一面小心谨慎地照顾着老人，生怕他有个什么闪失；一面还联系好医生，准备出了意外随时抢救。乡亲们呢，同样也很紧张，一来担心他们心中的神算从此驾鹤西去，到时有疑难可问谁？二来又担心马智玄没算准，会把自己心中的信仰打个粉碎。而马智玄，却若无其事，吃饭还是先前那样细嚼慢咽，说话还是先前那样不急不慢，走路还是先前那样银须飘飘，一派仙风道骨的架势。他平静地对待生死的心态，让山民们无一不感到钦佩。

马智玄七十八岁的生日很快就到了。这一天，他像往常一样早早起床，用完早饭后，他便把儿子等家人叫到自己房间，从容地说："今天是我的大限，死生有命，你们不必悲伤，我该交待你们的事，早就讲过了，不再多讲。从现在开始，你们去准备丧事吧。"儿子哭着说："爹，您现在身体没任何异常，不会有事的。也许是您算错了吧。"马智玄沉着脸说："命中注定的事，我怎么会算错呢？我算命一辈子，什么时候又算错过呢？一个神算，如果连自己的命都算不准，那岂不是笑话！"说完后马智玄不再言语，闭目打坐。家人哭哭啼啼，与前来探望的乡亲们一起，陪着马智玄，静静地坐，慢慢地等。

中午过了，马智玄没死；夜晚到了，马智玄没死；一直等到晚上十一点，马智玄仍没死。家人的心情渐渐地放松起来，乡亲们也不断地开起了玩笑，有人说："马神算，只怕是你神通广大，阎王爷不敢收你呢。"有人说："马神算，肯定是你搞错了，下次你算好了再通知我们来送你，好吗？"马智玄睁开眼睛，说："有劳各位啦，看来我这一劫要躲过去了，大家回去歇息吧。"众人都哈哈大笑，离开了马智玄的房间。那笑声，打在寂静的深夜，很响，很重。

零点终于到了。这一天终于过去了。马智玄的儿子还是有些不放心，他特地又跑进父亲的房间，去做最后的检视。一进去，他就惊呆了：父亲已抱着一个农药瓶子，安静地离去了，他的嘴角，还挂着一丝苦涩的笑。

马智玄的丧事当晚便热热闹闹地开场了。刚刚回家的乡亲们，又全都赶了过来,大家都悲痛地说,真没想到,在最后时刻,一个脑溢血竟要了老人家的命,他真是神算啊!

神猎

在连云山区,王劲之的名号很是硬扎。方圆百十里的山民都知道他武艺高强,枪法神准。山里的野兽,更是畏他如虎,闻到他的气味,就疯狂逃窜,屏息躲藏。但兽们跑得再快,藏得再深,也逃不出他的目光和猎枪。有人统计过,倒在他枪下的豹子,不下十只,野猪,至少上百,至于麂子、兔子、山鸡之属,则多得无法计算。连云山,俨然成了王劲之的私家菜园。他家的饭桌上,一年四季,野味飘香。

不过这都是好多年前的事了。如今的连云山,空了;如今的王劲之,老了。老了的王劲之,身体却硬朗,快满七十岁的人,看着顶多也就五十七八岁,练起功来,拳头依然呼呼生风。只是寂寞了他的那把好猎枪,多少年了,一直派不上用场——自从十几年前王劲之背着它,第一次从山上空手而归起,它就再也没有尝过肉味。

这十几年,王劲之总感到莫名的失落,心情很是阴郁,脾气也变得越来越古怪。刚开始时,他一年到头待在家里,种庄稼,抽旱烟,哪都不去,连连云山都不望一眼;最近两年,他却常常背着猎枪,跑进连云山里,对着空空荡荡的山林一阵乱射,然后没精打采地回家,朝老婆发脾气,朝儿子发宝气①。

儿子安慰他:"爹,您别生气,打不到猎物也无损您神猎的声名啊,如今这连云山,哪个不知连兽毛都没一根。"

儿子不说还好,如此一说,王劲之更是怒火冲天,他号叫着对儿子又是一顿夹七夹八②。看着父亲额角鼓胀的青筋,儿子吓得赶紧躲进了他的养猪场,不解地摇头。

儿子是一个养猪专业户,他的养猪场,年产肥猪上百头,日子过得红红火火。他真有些想不明白,家里现在要吃有吃,要钱有钱,父亲为啥还是惦记着那些早就消失了的野兽,而且还让这些家伙弄得神经兮兮,闷闷不乐。莫非,父亲真的不知道自己老了吗?儿子想,是该找个机会好好提醒提醒他了。

王劲之的七十大寿很快就到了。生日前几天,儿子就开始了隆重的准备,杀猪,宰羊,请戏班。生日那天,王家热热闹闹,喜气洋洋,太阳才爬上对面的山坳,四乡八邻就成群结队地前来祝寿了。望着如云的宾客,儿子的心,灿灿地喜。他寻思,此时的老父亲,只怕也在呵呵地笑呢。

可就在这个美好的时刻,养猪场的一个伙计却慌慌张张地跑来,向儿子报告了一个不好的消息:养猪场丢失了一头大肥猪。一头肥猪上千块呢,要在平时,儿子肯定马上就会着急地去找寻,但今天,他只轻描淡写地跟伙计交待了几句,转头又笑容满面地招呼客人去了。

---

① 发宝气,方言,指无理取闹、耍小孩脾气。
② 夹七夹八,方言,指胡搅蛮缠、乱打乱骂。

才过一会儿,儿媳又急急忙忙地跑来,说老寿星不见了。从清早起,大家就都在忙着准备寿宴,没人注意王劲之,也不知他老人家是什么时候走的,到哪里去了。

儿子冲进王劲之的房间,看到墙壁上挂着的猎枪不在了,立马就明白过来。他叫来几个伙计,吩咐道:"快,跟我进山。"

在连云山半腰的树林里,儿子见到了他的老父亲——这个名震山区的神猎,正在扣动扳机,射杀儿子丢失的那头大肥猪。那清脆的枪声,惊得儿子的心,微微发颤。

王劲之与儿子从山上回到家时,宾客们都已入席,只等他回来就马上开宴。王劲之叫声"且慢"后,抱拳朗声说:"各位亲朋好友,让大家久等了。我王劲之半辈子打猎为生,没想到今天的寿宴,连一个野味都没有,真是对不住各位的厚爱,也枉叫了几十年的神猎。"他回头指指伙计们抬着的那头大肥猪,继续说:"今天一早,我就从儿子的养猪场,赶了一头肥猪进山,刚刚将它猎杀了,请大家稍等,厨房马上就把它收拾出来,权当是一个野味吧。这是我的一份心意,让各位见笑了!"

短暂的安静与惊愕后,如雷的掌声便长时间地响起,大家一个个竖起拇指,交口称赞道:"老先生真不愧是一名神猎啊!"王劲之的眼角,便有潮潮的液体悄悄地流。这场寿宴,他喝得大醉。他的儿子,双眼也莫名地红。

又是一个艳阳天,儿子兴高采烈地跑进王劲之的房间,又激动又紧张地对父亲说:"爹,快拿猎枪,三陡垄发现了一头大野猪!"端坐着的王劲之眼睛一亮,身子一挺,瞬间,眼中的亮光又暗了下去,身子又落了回去。他平静地说:"我天天进山,连兽毛都没见一根,哪会有大野猪。"儿子说:"也许是刚从外地跑来的吧,您看,村里的伙计们都来请您了。"

王劲之走出房间,只见地坪里站满了手执木棒、砍刀的乡亲。他相信了。他激动了。他威风起来了。他从墙壁上取下猎枪,打好绑腿,束紧腰带,像上阵打仗的老将军似的,被大伙前呼后拥地带到了三陡垄。

果然有野猪!只需用鼻子一闻,王劲之便得出了结论。这种熟悉而久违的气息,让他全身的细胞都兴奋起来。他感到自己仿佛不是七十岁,而是十七岁,腿脚敏捷地在山上转了几个回合后,便对伙计们分派起任务来:"你,到东边山上追赶;你,到西边山脚伏击;你,到北边河岸防守。"而他自己,则在南面的出口把守,他知道,野猪百分之百会从他的面前逃窜,到时只消他一枪,这家伙便会成为乡亲们今晚的美味。

猎狗吠叫起来,大伙叫喊起来。山林中发出"沙沙沙"的响声,突然,一头近两百斤的野猪,从林子里吼叫着冲出,朝南面狂奔而来。它的皮毛是那么的光亮,它的腿脚是那么的矫健,它的身影是那么的美妙。王劲之简直看呆了。十几年了啊,老朋友,今天终于又见到你了!

他打猎半辈子,从来没有像今天这样激动过,握枪的手都在颤抖。他屏住呼吸,手指慢慢地扣紧了扳机。"砰!"猎枪终于响起,但野猪却嚎叫着冲进了南面的山林。大伙惊愕地发现,神猎的枪口,原来指向天空,一缕淡淡的青烟,还在枪口飘荡。王劲之站起身来,吹吹枪口的青烟,像完成了一项伟大的使命似的,豪壮地说:"留下给连云山做个种吧。"他又叫过儿子,高声吩咐说:

"没打着野猪,是我的责任,你去宰一头肥猪,犒劳乡亲们吧。"掌声又一次长时间地响起,大伙都感到,神猎的称谓,从此以后,坚不可摧。王劲之自己也感到,他的名号,愈加硬扎。

那天晚上,乡亲们在王劲之家喝得山呼海啸,王劲之也醉得红光满面,只有他的儿子,躲在角落里默默计算,这场晚宴,除了用去他一头肥猪外,那头从外地特种养殖场买来的野猪,还花掉了他几千块。不过,他一点也不心疼,他觉得,很值!

神医

郭雨轩郭神医,在连云山区是一个神话般的人物。他十四岁拜湘东名医丘越秋学技,十年方出师门,越秋的一身本事,被他学了个严严实实。之后他又拜骨医彭淡如学伤科,跟蛇医马正兴学蛇科,跟女医范银芝学妇科,甚至还跟军医李正南学会了治枪伤、烧伤,跟丐医苏花子学会了治动物咬伤、疮毒、皮肤病。一般的病状,服他一两帖药,就康健如初了,疑难杂症,三五帖药下去,也能治个八九不离十。更神的是,他用黑竹做引治疯狗咬伤,居然也有奇效;用锅底黑灰治痢疾,治一个好一个;用草药治被大医院判了死刑的癌症晚期患者,也能让人多活三年五载。山区的人们,俨然就把他当成了神仙转世,举凡病人,只要经过雨轩医治,虽死无憾。

新中国成立后,雨轩成了连云镇卫生院的一名正式医生,没多久又担任了院长职务。那时节,卫生院里医生不多。由于人手少,加上很多病人都要等到雨轩来看,雨轩差不多便成了一名全科医生,内科、外科、儿科、骨科、皮肤科、妇产科,他都看。山区的村民,打着赤脚找他来看,县城的居民,搭着班车求他来看,外县的干部,开着小车央他去看。一天到晚,雨轩忙得连吃饭都没时间。连云镇是个小镇,因了卫生院,因了郭雨轩,竟然热闹得不行。卫生院门口,开了四家药铺、五家饭店、三家旅社,居然家家生意兴隆。

几年后,雨轩调到县中医院去做了院长。他走后不久,连云镇慢慢就清冷起来,那些药铺、饭店、旅社,也就一家接一家地倒闭了。而中医院,却一天比一天地牛气起来,连向来瞧不起中医院的县人民医院,也从此变得小心翼翼起来。只是苦了连云山人,从此看病就不那么方便了。连云山距县城百余里,山民们难得进一次城,有病就请乡下的赤脚医生凑合着看看。很多被病痛折磨的人,都暗自叹气,要是神医郭雨轩还在山里,那该多好啊。

郭雨轩在中医院当了近二十年院长才退休,退休后又被医院返聘了五年,直到他六十五岁那年,才告老还乡,回到连云山他儿子家安度晚年。郭神医回乡的消息,很快就传遍了山区,山民们奔走相告,满心喜悦。望着成群结队前来看望自己的乡亲,郭雨轩感动得泪光闪烁,他默默告诫自己,一定要把余热,毫无保留地奉献给父老乡亲。

郭雨轩的儿子,也是一名医生,一名医技平平的赤脚医生。他的医术并非父亲所授,而是从区上办的赤脚医生培训班上学得。多年来,他做梦都想父亲教他,可父亲一年到头忙不赢,有心教他也没时间啊,现在可好了,父亲就在身旁,随时都可请教,更重要的是,父亲还可帮他诊断一些他拿不准的病症,帮他立起门户。

很快就有患者到儿子的诊所看病了。儿子像往常一样，笑容满面地热情接待，示意患者伸手号脉。患者却不把手给他，而是不好意思地说："能不能请老先生看看？"儿子一怔，有些淡淡的失落，郭雨轩却闻声而出，朗声说："怎么不能呢？来来来，我给你看看。"号脉，开方，几分钟后，就把病看完了。患者问："老先生要多少诊金呢？"郭雨轩哈哈大笑："乡里乡亲的，开一张方子，要什么诊金！再说了，国家给我发了退休工资的，我不收你们的钱。"患者千恩万谢，高高兴兴地回去了。一天下来，前来看病的人络绎不绝，郭雨轩忙个不停，儿子痴痴地站在一旁，闲。

这天晚上，郭雨轩满心舒畅，他高兴地对儿子说："几十年没给乡亲们看病了，心中一直不安，现在可好了，随时都能给他们解除病痛，我欢喜啊。"儿子静静地听着，默不作声，过了一会儿，他才闷闷地说："爹，您有退休工资，可我没有啊，今后我咋办呢？"郭雨轩一惊："是啊，我咋没想到呢。"

郭雨轩依旧春风满面地坐在儿子的诊所，给人把脉开方。不过，开诊之前，他对病人们说："我老了，思维比不上先前，怕出问题，为了不误乡亲们的事，以后我不再接诊，请各位谅解。不过，这几天我精神尚可，就还给大家义诊七天吧。"病人们都惊讶地望着雨轩，似懂非懂。

七天之后，依旧有患者来找郭雨轩看病，他和气地说："抱歉，从今天起我不再接诊了，你让我儿子看看吧。"患者苦苦相求，雨轩挥挥手说："不必多言，就这样吧。"患者尽管不太情愿，但山里医生少，不找他儿子又找谁呢？

从此之后，郭雨轩白天一门心思打麻将，晚上关门闭户享天伦。无论是谁请他看病，他都不答应，无论是什么病，他都不发表半句见解，就算是很急很重的病，他也只停住摸牌的手，稍稍望上一眼，说一句"这病死不了人，我儿子能治"后，又继续出牌。山区的人，都在心里暗暗地骂他：这个老家伙，为了让儿子赚钱，连救死扶伤的起码医德都没有了，还神医，狗屁神医呢！

一晃就十五年过去了，郭雨轩这些年日子过得逍遥，身体依然很是康健，唯一让他感到美中不足的，是乡亲们不再叫他老先生，更没有人叫他郭神医，大家差不多已经忘了他是一名医生，只知道他是一名麻坛高手，人称郭幺鸡。好在儿子争气，这些年医术突飞猛进，医德又好，深受乡亲们的敬重，他丢失了的神医称号，慢慢又被儿子赢了回来。

郭雨轩八十岁生日时，儿子隆重地为他举办寿宴。神医的父亲大寿，四乡八邻无一不前来祝贺。儿子举杯致辞："今天既是我父亲的寿宴，也是我的出师宴。十五年来，父亲每天晚上都教我医术至深夜，很多疑难病症，最初都是他老人家晚上听我讲述病情后，口述处方由我第二天再交给病人的。但他为了保护我的声名，树立我的威望，十五年来，一直保守着这个秘密。"

儿子的话音刚落，掌声立马雷鸣般响起，大家纷纷举起酒杯，激动地对郭雨轩说："祝郭神医郭老先生福如东海，寿比南山！"

神钓

在连云山中，芦溪河算得上一条大水道。春夏水丰时，一河碧水，蜿蜒在阳光下，深不可测，缓缓东流。宽阔的河面上，有水鸟嬉戏,有鱼儿泼剌①。这时节,就常有农人扛着竹钓竿,带着小板凳,来河边垂钓。芦溪河里鱼多,草鱼、鲤鱼、鲫鱼、青鱼、鲶鱼、黄古鱼、刁子鱼,都有,但并不是随随便便就能钓起的,有人静守半天,虾子都钓不上一只。芦溪河的鱼,太野,太刁。

　　杨碧潭却不怕。他有办法把河里的鱼钓起来,几十年来,他从未失过手。每天上午,他都扛着一根罗汉竹做的钓竿,带一个小木凳,背一个竹鱼篓,一瘸一拐地准时坐到河沿边。打好窝子,上好鱼饵后,他的那杆罗汉竹,便划上划下地忙开了。一条条活蹦乱跳的大鱼小鱼,像中了邪一样,全被他收进了鱼篓中。有人感到奇怪,同在一个地方下钓,为何鱼只上他的钩呢?莫非是鱼饵上有奥秘?拿来一看,杨碧潭的鱼饵果然不同,人家用的是蚯蚓,他用的,居然是一只苍蝇!第二天,别人就捉来一袋子苍蝇,结果还是钓不到,杨碧潭却照样忙得不可开交。拿过他的鱼饵一看,谁知又换成了小虾子。当人家也换成虾子时,他又装上了蚯蚓,鲤鱼、鲫鱼一条条往上扯。同钓者嫉妒得眼珠子发红,又是敬烟又是点火地与杨碧潭套近乎,然后恭恭敬敬地问:"杨老爹,您老人家到底有什么秘方啊?"杨碧潭倒也坦诚,他吸口烟后幽幽地说:"别人传说我用中药阿魏拌饵,其实根本没这回事,'黄金无假,阿魏无真'啊。当然丁香油混蚯蚓、药酒浸碎米、蚕蛹加白糖之类的我倒还是用,胎盘加羊骨粉也用过,效果都不错。不过我告诉你这些你也没用,钓鱼最重要的并不是鱼饵的配制,重要的是要懂得鱼类的习性。'春钓滩,夏钓潭,秋钓阴,冬钓阳',

---

① 泼剌,指鱼跳跃时发出的声音。

季节不同，钓位就不同；天气不同，钓法也不同；鱼类不同，鱼饵也不同。唉，一下子跟你讲不清的，我都钓了好多年才慢慢悟出的。跟你说句大话吧，现在我早上起来抬头望下天，就知道今天适合钓什么鱼，坐到河边放下竿，我就能看见水底的鱼在哪儿。哎，莫急莫急，慢慢来吧。"同钓者便一脸茫然加肃然，心里暗暗佩服，真神钓啊！

　　杨碧潭在芦溪河钓了几十年鱼，钓鱼的收入，不但养活了一家大小，而且还供出了一个大学生。好些年前，大学毕业的儿子就对他说："爹，现在家里条件好了，不需要您钓鱼补贴家用，您的年纪也大了，今后就少到河边去风吹日晒吧。"杨碧潭说："那不行，我一天不钓鱼，心里就不踏实，浑身都没劲。"儿子拿他没办法，只好从城里带些高级钓具送他，杨碧潭试着钓了几回，觉得不顺手，还是继续用他的罗汉竹。钓来的鱼，他也很少提到市场上去卖，大多送给了乡邻们。他觉得这样的日子，过得真舒坦。

　　这两年，杨碧潭的手气竟然愈来愈坏了，钓的鱼一天比一天少，有时节，苦守一天，居然才钓到一两尾小鲫鱼。他知道，不是自己技术变差了，而是河里没鱼了。农药闹，电机打，芦溪河里的鱼都快绝种了，哪里还有鱼钓？"这些家伙，真的没良心啊！就不怕自己也断子绝孙吗？"杨碧潭坐在河沿边，望着一动不动的浮标，常常会狠狠地骂。

　　芦溪河的神钓终于歇钓了。杨碧潭自从把那杆罗汉竹收好后，每天早上起来，坐也不是，站也不是，整天像丢了魂似的，不是跟老婆吵架，就是像游神一般，在芦溪河走来走去，走去走来，一脸的没精打采，满眼的空洞木然。

儿子担心父亲在乡下待着会弄出什么病来，便用小车把他接到了城里。在城里，杨碧潭更是过得不自在，才住了一个星期，便对儿子说要回去。儿子笑笑，说："爹，您不是想钓鱼吗？今天我陪您去。"听说有鱼钓，杨碧潭果然高兴起来，不过他又有些遗憾地说："我的钓竿没有带来，鱼饵一下子也配不出来。"儿子又笑："不要紧的，这些东西钓鱼中心都有，您去了只管放心钓就是了。"说着，儿子摸出手机，拨了几个号码。

儿子的司机很快就开车来接杨碧潭父子，在出城的路口，四五辆高级轿车停在路边等候，见到杨碧潭儿子，车上的人全都跑过来打招呼，一声声杨局长，喊得儿子的脸，灿成一朵花。儿子交待几句后，一长溜小车便浩浩荡荡地开往钓鱼中心，看到那前呼后拥的架势，杨碧潭不解地问："我去钓个鱼，你叫这么多人来做啥？"儿子说："这些都是我朋友，做生意的，平时经常在一起玩。"杨碧潭又问："他们也很会钓鱼？"儿子哈哈大笑："他们会钓鱼？钓鬼哟。"杨碧潭更加不解，问："不会钓鱼喊他们去干啥？"儿子与司机相视一笑，不答。

钓鱼中心很快就到了。那是一个农家乐形式的豪华休闲会所，除了有鱼池，还有高级客房、豪华餐厅、健身场馆。儿子指着司机对杨碧潭说："爹，就让小张陪您钓鱼，我们到那边去玩玩牌，等下再来请您吃饭。"杨碧潭见到久违的水面，兴奋极了，一边急匆匆地下钩，一边朝儿子挥手说："去吧，你们去吧。"钓鱼中心的鱼，自然比芦溪河多，杨碧潭的钓钩才甩下去不到一分钟，就有鱼上钩了，在小张的帮忙下，一条七八斤重的大青鱼就放进了鱼兜。没一会儿，又有好几条鱼被扯了上来。杨碧潭心里很畅快，也很得意，他问小张："你们局长经常来这里？"小张说："经常来，不过局长不大钓鱼，技术比不上您老人家。"杨碧潭说："那当然，钓鱼他可比我差远了。"

到中午时分，杨碧潭已钓了几十条鱼，尽管收获很多，但他却慢慢地觉得没劲了——这鱼太容易钓了，太没技术含量了，简直不叫钓鱼，就像是在水里拉鱼，鱼钩一放下去，马上就可扯起一条。正好这时儿子他们来喊他吃饭，他赶紧收拾工具，喊老板来买单。老板说："急什么，等下一起算。"儿子的一个叫王总的朋友拉住他说："老爷子，您什么都不要管，只管去吃饭，喝酒。"杨碧潭望了望儿子，儿子微笑着轻轻点头。

吃罢中饭，杨碧潭与儿子一路回家。喝了几杯白酒的儿子很兴奋，他打着饱嗝对小张说："王总这人，够意思。"小张说："局长今天手气不错？"儿子高兴地说："非常不错，两个小时进了八万块。"小张说："王总今天只怕花了上十万，一人两条钻石芙蓉王，要万把块，吃饭又花了五六千，还有鱼钱，也要两三千。他真的够朋友，够大方。"儿子说："那是，那是，你明天记得提醒我给他把那项目批掉算了。"坐在车后的杨碧潭，越听脸色越沉，他冷冷地望着车窗外，一言不发。儿子似乎觉察到冷落了父亲，忙回过头来说："爹，今天您钓的鱼真多啊，您真不愧是神钓呢。"杨碧潭说："不敢当，你才是神钓，我钓了一辈子的鱼，都值不了十万块，哪比得上你，一次就钓了人家上十万。明天，你把我送回乡下去，我再也不钓鱼了。今后你也不要钓了！"

儿子望着杨碧潭，久久说不出话来。

神偷

过去的连云山区，常有"老荣"出没。"老荣"是江湖黑话，道上的人对窃贼的称谓。"老荣"可不像如今的小毛贼，只知道见财起意，半偷半抢，既没半点规矩，也没一点技术含量。"老荣"全都有门有派，跟随"瓢把子"（首领、师父）苦学多年，经过无数次的考验后才能出山"困风"（行窃），而且规矩奇多，如不偷乡邻、不窃同行、不骗师父、不欺"水切通"（穷人），等等，因而一个个身怀绝技。此所谓"盗亦有道"是也。

连云山"老荣"最后的传人，是丁云飞。他是一名孤儿，七岁那年被师父寻去（窃贼的传艺程序，不同于其他行当，不是徒弟找师父，而是师父找徒弟），从练习捡豆子开始学起，苦学了七八年，到出山时，其手法、眼法均是超一流。他用两指夹物，快捷如风；飞檐走壁，如履平地；判断财路，十拿九稳。他跟随师父在外干了十几年，"打短壁""顺送""兜风""二仙传道""闯窑堂"等门道，无一不精，且从未"失风"（失手）。三十六岁那年，丁云飞回到连云山，用多年积蓄盖了一栋楼房，娶妻生子，成了一名"乌里王"——平素居家务农，诚实守法，每年只出远门做一次"生意"，所获却够一家大小吃上一年半载。如果不是常有江湖人士前来拜访，乡邻们根本不知他是一名手段高明的大盗。

相处久了，乡邻们觉得，丁云飞这人还真的有些意思，并非像一般的窃贼那样可恶。他不仅严守道规，从来不在本地作案，而且还经常热心地给大家传授一些防盗窍门。有时节，谈得投机了，他甚至还讲述一些稀奇古怪的偷技，让乡邻们大开眼界。比如偷牛，他的方法简直让人叹为观止：踩好点后，将一根带铁钩的绳子捆在腰间，手上拄一根空心竹竿，半夜时分溜进牛栏，把绳子从竹竿中穿过，然后掏出水枪，朝牛撒尿。牛嗜盐，伸出舌头来舔食，他立马用铁钩钩住牛舌。牛想撞他，但隔着竹竿撞不到；想叫，又叫不出；不想走，舌头又疼痛难忍，只好拼命跟着他狂奔。等主家发觉，他早已无影无踪了。在乡邻们的眼中，丁云飞是一个艺高胆大、从不失手的神偷。

随着儿子慢慢长大，这些年来，丁云飞很少出远门做"生意"了。他准备金盆洗手，一心一意培养儿子多读点书，以便今后能谋个正当的营生，千万不能让儿子像自己这样，大字不识几个，尽干些歪门邪道。儿子倒也还算争气，成绩一直很不错，丁云飞看在眼里，喜在心里。好几次，他手痒想重操旧业，但一想到儿子，立马又打消了念头。可最近一两年，在连云镇读初中的儿子，成绩却越来越不像话。丁云飞细细调查后发现，原来儿子是迷上了网络游戏，经常逃课到镇上唯一的一家网吧去上网。好几次，丁云飞在网吧里把儿子揪回家，苦口婆心地规劝，甚至是拳脚相加地暴打，但效果却一点也不明显。尤其让丁云飞震惊的是，为了筹上网钱，儿子竟然还染上了偷窃的恶习。丁云飞感到万分悲哀，他真没有想到，为了儿子自己一门心思戒偷，儿子却又走上了偷盗之路。

丁云飞曾几次三番地与网吧老板交涉，请他不要接纳儿子上网，老板表面上答应，暗地里却照样接纳。又一次在网吧捉到儿子时，丁云飞终于对老板发了大脾气，他说："你这个网吧会毁了我儿子的。"老板笑着说:"哪会这么严重。"丁云飞说:"怎么不会呢,他现在成绩变得一塌糊涂,而且为了搞钱上网,连手脚都不干净起来。"老板哂笑道:"那倒不能怪网吧,有些人从来没上过网,还不一样地做贼。"丁云飞气得脸色发青,他指着老板说:"你等着,我要到文化局去举报你!"老板冷笑说:"你去吧,告诉你,没有几斤几两,我能开得成网吧?!"

回到家里,丁云飞越想越气,他想只有把这个网吧端掉,才能挽救儿子。可是用什么办法才能端掉呢?到文化局举报,估计作用不大,以前也有学生家长去举报过,文化局来罚了点款后就没事了。他想啊想,忽然一个念头产生了:如果网吧没有了电脑,不就搞不成了?可马上他又觉得这样不好,自己都洗手好多年了,千万不要一时冲动自毁成果,可不这样又有什么办法呢?在抽了整整一包烟后,丁云飞对自己说:为了儿子,我就再最后做一回贼吧。

丁云飞马上开始了行动,踩了几次点后,他发现网吧每天晚上下半夜没人守。半个月后的一个雨夜,丁云飞穿上夜行服,戴好头套手套,开着三轮车,神不知鬼不觉地来到网吧,不费吹灰之力就撬开了门,一阵忙活后,网吧被他洗劫一空……丁云飞想,干个这样的小活计,对他来说简直是太容易了。

然而,出乎丁云飞的意料,第二天警方便找他来了。丁云飞镇静地说:"你们凭什么怀疑我?我从来不在本地做事,而且洗手多年了,乡邻们都知道的。"警察说:"你确实是高手,事情做得干净。你用缩骨功穿上十几岁小孩的运动鞋,想扰乱我们的判断,可有一点你忘了,现在的少年都懂电脑,你却不懂,所以你不清楚电脑的网线可从插口轻松取下,只知道用钳子把线夹断;你也不懂得电脑分显示器和主机,所以你只偷走了桌上的显示器,桌下的主机你一个也没要。如果是懂行的少年,他们会不要值钱的主机吗?"丁云飞的脸上,便有了讶异的神情,但他依然不动声色地说:"那也不能肯定是我做的啊?"警察说:"在连云山,除了你这个神偷,还有谁会缩骨功啊?"丁云飞长叹一声说:"没想到我行走江湖几十年,最后却栽在了家门口。"

丁云飞被警察铐上带走时,回头对儿子说:"崽啊,你千万不要再沉迷上网了,好好念书吧,就算是做贼,也要文化啊!"

儿子呆呆地望着丁云飞,泪流满面……

(原发《短篇小说》2017年第9期、《短篇小说》2019年第1期、《文艺生活》2021年第10期)

烟花散

一放寒假,少年就盼着过年。过年好啊,有肉吃,有新衣,还有灯戏。小伙伴们眼睛贼亮,朝路上望了又望,好像年这家伙,是坐拖拉机来的。少年不稀罕这些,他想要的,是花炮。年三十夜里,嘭嘭响、笑呵呵的花炮。

去年,他是没搞赢马小淘的。马小淘住城里,年年回这里放花炮。他的货色真多啊,冲天炮、喷火筒、满地转,一个接一个。爹给他的那些玩意,衰得像只抱鸡婆①,赖在地上,扑腾,扑腾,就是飞不起来。大家不哄笑,他也会无地自容的。想起往年的辉煌,少年很失落,把自己一只不响也不转的土花炮,狠狠地踢进了臭水沟。爹牵着他回家时,很坚决地说:"明年,爹一定给你弄一大包浏阳花炮!"少年看到,爹的眼里,也很失落。

---

① 抱鸡婆,方言,指孵蛋期的母鸡。

可是，都放寒假了，都过小年了，爹还是没给他浏阳花炮。爹忘了？

少年闷闷不乐。少年有了心事。其实，少年完全可以像往年那样，扑到爹的怀里，或是揪着他的耳朵，大声叫唤："花炮，拿来！花炮，拿来！"但今年，他不想再这样。过完年，他就十二岁啦。他觉得，以后做什么事情，说什么话，都不能那么直接，那么随便。就算是对爹，也要有分寸。爹倒是没什么，每天晚上回家，还是照样用胡子扎他，照样喊他坐到膝上。少年怪不好意思的，轻声喊："爹——"

晚饭时，少年终于鼓起勇气，低声说："马小淘快回来了。"他的眼睛，不敢看爹，盯着自己的饭碗。每到年底，爹总是很忙，带着一帮村干部，挨家挨户上门做工作，收上缴、农业税，还有电费。他从早到晚都在外面，几乎不落屋①吃饭。回来了，也是满身疲惫。他跟娘讲，和谁谁谁好话说了一箩筐，还是不肯交；谁谁谁实在太穷，拿了三斤泥鳅抵电费；谁谁谁那货的，还怪干部们吃了冤枉。娘问："你没又发脾气吧？"爹点点头，又摇摇头，说："不凶怎么收得到？上头催得要命，村干部还等着发工资过年。唉，这种吃力不讨好的差事，真不想干了。"娘就默默地给爹夹菜。夹了腊肉，又夹腊鱼。爹好不容易回家吃餐饭，少年不想惹他不高兴，所以说得轻轻飘飘。

爹听到了。把筷子停在空中，朝少年一笑，温和地说："哦，花炮！爹知道了。"

---

① 不落屋，方言，指不回家、很少在家停留。

少年的心事，一下就化开了。这天晚上，他睡得很香甜，还做了个好梦。梦到除夕夜里，他的浏阳花炮，在空中像花一样绽放，引得围观的人们，一声一声地尖叫。而马小淘的那些货色，是那样的暗淡无光，黯然失色，羞得他妈妈，都不好意思跟爹说话。这个女人，肯定在惭愧吧，她那跛脚男人，怎么比得上爹？

马小淘的外婆，是少年的邻居，同住在一个大屋场里。她最喜欢跑来少年家里，找娘唠嗑。她用肥厚的手，掀起自己的衣襟，硬要娘摸。娘放下铡刀，摸了一下，笑笑说："是有蛮厚。"然后继续铡猪草。老太婆就高兴地说："满女从城里寄来的，好暖和呢，你也去买一件！"娘用簸箕装起猪草，进了灶房，她也跟了过来，从怀里掏出一个苹果，寡瘦的，递给娘说："女婿买的，哎呀，上次的都没吃完，你也试一口！"娘微笑着接了，放到灶台上，提起潲桶进了猪圈。她又跟在后面，喋喋不休地作了一大串报告，说她女婿提拔了，工资加了几级，"这家伙，去年兽销得多，今年就做销兽（售）科长了，能啊！"说她女儿柜台站得好，笔直的，还搞年把，就站成正式工了。正要说外孙马小淘的事，爹就回来了。他在门外轻轻两声咳，老太婆赶紧把话咽下，朝娘眨眨眼睛，心满意足地走了。

爹嘴角掠过一丝笑，对娘说："又来显摆了？"

娘说："不气气你，如何显出她英明？跛子都当销售科长了！"

爹不屑地说："一个破纸箱厂，总共九个残疾人，什么鸟科长！"

娘说："人家好歹是个国家粮。"

少年看到，爹的神情，一下就暗淡下来了。

少年隐隐感到，爹和跛子，还有那个女人，有着一种说不清的关联。他们都在暗暗较劲，但表面上却客客气气。爹叫跛子贵客，用长沙烟待他；跛子喊爹书记，每次来都送个小礼品。但他们谈的话，少年大多听不太懂。只知道爹柔软的话语里，藏了很坚硬的东西。少年甚至觉得，他每年和马小淘比花炮，都是在代爹和跛子，进行一场既隐蔽又公开的较量。爹在这里有人望，少年自然也受人看重，但爹并不惯他，只有花炮这事，除了去年，从不让他失望。少年想，就算是为了爹，也要好好放。那个马小淘，他一点也不喜欢。他喊他乡巴佬，眼睛里的优越感，杀得人死，让他心慌、愤怒！

可是，又过去一天了，爹的花炮怎么还没来呢？马小淘真的快来了！

这些天，少年很乖。他没有到林子里烧火玩，也没爬到崖壁上摘冰溜子，更没和小伙伴打架。他的衣服干干净净，不像以前那样，滚得像只泥猪。他跟着大哥哥小姐姐们，钻到山林里捡干柴。把柴木一根根收拢，砍短，用藤条捆了，颤颤巍巍背下山，整整齐齐码到地坪里。他还提起一个竹篮子，到田野上挖黄花草。黄花草肥肥嫩嫩的，有一股清香，猪最爱吃。田野里一片潮湿，有些地方还积了水，长满杂草，很溜，很滑。黄花草夹杂在其中，东一株，西一株，得细细地寻找。少年认得。他穿着小套靴，用一个铁丝弯成的小钩，对着植株的根部，轻轻一扯，黄花草就连根进了竹篮子。

少年寻得很认真，又有些心不在焉。他老是抬起头，朝田野中央的路上打望。这地方，是个山区，全大队几十个屋场，窝在七八条沟沟垄垄里，所有外部的信息，都靠那条路送来。怪不得说起过年，小伙伴们就喜欢朝路上看。少年在看什么呢？当然不是看年来了没，他在注意马小淘，更重要的是，他在期盼着贩花炮的浏阳客。他得在马小淘到来之前，解决装备问题。

这个地方，紧挨着浏阳，但不属于同一个县管辖。浏阳的花炮爆竹，名声大呢，据说在美国都很响。哪像本地的土玩意，花炮不喷花，爆竹又多半是哑的。每年腊月，一拨拨的浏阳客，就从那路上进入。有的挑着箩筐，有的背着大蛇皮袋子，一个屋场接一个屋场叫卖。人们团团围了，一个个赞不绝口。但买花炮的并不多，太贵。大多数人家，都会买上一挂千子鞭，留着出行用。出行就是新年到来之际放爆竹，越响越好，切忌断断续续。为图吉利，大家都舍得花这钱。至于花炮，那就免了吧，小屁孩玩的东西，好不好看，响不响亮，都无关紧要。大方的，花个几角钱，买上三五个；次之的，拿出一角钱，要小孩去房家屯买土冲天炮，能买一大把；再次的，就只有一串吼骂了。少年也围着看，冲天炮、喷火筒、满地转，一个个很认真地看。他不问价，也不买，更不着急。他知道，只要碰到浏阳客，爹自然是会买的。一过小年，爹就会把这些东西全给他，一模一样的。

问题是，从去年起，就没见浏阳人来卖花炮了。害得他只好用房家屯的土货，跟马小淘比了一次。哎呀，那种羞愧，让少年现在想来，都酸酸的。

浏阳人，你们到哪去了呢？是嫌这地方的人小气吗？可爹还不是一买就是一大包！少年朝着路上望了又望，非常想不通。

晚饭后，爹回来了，依然一脸疲惫。少年急切地看爹的手，空的。爹望望门口的柴木,又望望满满一篮子黄花草,笑了。他又想用胡子来扎少年,少年躲过,大声说:"爹——花炮呢?"

爹摸摸脑壳,说:"看我忙得——也没见浏阳人来啊。"

"那,浏阳人不来怎么办?"

爹想了想,说:"浏阳这么大,总会有人来的。"

少年第一次感到,对爹的话,他有些不相信了。

马小淘回来了,二十七那天。

少年在挖黄花草,一抬头,就看到路上多了三个人。跛子还是穿去年那件风衣,米黄色的,他身子一拐一拐,衣角跟着一高一低;女人穿得通红,头发弯弯曲曲,像一窝乱麻;马小淘背着一个大包,手上还抱了一把长长短短的纸筒子,蹦蹦跳跳。少年知道,那包里,多半是花炮,至于手上是什么新武器,他真没见过。浏阳人都好久没来了。想起去年的失败,少年赶紧低下头,转过屁股,装作没看到。

他们看到他了。女人大声喊少年的名字,还问:"你爹在家吗?"

少年直起腰杆子,说:"收上缴去了,夜里回。"

爹又在外面吃了饭才回。刚洗完脚,三个人就来了。此前,老太婆已来瞄过几次了。女人和跛子高兴地与爹打招呼,爹热情地与他们握手。娘泡来茶,端出三盘果子,还将一大把纸包糖塞到马小淘手上。马小淘一个个地看,摇摇头,全部放到了盘子里,很是不屑。娘不好意思地说:"一点粗果子,只怕不如你的意。"少年就气愤起来,这么好吃的东西,你还不喜欢,未必你家不吃饭只吃糖？装什么装！少年很想拿一个吃，但咽了一下口水，忍住了，也装出不稀罕的样子。

爹与他们说话，一下就说到了收上缴，女人听得咯咯咯地笑。跛子一声叹息："农村干部难搞啊！"

爹怔了一下，很快就说："你也不容易，腿脚不方便，还要到处销纸箱。"少年觉得，爹回答得很好。

女人赶紧说："他呀，没关系的，手下还有两个科员，不用自己跑了。"

爹摇摇头说："两个人倒是好管，我要管全村一千多口，那才麻烦哩。"少年暗暗笑了，爹的话，真有水平。

跛子转换了话题，摸着马小淘的头说："这小子今年争气，得了个三好学生，同年考得好吧？"同年指少年，他与马小淘一年生的，只小半岁。

爹说："哈哈，又是一个所谓的第一名！"少年有点不高兴，明明是第一名，怎么成了所谓？爹这话，说得不好！

女人朝少年笑笑，说："记得年三十夜来放花炮啊，怕你没有好的，小淘今年带了很多，到时给你一些。"

客人走后，少年着急地说："爹，怎么办啊？今年我又会搞不赢！"

爹皱了一下眉，很快又笑了，摸着他的头说："傻孩子，比什么呀，成绩好就行了。爹从不和人家争短长。花炮爹不会少你的，明天你去房家屯买。"爹给了少年两块钱。两块钱不是小数目，可买三斤肉呢。看到爹寡瘦的钱包，少年迟疑了一下，接过钱，对折起来，小心地放进胸前贴身的口袋。少年觉得，爹没有说真话；

少年还觉得，爹似乎很无奈。

这天晚上，少年很失落，老睡不着。

好在不冷。他的胸前，一片温暖。

第二天，少年没有去买花炮。昨天晚上，他想了很多，与其买些差货丢人现眼，还不如不比。要比就比个赢。爹嘴巴上说不争短长，其实比谁都要强。少年的心细着呢，都看在眼里。少年觉得，爹活得很累，很不容易，白白浪费他两块钱，实在没有必要。爹对他的好，他心里记着。

少年提了竹篮子，又去挖黄花草。他想，只有这样，才对得起爹，对得起那两块钱。当然了，他还是希望看到浏阳客，像神仙一样降临到路上。

浏阳客果然来了。一个。背了一个硕大的彩条布袋子，弓着腰来了。少年从田野上奔到路上，满心欣喜，跟着他进了一个大屋场。人们团团围了，要买千子鞭。奇怪的是，浏阳客却没有，只有各式各样的花炮。他的花炮真多啊，冲天炮、喷火筒、满地转，应有尽有。带劲的是，马小淘抱的那种大纸筒子，他也有一捆，而且更加精致！好奇的人们拿着花炮看，详详细细地问价钱。浏阳客一一介绍，一一报价，笑眯眯的。可还是没有人买。少年在心里盘算，两块钱还真买不了多少。想起爹以前一给他就是一大包，他都有些心痛了——我烧掉爹多少钱啊，爹真好！

少年想，要是爹看到就好了。

爹真的来了。他穿着米黄色的风衣，带着一大帮干部，来了。爹的风衣，是今年春上才买的，平时很少穿，收上缴以来，似乎只今天穿了。少年觉得,这衣服穿在爹身上,比那跛子有风度多了。

看到爹来了,人们纷纷让开,笑着跟他点头。爹把双手抱在胸前,问:"干什么的啊?"

浏阳客说:"卖浏阳花炮呢,同志,你来几个?"

爹盯着浏阳客看,沉沉地说:"你不是浏阳人!"

浏阳客笑笑:"花炮是浏阳的,我是低坪的。"少年这才注意到,这人不打声(口音不同),说的就是本地话。怪不得,原来是低坪的哦。低坪离这里只有二十里,少年听说过。少年觉得,爹毕竟是爹,一来就发现了问题。这么久,这么多人,怎么谁都没留意呢?

爹拿起一个花炮,说:"这是浏阳的吗?先试一个。"

低坪人赶紧拦住,说:"哪能试!一试不就没了?"

爹横眼望着他:"不试怎么知道是不是真的?"

人们抢着跟低坪人说:"要试就试吧,这是我们书记呢!"

低坪人犹豫了一下,勉强同意试一个。爹从风衣里掏出打火机,点燃一根烟,吸一口,喷出来,再用烟头把花炮点着。一会儿,花炮就在地上跳起了舞,哧哧地响,像只蝴蝶在飞。小屁孩们从大人的胯下钻进来,拍着手,高兴得直蹦。少年也挤到前边,看得很兴奋。他识货,这花炮,真是浏阳的。

爹看到了少年,还看到了半篮子的黄花草,一怔,过来摸摸他的头说:"你没去房家屯?"房家屯在相反的方向,少年怕自己忍不住,特意不去那边挖。他从口袋里找出两块钱,递给爹说:"还给你。"爹接了,满意地朝他点点头,温存地说:"别挖了,快回家吃饭去。"

少年提着篮子，往屋场外走。他确实有点饿了，而且心也踏实了。爹既然看到了，自然是会买的，没必要守在这里。但才走到路上，他突然想起，忘记叮嘱爹一声，马小淘带回了一大捆纸筒子。

少年还没返回到人堆里，远远的就听到爹的声音："把生产许可证、危险品运输证、工商营业执照拿出来！"爹的声音很严厉，他从没这样跟少年说过话。少年的心怦怦乱跳，快步往里挤，想了想，又退出来，躲到人缝里，怯怯地看。

低坪人昂着脑壳，硬硬地说："看什么看，贩个花炮还这么多名堂！"

爹把烟头朝地上一摔，狠狠地说："没有？没有就是投机倒把，非法经营，偷税漏税！还得了，给我扣起来！"什么叫投机倒把啊？少年不懂，不过爹说的，肯定没错。爹水平这么高的人，怎么会错呢？怪不得爹一来就说他不是浏阳人，怪不得他没有千子鞭，原来是个坏家伙哦。少年觉得爹的眼光，简直就像孙悟空。少年还看到，人们都用敬畏的眼神望着爹。少年很骄傲。

几个干部冲上去，从低坪人手里夺过袋子。低坪人一边撕扯，一边杀猪般号叫："土匪啊！抢劫啊！"

爹板着脸孔，挥挥手说："还敢妨碍执行公务，来，把人也给老子抓起来！"少年觉得爹好凶，好吓人，那模样，他都有些不好意思看。

有人就扑了过去，将低坪人反剪双手，架到爹面前。低坪人腰弓得更低了，头都快抵着爹的裆部。他吓得直哆嗦，吃力地侧着脑壳，带着哭腔说："书记，实话跟您讲吧，我不是贩花炮的，哪有什么证啊。我姐嫁在浏阳，帮她做了两个月花炮，没给什么工钱，只带了一袋子花炮给小孩玩。明天就过年了，要钱用啊，就想匀一半换几个钱，剩下的带回给两个细崽玩，做了两个月花炮，怎好空着双手进门？您就高抬贵手还我吧，我再也不卖了。"少年这才想起，今年只有二十九；少年又想起，怪不得他没有千子鞭；少年还想起，这人也像爹一样，是个好爹。少年觉得这人很可怜，很想要爹放了他，但不敢说，还怕爹看到自己。

爹鼻子一哼，说："你骂呀，怎么不骂了？刚刚还叫嚣贩个花炮这么多名堂，现在又装阿弥陀佛？你当我蠢啊，现编的鬼话也会信？走，先带去做个笔录，算算该罚多少款。"少年觉得，爹的话似乎也有道理，坏人总是很狡猾的。可是，这个低坪人也不像坏人啊。他好可怜的。

爹收紧风衣，很有风度地走进一户人家，干部们提着袋子，押着低坪人，簇拥在后面。爹要人把袋子丢到一个房间，指指另一个房间说："你们到那边审，我休息下。"

少年不敢看爹干什么，这个时候，他也不关心爹干什么。和大家一样，他着急的是低坪人怎么办。他躲到一边，待爹完全看不到自己了，才溜过去，偷偷趴到窗子上。他看到房间里很空，很寂。审问的干部已去向爹汇报，只有低坪人垂着头，缩在一个角落里，嘴巴喃喃自语："罚五十块，我哪有啊，呜呜，崽的花炮都没了……"他的泪水在默默地流，身子阵阵地抖。少年觉得，他真可怜。

低坪人，你快跑掉啊！

有一股风，从窗前猛然刮过。少年感到好冷，好冷。

二十九的除夕夜,天还没断黑,马小淘就抱着他的各种武器,站在地坪里大声挑战。少年躲在房间里,做作业,不肯出来。他的成绩历来不错,但并不用心。往年的寒假,他要一直玩过元宵,才匆匆忙忙赶几天。但现在,他很想做作业,也只想做作业。

跛子和女人,大声喊他的名字。他不应。

爹进来了,柔声说:"别做了,过年嘛,开开心心痛痛快快玩,花炮爹给你准备好了。"

少年说:"我知道。"

花炮就燃放起来,冲天炮、喷火筒、满地转,一个接一个,亮堂了半边天。

人们团团围了,看热闹,乐呵呵的,傻乎乎的。跛子穿着风衣,爹也穿着风衣;女人一身通红,娘也一身通红;他们的脸上,有紧张、兴奋,还有一丝淡淡的担忧。少年感到,花炮张扬出了他们期盼的优越,也绽放出了隐藏的压抑。

马小淘放得很开心,也很卖力,但少年始终闷闷不乐,提不起兴致。往年,他也像眼前的马小淘一样,把花炮放得高潮迭起、乐不可支。爹给他的浏阳花炮,照亮了黑暗的夜空,很多人跟着他,一起尖叫,一起欢呼,一起蹦,一起跳。更痛快的是,他还看到了马小淘的狼狈,女人的悔,跛子的蔫,爹的满面春风,娘的心花怒放。他感到自己做了一件很大的事,不单给人们带来快乐,还为爹和娘,也为自己,长了脸面。他充满了成就感,觉得这个世界,像烟花一样灿烂。但现在,同样是爹给的浏阳花炮,却没了这种味道。

马小淘拿出了他的秘密武器。嘭,嘭,嘭嘭嘭,焰火从大纸筒子里蹿出,像信号弹一样,在高空炸响,星星点点的花雨,纷纷扬扬,飘荡而下,激起人群阵阵欢叫。女人笑了起来。跛子也笑了起来。爹冷笑一下,不慌不忙,递给少年一捆纸筒子。瞬间,烟花就漫天飞舞起来,它们交织在一起,像树,像花,像滴着水珠的渔网,像错综复杂的闪电。少年抬起头,觉得天空很不真实,而它背后的幽暗,更是深不可测,似乎一不小心,就会让人跌倒。

少年眼花缭乱,神情恍惚。他又想起了那个低坪人。昨天,他忍不住喊出声后,低坪人就像一头疯牛,从房间里冲出,慌不择路跑进了田野,干部们在后头追,低坪人脚下一滑,连翻了几个滚子,溅起一圈高高的水花。他爬起来,没命地往前奔,很快就消失得无影无踪。干部们追了一阵,从田里找出一只半旧的解放鞋,提回向爹交差。爹说:"这家伙,跑什么跑啊,其实可以带几个给崽玩的。"看到眼前飞溅的银亮烟花,少年感到,那是低坪人或是浏阳客摔出的水花,而射向远方的焰火,就是他们亡命奔逃的身影。少年觉得,他燃放的花炮,里面并不只有硝药,成分很复杂,复杂得让他弄不明白。

少年忧郁起来,畏惧起来。过完年,他就十二岁啦,爹似乎也老了点。这个看不清楚的世界,今后怎么办啊?他想了很久,也没想出一个好办法。

他想,唯一能做到的,就是明年不再玩花炮,好好念书。反正浏阳客、低坪人,都不会再来。

他已经长大了。

(原发《湖南文学》2015年8期)

穿透力

一

半夜时分,城市一片静寂。天上没有飞机,路上没汽车,时令又进入冬季,连蚊虫的叫声都没有,吴明远却感到脑袋的深处在嗡嗡作响。他把头抬起,又放下,再抬起,再放下,突然一骨碌弹起来,用力推着身边的老婆说:"听到了,我听到了,枕头下面有一个奇怪的声音!"老婆睡得像只肥猪,翻过身子,献给他一个沉默的虎背熊腰。

最近一个多月,吴明远夜里老睡不好觉。躺在床上看书,似乎一个字也没看懂;关掉灯打手机游戏,也是莫名其妙频犯低级错误。在市渔政管理局当个综合执法科科长,扯皮绊筋①的事是多,压力也是大,关系也确实复杂,但还远没到让他寝食难安的地步。以前他也常有睡不着的时候,但读上三五页晦涩的法学文字,集中精神打上几盘考验智商的高难度游戏,一会儿就沉沉睡去了。这段时间来,不知哪个地方不对板②,他总是感觉自己的内心很嘈杂、很烦闷,根本进入不了睡眠状态。有时节好不容易迷迷糊糊睡下,过不了多久又醒了过来,整夜整夜瞪大着眼睛,在黑暗中搜捕谋杀他睡眠的凶手。他隐隐约约听到空气中有一个单调的声音在回荡,但坐起来仔细听,又没有了。他曾无数次问老婆听到没,老婆都说没有。看到他每天晚上都这样疑神疑鬼,老婆丢过一句"神经病"后,再也懒得理他了。他又问读高三的女儿,女儿喜欢戴着耳机边听音乐边做作业,她耳机都没取,就摇着脑袋说没"听到没听到"!他也问过楼下的几户邻居,无一例外都说没有。吴明远神情恍惚,在家里东站站、西听听,觉得那个神秘的声音像个幽灵,在跟他捉着迷藏,如果不把它捉住,他永远都不得安生。看到他那奇奇怪怪的样子,女儿取下耳机,认真地说:"爸,你该去看看心理医生了。"

吴明远也曾怀疑自己患了耳鸣或幻听,还悄悄去五官科检查了耳朵,医生说正常,听力好得很。莫非真的出了心理问题?不至于啊,自己四十岁多一点,就当科长好多年了,妻子教书年年是先进,女儿没操半点心,就以6A考上了市一中,一家人和和

---

① 扯皮绊筋,方言,指事情纠缠不清、矛盾琐碎。
② 不对板,方言,指不对劲。

睦睦的，还有什么不满意？何况，他又是一个热心的厚道人，从来不做亏心事，前不久还帮执法对象孟小刚在楼下找了个门面卖菜，心中无鬼，哪来忧愁？问题是，自己明明听到的声音，为什么别人都听不到？晚上能听到的声音，为什么白天又没有了？躺下能听得到，为什么起来又找不到？反反复复折磨了一个多月，他都有些相信自己确实是精神出问题了。

现在好了，他终于发现了这个诡异的家伙。尽管还没弄清原因，还没逮到真身，但至少能证明它真实存在，至少能表明自己诚实，而且健康。

吴明远没在意老婆的态度，把卧室的灯开得雪亮。他扔掉枕头，趴在床铺上听，嗡嗡的声音像从遥远的地底发出，清晰地传进他的耳朵。他又钻到床底下，把脸紧贴着地板，感到楼板在微微震动，那声音像一把钻子，尖厉地扎进他的脑壳。老婆坐了起来，打着哈欠说："发什么神经啊，半夜三更不睡觉！"吴明远说："你贴着墙壁听听！"老婆静静地听了一会儿，惊叫着说："真的是有一股噪音！墙壁里传出的。"吴明远嘿嘿一笑："我没发神经吧？"

这一夜，夫妻俩都没再睡着。吴明远说："我估计是楼下哪个餐馆的抽油烟机在响。"老婆说："晚上又不炒菜，开抽油烟机干什么？"吴明远说："可能是怕煤气中毒才开的，明天告诉物业，要他们去处理。一定要解决这个问题，不然我真会成神经病的！"老婆想了一下，说："还是先告诉楼下四户邻居，我们先别做恶人，要去大家一起去。"

按照吴明远的指导，四户邻居都听到了墙壁里传出的嗡嗡声。

特别是他楼下那户，感觉比其他三户更加强烈。以前邻居们没有注意，这个烦人的噪音也就没有影响他们的生活，现在知道了，很多人像吴明远一样，整夜整夜睡不着了。他们越是不去想它，越是想到它；越是不去听它，越是听到它；越是想睡着，越是睡不着。大家烦躁无比，气愤不已："开餐馆也不能不顾居民的死活啊！"接到大家的反映，物业很重视，经理亲自出马，带着大家一起到临街的门面去检查。

吴明远住的这个小区，叫雅园，是新城区的一个高端小区。小区共有三十八栋房子，除了临街的两栋是六层的建筑外，其余的都是四层的连体别墅。临街的户型最小，也有一百八十平方米。小区居民大多是教授、医生、编辑、律师之类的知识精英，环境又好，服务也周到，吴明远搬来三年了，一直很满意。他住在临街西栋的六楼，楼下有四个大门面，一个小门面。大门面开了三家餐馆、一家修脚店；小门面很窄很长，他帮孟小刚租了下来，卖菜。

意外的是，响声跟餐馆和修脚店都无关。物业经理把四家门店的抽烟机同时关掉，每个店面留一人看着，由吴明远上楼去听。还只进到楼道口，吴明远就听到了空气中的嗡嗡声。以前他只觉得晚上有，自从确证有这股噪音后，大家白天也能察觉到了，只是声音小一点而已，他知道那是因为白天更大的喧嚣将它掩盖了。他爬上楼，把耳朵贴着自家卧室的墙壁，那声音像电波一样，马上穿透他的五脏六腑，震荡得他想呕吐。

这个奇怪的声音到底是什么？它来自何方？刚刚在迷茫中发现一点线索的吴明远，一下又失去了方向。

大家站在门店前，百思不得其解。孟小刚正在帮一个顾客称白菜，吴明远问："小刚，你店子里没开抽油烟机吧？"孟小刚说："吴科长，你莫笑话我，长到三十多岁，我还没见过抽油烟机呢。"大家望了望他店里摆得整整齐齐的萝卜青菜，走了。孟小刚朝吴明远招招手："吴科长，你等一下。"说着麻利地从店前的大脚盆里抓起一条两斤左右的鱼，三下五除二，收拾干净后用一个塑料袋子装了，塞到吴明远手上说："洞庭湖的野生鳜鱼，拿去炖口汤喝吧。"吴明远赶紧丢下五十块钱，孟小刚坚决不收："吃条鱼还好意思要你的钱？"吴明远说："我帮你可不是为了吃鱼。"

二

孟小刚坐在自己的菜店门口，悠闲地用皮鞋的前掌轻轻叩击着地板，脚底发出一串沉实的声音；他又推了推身边的墙壁，墙壁纹丝不动，把一种牢固的力量反弹到他的手上；看到老婆在奶孩子，老父亲微笑着在整理碧绿的青菜，他感到前所未有的安稳。

这一个多月来，他一直有些不太相信眼前的事实，总是不由自主地用脚蹬，用手推——他怀疑自己还住在船上，还在水中摇晃。

孟小刚是一个渔民，洞庭湖上的一个三代渔民。从小到大，他一直生活在一条破铁壳子渔船上。渔船不大，只有两个船舱，以前是父母住一个，自己住一个。母亲溺水过世后，他娶了一个渔家女为妻，生下一男一女，一家人就挤在这两个小舱里。这条破铁壳子渔船，既是他的家，也是他全家赖以生存的生产工具。如果不是遇到吴明远，孟小刚估计自己以及自己的儿女，极有可能一辈子都在水上漂荡，最后像所有的前辈渔民一样，终老洞庭，了无痕迹。

孟小刚是到渔政管理局告状时认识吴明远的。那天，他穿着一双长筒雨靴，半截裤脚塞在靴子里，雨靴"嘎吱嘎吱"响，他奔上二楼，看到综合执法科的牌子，想都没想，就冲了进去。

"我要告状！"他站到吴明远桌前，喘着粗气，同时抵达的，还有一股浓烈的鱼腥味。

"你的手下没收了我的三轮车，把我一车鱼私分了，土匪啊！抢劫啊！"吴明远注意到，这个牛高马大的家伙手上布满血迹，不知是自己的，还是别人的，或是鱼类的。

孟小刚以前并不贩鱼。洞庭湖的渔民都不贩鱼。他们只负责捕捞。捕捞季节，每天凌晨四点左右，就有鱼商派人到鱼巷子码头来接货。鳜鱼、鲶鱼、青鱼、草鱼、鲫鱼、翘白鱼、瓦子鱼，都分门别类地过秤、登记，现场并不结账——鱼款早在几个月前的禁渔期就已预支了，当然价格也早就定死，渔民交鱼只是还债而已。鱼商拿了鱼，再高价卖给大型餐馆和二级批发商，一条野生鱼七弯八拐转到市民餐桌上时，价格已翻了好几倍。渔民们碰上年成好，运气不错，一年下来，除了能还清鱼商的钱外，还能落下一点应付接下来几个月休渔期的柴米油盐；收成不好，则旧债未还清，新债又欠上，只能年复一年地给鱼商低价供货。孟小刚这种无依无靠的天吊族，自然是老欠债户。不仅欠鱼商的，还欠渔具店的，也欠粮油店的。他知道这样下去永远没有出头之日，就想到在休渔期贩鱼赚点钱。哪知没搞三天，就被人举报让渔政抓住了。

吴明远扫了一眼这个高声大叫的二愣子，敲了两下桌子，严肃地说："讲话注意一点，谁是土匪！我们是人民政府的执法人员。你的鱼有进货单吗？"

每年的三月到六月，是洞庭湖和长江的禁渔期，所有的渔船都不准下到江湖作业，否则重罚，但有些胆大的渔民常常在下半夜偷捕一两个小时，再鬼鬼祟祟送给鱼商或小贩换点现钱。渔政为了打击这种行为，就查所有鱼贩的进货单——养殖场的鱼都有发票，拿不出单据，就视为禁捕的野生鱼，一律没收。其实这方法经不起推敲，也没什么用，对于大鱼商来说，虚开进货单是分分钟的事，倒是一些生活艰难的小商小贩，因没从大鱼商那里拿货，又开不到养殖场的票，反而常常被鱼商举报。吴明远知道这个情况，但他们也没有更好的招数，洞庭湖这么大，综合执法科就那么几条枪，如何顾得过来？能查一点算一点，总比屁都查不到好。

孟小刚依然大声地嚷叫："进货单？什么进货单？贩几条鱼还这么多名堂，我又没偷没抢！"

吴明远知道这是个新手，就笑笑说："没有进货单那就是违禁捕捞的鱼，应当没收。不过三轮车可还给你，你莫再贩这种鱼了。至于他们是否私分，我会查的。你把身份证给我，登记一下。"

孟小刚的声音一下低了下去，低着头说："我没身份证。"

吴明远重新打量了他一番，感到这家伙不像个鱼贩，倒是像个渔民——身上的皮肤黝黑，粗糙得像沾满了没洗干净的泥巴，一张脸肉嘟嘟的，配上那张大嘴巴，活脱脱如一条肥笨的大鲶鱼，就又笑了一下，说："怎么会没身份证呢，你不会是天吊族吧？"

孟小刚抬起了头，有些惊奇地说："你知道我们天吊族？"

天吊族又叫天吊户，是生活在洞庭湖里的一个特殊群体，大约有上万人。在渔民上岸政策出台之前，很少有人知道他们。这些人的祖辈或父辈，几十年前从江苏、安徽等地驾船来到洞庭湖捕鱼，从此再也没有回去过。他们以渔船为家，靠打鱼为生，岸上无一片瓦，家中无一寸土，不属于任何单位和村组，连户籍和身份证明都没有，就像吊在天上的人一样，漂泊无依。吴明远他们执法时，曾多次碰到过这种对象。说实话，刚开始他们对这些人毫不客气，处罚起来比一般违规渔民要重得多，了解到他们的艰难处境后，他慢慢对他们同情起来，甚至还多次向上级和媒体反映。但这个问题太大了，太复杂了，不是他这个科长和他们的局长能解决的，甚至市长、省长只怕都做不了主。所以这些年来，他只能一直默默地关注着他们，当作一个业余的课题来研究。

吴明远问了一些天吊族的情况，记下了孟小刚的电话，也记住了这个人。

他的研究并不专心，业余的嘛，有一搭没一搭的，一篇论文或是调查报告，写上一年半载是常有的事。有时心血来潮，想到要了解个啥，就一电话打给孟小刚，在"突突突"的马达背景声中，时断时续地听他讲水上的收获与艰难。孟小刚成了他在天吊族里的联络人和情报员。

一晃几年就过去了，在媒体的不断报道和吴明远等人不断反映下，洞庭湖里的天吊族终于引起了市里、省里和中央的高度关注，国家率先在洞庭湖实行渔民上岸政策，天吊户分批解决户口，安排住房。听到这个好消息，吴明远第一时间告诉了孟小刚，并动用自己的人脉，帮他疏通一切关系，让他顺利成为第一批受益的渔民。为了让他上岸后能生存下去，吴明远还特意找到雅园的物业公司，用特低的价位给他租下一个门面，连押金都是自己瞒着老婆帮他垫付的。

孟小刚不知道吴明远为何对自己这么好，他想这不仅仅是吴科长的工作需要，更多的可能是一种缘分和一份对渔民的感情。如果人生有贵人，那吴科长就是他的贵人。其实他想的都有一定道理，只是有一点他不清楚，那就是吴明远想把帮扶他的事作为一个典型，来增加自己进班子的分量。他当科长已整整十年啦。

三

吴明远终于找到了噪音的发声源——距他这个单元只有三四米的一个变压器。这个庞然大物，提供雅园小区全体住户的用电，负荷极高，主机正对着他北面的房子，日夜不停不知疲倦地轰鸣。尽管变压器建在一楼的围墙边，离六楼他家还有十来米的高度，但只要把头从窗户伸出，他马上就听到了那个嗡嗡嗡的声音。

邻居们都被他召集到了变压器旁，他像现场会上向领导汇报的解说员一样，向各位邻居详细介绍。变压器的响声确实不小，于沉闷中带一丝尖锐，连地面都震得微微颤抖，近听尤其让人不舒服，好像有无数的射线接连不断地穿透身体，除了头晕难受，还恶心想吐，跟他在自家卧室里的感觉几乎一模一样。邻居们近前看了一会儿，很快就皱起眉头，纷纷捂着胸口退到一边。吴明远说："大家都看到了听到了，这么大的噪音叫人怎么安生？有没有辐射还搞不清楚，一定要电业局把它移走！"

邻居们连连点头："移走，一定要移走！整个小区都用电，凭什么只害我们这个单元呢？我们的房价又不比人家低！"

于是大家围着小区转，想给变压器寻找一个妥当的安置之地，可是很快就失望地发现，小区已没有一块空闲之地能容纳它，开发商建的三十八栋房子，本来就已经密密挤挤，现在连一些绿化带也被物业毁掉改成了停车位租给住户。中国的开发商和物业管理者，从来都是精明的化学脑壳，哪会有便宜留给你？吴明远在心里狠狠地骂了一句：一伙奸商！

物业经理倒是一喊就到，这个胖乎乎的年轻后生，头发梳得油光发亮，见到业主就满脸是笑。他听了一阵，表示"确实有一滴滴响动"，但这事他们解决不了，只能向电业部门反映。吴明远想，只要找到了问题所在，办法总是会有的。他长长地吐出一口气，似乎空气中的嗡嗡声也一下小去了许多。

他根本没有想到，他把事情看得太简单了，太乐观了，太高估形势了。

每天下班回家，吴明远就高兴地在路上想，今天电业局只怕来处理了，晚上肯定能够睡个好觉。可一走进楼梯间，嗡嗡的声音依然如故，仿佛一盆冰冷的水，迎面把他的好心情淋个透湿。他强压住心底的怒火——今年局里有一党组副书记兼副局长退休，将会空出一个位子，正是他进步的好机会，他时时刻刻提醒自己，在任何地方都要低调，要和气，要呵呵笑，不要板脸，更不要发脾气——拨通物业经理的电话，问他跟电业部门反映没有，经理连声回答："反映了，反映了，我明天再催催。"

第二天，依然如此。

吴明远搞不清是物业经理在骗他，还是电业部门不理他。他想不通，这么一点小事，解决起来就那么难吗？我就不信，洞庭湖上的天吊族都能上岸安居，一个雅园小区的变压器会没地方安置？

吴明远邀邻居们一起去找电业局。邻居们以前彼此清高，互相客气，来往却不多，这一向空前团结，碰到一块就热情打招呼，气愤地诉说自己吵得难受极了，然后纷纷指责物业与电业。但听到说要去电业局找麻烦，就一个个推脱说有事。

吴明远只好自己单枪匹马去一趟。电业局的工作人员倒是还算热情，说："所有的变压器都有'一滴滴响动'，但那是在正常范围内的，一般不会影响居民的生活。至于你说的想移到别的地方，那非常麻烦，不现实，也不必要。当然，如果你们物业或是你们自己愿意支付高额的费用，有合适的位置移，倒也是可以考虑一下的。不过我们还是建议科长同志心态平和一点，不要过分去关注空气中的声响。如果仔细去听，其实空中并不只有变压器那'一滴滴响动'，无线电波、移动信号、网络信号，甚至病人的呻吟、女人的哭泣，等等，不都在暗中发声？你不去管他，不就什么都没有，安安静静的。"

吴明远说："那真不是'一滴滴响动'，我都被吵得快两个月没睡好觉了。你们不去测试，怎么知道它在正常范围呢？"

工作人员说："如今是数字时代，我们的变压器都能通过网络监测到，不必去现场，何况，雅园的变压器安装好几年了，如果噪音超标，你早就会有感觉，也不至于这两个月才有啊。"

说实话，这个问题提得很有道理，吴明远也多次这么想过，可是他查找了这么久,并没有发现第二个噪音源,因此只能认定就是变压器惹的祸,至少,它也是个重要疑犯。于是他按自己的逻辑说:"也许是以前没注意到,也许是变压器老化了这两个月声音才增大,还是去测试一下的好。"

工作人员苦笑着摇摇头,答应了他。

但接下来的几天,并没有看到什么人来检测,也没有任何人给他答复。由于长期缺乏睡眠,这一向他的精神状态和工作状态都很不好,人看上去黑着脸,萎靡不振;工作效率也出奇地低,看不进文件,开会时常常走神。局长前向[1]交待他与民政部门会商,尽快搞个渔民上岸技能培训班方案出来,至今全无头绪。局长白天看到他,又问了一次,听到他说还没做出,有些不高兴地丢了一句:"你不是研究天吊族的专家吗?"回到家里,面对满屋的嗡嗡声,想起遇到的这些烦心事,吴明远的怒火压都压不住了,也顾不得自己不发脾气的告诫,噼里啪啦接连打了三四个投诉电话。环保热线、市长热线、城管热线、新闻热线,每一个地方,他都先是情绪激动地投诉,然后又像祥林嫂一样沉重地反复叙说,对方却只是淡淡地告诉他,登记好了,请保持手机畅通。吴明远感到自己很可怜,一个代表人民政府执法的人,现在沦落到四处求同行执法来保护自己的权益。人啊,离开了自己的一亩三分地,真的太渺小了。

吴明远天天保持手机畅通,但除了晚报的民生记者来电话问了一些情况外,其他部门屁都没回复一个。他越想越气,你们不

---

[1] 前向,方言,指先前、前些时候。

给我解决问题，我也不让你们安静。于是每天晚上，他都要把那几个热线骚扰一遍，以致后来电话一接通，对方就说："吴科长好！"听到对方礼貌的称呼，吴明远一下又感到自己很卑鄙，很猥琐，好像是给党和政府抹黑了，不配做他们的科长。

也许是晚报的报道起了作用，也许是骚扰电话威力巨大，很快电业局、环保局就联合来雅园检测了。吴明远接了电话赶回，看到七八个穿红色工装和绿色制服的人，正在小心地指挥两台庞大的工程车艰难地倒向变压器区域。他这才觉得有点错怪了这两个部门，专业检测需要专业的人员、专业的设备，真不是打个电话喊来就能来的。

果然如电业局此前说的那样，变压器运行的各项指标都非常正常，声音只有五十分贝，完全符合标准。

那个该死的噪音到底是什么？它躲藏在哪个角落？没有人能够回答出来。

兴师动众折腾一圈，吴明远的烦恼又回到了原点。

四

吴明远愁眉苦脸地从孟小刚的菜店前经过，正准备进雅园大门回家去，突然想起了什么，就拐进了他的店子。这一向为噪音的事搞得焦头烂额、精疲力尽，他确实忘记了关心孟小刚。看来帮助别人，除了需要有实力，还得有心情。

孟小刚正从内屋端了一盆鱼出来，看到吴明远来了，非常热情，连声喊："吴科长快请坐，我帮顾客杀完一条鱼就来拿烟给您抽。"吴明远没坐，站到店门口，看孟小刚杀鱼。

孟小刚的这个狭长门面，前面三分之二隔了卖小菜，后面那三分之一，就做了厨房和卫生间，兼作他父亲的卧室。他们夫妻俩带孩子住在阁楼上。这样的布局挤还是有点挤，但比起洞庭湖一条破铁壳子渔船，不知要强多少。

其实吴明远已经帮孟小刚争取到了一套房子。按照国家政策，上岸定居的渔民可享受每户两万块的补贴，另外个人再出一万多块就可以了。在房价节节攀升的今天，花个三万多块钱就能买套七八十平方米的房子，实在是件很划算的事。可是要上岸定居的渔民很多，政府能拿出来的现房却很少，房子的竞争就非常大，渔民们打破脑壳都想得到。要不是吴明远帮忙，孟小刚只怕要排队到猴年马月，因为规划中的几个渔民新村，据说至今连征地都没完成。而孟小刚在建新农场的那套房子，已摆进了他们从破铁壳子渔船上搬去的家什。尽管没在那房子里住几个晚上，他们就按吴科长的安排，马不停蹄进城开菜店了，但一想起那套完全属于自己的房子，心里还是美滋滋的，虽然那地方有点偏。

孟小刚把脸盆里的三条财鱼倒进大脚盆里，问顾客选哪条。顾客有点犹豫，指着要这条，又想要那条。孟小刚笑着说："都是野生的，条条好。"吴明远赶紧证明，老板确实是渔民，放心买。顾客连声说："知道，我们都知道，经常来买的，他的鱼味道鲜。"

孟小刚抓起一条顾客选定的财鱼，问清是下火锅后，拿起菜刀飞快地在鱼腮后面旋了一圈，再用一根筷子从刀口插进鱼背，几下一搅，然后捏紧鱼头用力一扯，一张完整的鱼皮就从鱼身上分离出来，白里透红的鱼肉光溜溜的，在店前的阳光下熠熠生辉，诱人极了。孟小刚捡起菜刀,啪啪啪,三下五除二,吴明远还没看清楚,鱼头、鱼尾、鱼刺又分离出来,加上鱼皮,已装进了一个小塑料袋子。孟小刚把手中这截肥嘟嘟的鱼肉冲洗干净,放到砧板上,左手轻轻覆盖,右手用刀极快地片,鱼肉很快就变成了一张张薄片儿。吴明远看得眼花缭乱,他没想到孟小刚还有这么一手,不由连连称赞了好几句。孟小刚憨憨一笑:"渔民嘛,除了熟悉鱼,别的啥都不懂。"

吴明远接过孟小刚的烟,在店前的木椅子上坐下,问道:"生意怎么样啊?"

孟小刚边给他点火边回答:"搭帮吴科长,生意非常好,比打鱼强不少,钱也现,没一个赊账。"

吴明远欣慰地点了点头,说:"我们准备与民政局合办一期渔民上岸技能培训班,你想不想参加啊,不要一分钱的。"

孟小刚说:"都学什么呢?"

吴明远说:"项目倒是不少,有汽车驾驶、网络开店、计算机技术、农产品经纪……"

孟小刚哈哈大笑,打断他的话说:"吴科长,我总共没读得三册书,哪里学得会这些高科技?开车倒是有兴趣,估计也学得会,我会开船嘛,但学了也没钱买车啊。"

说实话,这个培训班的内容,吴明远也觉得很不靠谱。方案原本是要他做的,但因为噪音的事静不下心,就完全要民政局做主了。不过话说回来,如果不培训这些内容,那又培训个啥呢?他一下也想不出新招。其实,培训啥是次要的,培不培训才是重要的,关键是要紧跟中心工作,迅速作出自己的行动。他们局长是这样想的，民政局长也是这样想的，他自己还是这样想的——要不，他也就不会那么快帮孟小刚找门面开菜店。

又有几个人进来买菜，进门时，都先望一眼脚盆里的鱼，看到只有两条，都急急地说："鱼，我要一条！"

"好咧！"孟小刚大声地应答着，憨憨的笑里，藏了一丝丝的狡黠。

雅园小区周边还有四五个高档小区，加起来大约有好几千人，附近却没有大型的农贸市场，每个小区前面都开了一家小菜店，菜价比市场上要高一大截，但生意都好得很——居民不差钱，就图个方便。所以孟小刚上岸时，吴明远想到雅园小区还无人开菜店，就赶紧要他来。孟小刚来了后，菜价比别人的低，鱼比别人的好，一下就把其他几个小区的生意也抢来了。好些居民，纯粹就是为了买他的鱼，才到他店里买菜的。吴明远想，看来当初自己的决策是对的，渔民上岸要想生存下去，只能脚踏实地，做些力所能及的小本买卖，而且最好还能跟鱼有关。

孟小刚卖鱼其实是有讲究的，他店前的大脚盆里，始终只放十来条鱼，故意造成一种货少紧俏的氛围。洞庭湖的野生鱼嘛，哪有那么多？多了人家反而不相信。另外，他也担心渔政查他，尽管跟吴科长关系不错，但他毕竟是个执法人员——他想自己今后在禁渔期肯定也是要贩野生鱼的，没有野生鱼，谁来？所以他藏在店后的大鱼池，很少有人知道，当然也包括吴明远。

有熟悉套路的顾客见脚盆里没鱼了，就大声对孟小刚说："去里面池子里捉几条来啵，我要一条回头鱼。"

孟小刚装作没听见，埋头整理菜架上的菜。顾客就自己钻进了店内。

吴明远抽完烟正准备回家，看到顾客端了一面盆活蹦乱跳的回头鱼出来，就停住了，问孟小刚："内屋修了鱼池？"

吴明远第一次看到了孟小刚的大鱼池——深一米二，宽一米八，长两米，上面盖着厚木板，木板上面再放着他父亲睡的大木床。怪不得进来过几次都没发现哦，原来藏得这么深！吴明远从掀开板子的地方看到，池子里至少有好几百斤鱼在游来游去，八只增氧泵正在咕噜咕噜地冒着白泡。

吴明远说："你父亲睡在这么潮湿的鱼池上面怎么行？会得风湿的！"

老渔民正在做饭，连连摇头说："谢谢吴科长关心，不碍事不碍事，哪个渔民没风湿，我们以前在船上还不一样睡在鱼舱上。"

吴明远扫视了一遍这间昏暗的小屋，渐渐感到耳膜在强烈振动，空气中有一股尖厉的声音在洞穿他的脏腑。他一声惊叫，指着墙角一个嗡嗡叫唤的增氧机说："孟小刚，你害惨我们了！"

五

吴明远觉得自己蠢得要死，整整两个月，连个水产增氧机的响声都没听出来，还渔政管理局综合执法科科长，呸！不过现在好了，症结找到了，又是孟小刚的问题，熟人熟路，解决起来应当很快的。

邻居们获悉这个情况，也非常高兴。饱受噪音困扰的他们，一下就放松了，一个渔民的增氧机，还不分分钟就灭掉？他们纷纷跟吴明远打趣："没想到搞了半天，原来是吴科长在害我们哦，那还是劳您去把它关掉！"

吴明远根本没有想到，这个大家都认为很容易的事情，其实麻烦得很，后来几乎成为一个无法解开的死结，差一点点搞得他家破人亡。

开始的时候，孟小刚对增氧机影响楼上居民特别是吴科长的生活完全不认同。他说："这不可能吧，你看我父亲天天睡在这小屋里都没一点事，你的房子在六楼，怎么可能听到呢？"

吴明远说："是不是它做个试验不就清楚了？你先关掉它，我们上楼一听就明白的。"关掉增氧机后，他的卧室果然一片安宁。吴明远两个月来第一次感觉到，自己的家原来是这么舒适和美好。可是一打开增氧机，那种单调而尖厉的嗡嗡声又从墙壁里穿透出来，瞬间灌满房间的每一个角落，让人无处可躲，烦恼顿生。这种感觉，连孟小刚似乎也感受到了一滴滴。此前他一直以为是吴科长人太娇贵了，他们渔民的船舱里，都开着增氧机，但从来没听谁说过吵得睡不着觉。现在他承认了，再三向吴明远表示歉意，并一口答应马上整改。只是有一点，他与吴明远一样没想清：那声音为何能传递这么远？而且似乎楼层越高震动越明显，比如吴明远家和五楼邻居家，就要比楼下几户明显。

说实话，孟小刚对吴明远的事还真是蛮上心的。从楼上下来后，他马上将增氧机搬离墙角，不让它挨任何一堵墙，但响声依旧；他又用泡沫箱子把它装起来，还是没用；最后他用一根绳子，把它吊到天花板上，心想这样应当好些，哪知楼上各住户特别是吴明远家反应更加强烈了。他没辙了，不知如何才能让关心他的吴科长安静生活。

  吴明远看到这种情况，刚刚放松一点的心又紧张起来。他先是问了好几个熟悉的渔民，都说这玩意是"滴滴响"，但他们习惯了，不影响睡眠。他又问了机械和环保方面的专家，他们的说法让他无比忧虑——增氧机的振动声是低鸣音，分贝不高，但穿透力强，长期处在这样的环境容易引起神经功能紊乱、注意力分散，还有可能导致血压上升、焦虑等症状，严重的甚至会出现精神病症。而且根据一个什么原理，楼层越高振幅越大，噪音也就越明显。尤其麻烦的是，好像现在没什么方法对它有效，除非关闭。这怎么行，没有增氧机，过不了两个小时，那一池子鱼会死个精光。这一点，搞渔政的他还是清楚的。

  内事不决找领导，外事不决问百度。这些天，吴明远一有空就在电脑上、手机上不停地搜，他围绕增氧机，频频变换关键词，显示出来的一个个页面让他大吃一惊：原来这个世界还有那么多的人被增氧机折磨得生不如死！他们有的是被住房附近鱼塘里的增氧机吵扰，有的是为邻居家金鱼缸里的增氧机烦躁，有的是被楼下海鲜酒店的增氧机震醒，像他这种情况的，也有不少。吴明远像找到组织一样，在不同的贴吧里认真阅读各种吐槽的帖子。网友们描述的情景和感受简直与他的一模一样，他感到无比亲切。遗憾的是，读完几百个帖子，他几乎没发现有一个解决了问题，而且还从中获悉，政府的各个职能部门管都没法管——城管说没出店经营，得找工商；工商说有执照就合法，噪音得找环保；环保说增氧机分贝不高，不属噪音，可找渔政试试。天，我就是渔政管理局综合执法科科长啊，我找谁？！

吴明远也没辙了。

邻居们碰到他就问:"怎么还没关掉呢?吵得真难受啊!"

吴明远满脸歉意,不停地点着头说:"正在做工作,正在做工作。快了,快了。"

可是时间一天天地过去,嗡嗡嗡的响声却依然如故。不说邻居们对他翻起了白眼,连女儿也受不了了。这一次月考,她又下降了几个名次。她打着哭腔说:"爸,明年上半年我就要高考,这样吵怎么学得进去,你不会是想我今后去当渔民吧?"吴明远心痛地说:"好好好,爸爸明天就想办法。"

但他哪里想得出办法来啊!他心里清楚得很,要想彻底解决问题,除非孟小刚不贩鱼,做别的事,或者是搬走。不贩鱼是不可能的,单纯卖点小菜,可能门面费都搞不到;做别的事,他也都不懂啊,好多上岸的渔民除了能做做气力活,其余的都一窍不通。搬走倒是可以做到,只是一下子难得找到合适的门面。问题是,孟小刚他愿意搬走吗?他肯定不愿意的!现在他的生意做开了,附近小区的居民都信任他,照这样做下去,不出几年说不定收入比他这个科长家庭都高。如果他搬到别的小区,噪音同样会影响楼上居民,人家立马就会把他赶走。搬到菜市场去的话,谁会相信他的鱼是野生的?真正的鱼贩子也不会容许他抢生意,过不了三五天,就可能把他玩得血本无归。更大的问题是,不能让他搬走啊!孟小刚是自己主动请来的,而且刚刚把他上岸创业取得好成绩的典型材料报给局长。局长还表扬他说:"搞这么多上岸技能培训,都是空头路、花架子,没几个起到蛮大的作用,看得到的还只有你帮扶的这个菜店,到时市长来听汇报,你发个言。"现在没搞两三个月,又把他赶走,叫人家如何想?又叫局长如何想?

吴明远的老婆已经忍了很久了,现在看到女儿学习搞成这样,终于忍无可忍,与他大吵了一场。她无比委屈和愤怒地说:"你看你做了个啥事?请起别人来害自己!连带着还害了家人和邻居。你不知道邻居们怎么看我们的吧?他们怪死了我们,现在碰到了理都不理我,以前对我们多热情啊。还有,你女儿本来成绩挺好的,现在成了啥样?要是明年考砸了,我看你这辈子能安心啵!"

吴明远说:"那你说怎么搞?!"

女儿摘掉耳机,竖起一个指头,神秘地说:"你们别吵了,我有一个办法。"

吴明远像碰到救星一般,车转脑壳,急切地问:"什么办法?"

女儿小声地说:"关电。"

看到吴明远夫妇没弄明白,女儿解释说:"我看到孟叔叔到我们楼梯间给他的电闸换过保险,我记住了是八号,晚上等他们睡着后把电关掉,不就安静了。"

吴明远连连摇头:"不行不行,那怎么行,关了电鱼都会死掉的,损失会有几千块。"

女儿说:"就是要让鱼死啊,损失大才好呢,死过几次鱼他扛不住了就会走的。"

吴明远看着女儿,感到小姑娘的想法太可怕了,觉得很有必要进行正面引导,就说:"我们可不能干这种缺德的事情……"

还没说完,女儿就打断他的话说:"是他缺德在先的,只顾自己赚钱,不顾别人死活!"

吴明远老婆赶紧说:"你爸说得对,我们不能做这种缺德事,但也不能继续在这里待了。明天,我就带你到学校附近租房陪读。"

六

吴明远下班了不知往哪里去。回家?家里如今空空荡荡,冷火秋烟,只有一屋子的嗡嗡声在等着他。去老婆租的房子?房子本来就窄小,只有一室一厅(现在一中附近根本租不到陪读房,就这么一间房,都费了大劲,而且租金很高),他去了也没地方睡,还影响女儿的学习和心情。除了在办公室上网打游戏拖到深夜再回去睡,他就只能与朋友在外面打牌喝酒混光阴了。

有很多次,他喝了酒半夜驾车回去时,差点出了大事,好在菩萨保佑,每次都只是把车辆刮擦坏,人没什么问题。他想,孟小刚和他的增氧机,已整得他妻离子散,要是人再出个车祸,那就真是家破人亡!对孟小刚和他的菜店,他现在望都不想望一眼,看到他那大鲶鱼似的肥笨样子,心里就烦躁和厌恶。有好几次,晚上被震得实在受不了,还打电话将他狠狠地训了一顿。孟小刚呢,最初还满脸歉意,见到他就开烟,再三赔小心,现在办法也想尽了,鱼也送足了,骂也挨够了,还要咋的?所以对吴明远也就感觉没那么多亏欠了,态度有点不冷不热的样子。以两人现在这种关系,要想吴明远再像以前那样贴心地去帮扶他、关照他,确实有点勉为其难。但局长并不知道内情,还以为他们依然是军民鱼水情、兄弟一家亲、创业大成功呢。

那天注定了要出点西西①——市长来渔政管理局听取渔民上岸情况汇报，局长提前几天通知吴明远，要他就帮扶孟小刚成功创业发个言。吴明远常常被增氧机吵得睡不着，那天晚上由于心里有事，尤其如此，直到天快亮时外面的喧嚣遮蔽了增氧机的声音，才迷迷糊糊睡下。哪知一睡就睡死了，睡过头了，等他衣冠不整满脸倦容匆匆赶到单位时，会议已进行了半个小时。局长很不满地横了他一眼。轮到他汇报了，他又忘了带发言稿来，明明晚上放在枕头边背得滚瓜烂熟的，现在一紧张，一句也不记得了，讲起来结结巴巴的；加上心里怪孟小刚误他大事，讲起他来也就毫无感情色彩。局长和市长听了眉头直皱。

吴明远知道，事情被孟小刚彻底搞砸了！

果然，不久市委组织部公示的渔政管理局新任副局长的名字不是吴明远，是另一个资历比他浅、能力比他弱的科长。吴明远不服气，跑去找局长。局长说："我本来是推荐你的啊，但你在市长面前表现也太差劲了！而且，你还老喜欢打投诉电话，电业局、环保局、城管局、工商局、政务中心，好几个单位的领导都对你有意见，人家都提到市长办公会上了呢，你叫我怎么办？"

那天晚上，吴明远与朋友喝到半夜才回家。

他没有醉，就是感到无比悲哀，心中有一砣坚硬的东西死死地堵着，难受得很。他一身疲惫地爬上六楼，打开房门，那个烦躁的声音又迎面扑来，像一股邪恶的力量，逼得他不由自主地往外退。他在门外停了一下，最后还是只能别无选择地钻进去。

---

① 西西，方言，这里指岔子、洋相。

刚进门,他就听到五楼的邻居用棍子重重地戳天花板。咚咚咚,咚咚咚,声音沉重、急促,而且愤怒。他知道,那是邻居见他回来了发出的抗议和报复。近段时间来,这位邻居老是在半夜敲他卧室的墙和天花板,而其他几位,逮着他就逼他去关增氧机。见他面露难色,就鄙夷地说:"如果科长想吃免费的鱼,我们几个斗①钱给您好啵,拜托您让我们睡个好觉!"

他在沙发上坐下来,灯都懒得开,望着这个黑灯瞎火、冰冰冷冷的家,感到自己活得太憋屈了。没错,这套房子面积是不小,装修是不错,但这是他们夫妻俩辛苦工作二十余年加上贷款十五年换来的啊!也就是说,两个人加起来用了整整八十年,才在城里拥有了一个窝!说起来,又比没有房子的天吊族强得了多少呢?至于工作,多少年来,自己一直都是兢兢业业,小心翼翼,生怕出错,生怕得罪人,生怕给党和政府抹黑。刚开始时,也许只把它当作一个发工资的差事,但随着对渔民、渔业以及洞庭湖的深入了解,他已完全把它当作自己的事业了。这一辈子,又怎么能跟这些事情剥离得开?他发自内心地拥护国家的禁渔政策,哎呀,再不禁,八百里洞庭真的连虾子都会绝毛!但同时,他又发自内心地同情漂在水上的渔民,禁渔了,原本艰难的他们又如何生存?所以他默默地研究,主动地帮扶,无非是想找到一条两全其美的路子,虽然当中也略略带点自己的小九九,但总体还不是为了一个"公"字?现在倒好,领导不认可你的工作,帮扶对

---

① 斗,方言,指凑(钱)。

象还搞个噪音来害你,邻居们恨得你雷打火烧①,搞得自己家不像家,过得人不像人。他感到堵在胸口的那团东西,已化为一股怒火,在心中熊熊燃烧。

一个天大的事,凭什么要我这个小公务员来操空心?

一天到晚嗡嗡嗡,吵得我妻离子散,你们却一个个高高兴兴,赚钱的赚钱,升官的升官,要我一人付出了又来承担痛苦,还讲不讲道理?

关掉!让一切都结束,反正也已经没什么用!

突然,一个邪恶的念头,从他的心底急剧升起。

吴明远打开房门,先探出半个头,楼梯间一片空洞与寂寞,整个世界似乎都已经睡去,只剩下他和孟小刚的增氧机还在醒着。

他像做贼一样,蹑手蹑脚下到一楼楼道口。八号电表箱的黄色指示灯,正在一明一暗地闪,像一只诡异的眼睛,在朝着他使劲地眨。他伸出的手刚要碰到电闸,又触电般缩了回来。哎呀,不行不行,我一个综合执法科的科长,怎么能干这种下三烂的事,这不是严重损害了政府的光辉形象吗?但他的双脚却没有转身回去的打算,因为他分明又听到了女儿的声音:你不会是想我今后去当渔民吧?是他缺德在先的,只顾自己赚钱,不顾别人死活!人都活成这样了,还老拿一个执法科长来绑架自己的道德干什么?你哪能代表政府形象,你不过就是一个两头受气的可怜小公务员!

吴明远挺起胸,再次把手伸向了八号电表箱。不过他想了想,又停下来,迅速从口袋里摸出一团卫生纸,包住自己的指纹,然

---

① 雷打火烧,方言,这里指被人痛恨、诅咒。

后毫不犹豫地关下了电闸。

啪，整个世界一下安静了。

这一夜，吴明远睡得天昏地暗，日月无光。

七

第二天是星期六，吴明远起床下楼去吃早餐时，已快十点钟。他感到这一觉，似乎把这几个月来丢失的睡眠都补足了，真舒服。

物业经理在传达室看到他，连忙神秘兮兮地招手。他刚一进去，经理就把门掩上，压低声音说："孟小刚的鱼全死了！"他这才记起自己昨夜关电的事，心中不由有一丝丝慌乱，本能地张开口"啊"了一声。经理望着他，似乎明白了几分，接着说："不知是谁关的电闸。"他镇静下来了，面无表情地回应了一个"哦"。经理笑笑："吴科长，你不知道，孟小刚好凶呢，一大早就要跑去找你麻烦，是我把他拦下了。"吴明远说："找我麻烦干什么？他的门面押金都是我付的，难道帮错了？"经理连连点头："这家伙就是不明事理，我把他训了一顿。我说吴科长对你这么好，怎会关你的电呢？可能是别的居民，也可能是自动跳闸，再说，你也没任何证据啊，他这才骂骂咧咧地走掉。"吴明远问："死了多少鱼？"经理说："我去看了，只怕有四五百斤，一半是回头鱼和桂花鱼，全是野生的，贵着呢，损失可能七八千块！"吴明远重重地"哦"了一声，走了。

外面的阳光有点耀眼，打在脸上暖暖的。吴明远恍然记起，已经开春了，接下来的三到六月，又将进入洞庭湖的禁渔期。往年的这个时期,他们总是忙得焦头烂额,宣教、暗访、执法、处罚,事情一波接一波。现在大部分渔民都上岸定居了,而且还参加了技能培训,还会不会有人去偷捕呢?不偷捕,他们能生存下去吗?他远远地望了孟小刚的菜店一眼,发出长长一声叹息。

吴明远在银行取了八千块钱,揣在荷包里。他本想直接进孟小刚的菜店瞄瞄,但看到那一家三个大人正蹲在店前手忙脚乱地剖死鱼,又退了回来。洞庭湖边的人不吃死鱼,死鱼只能低价卖给食堂或做成不值钱的臭干鱼。这么大的损失,他怕孟小刚冲动,大鲶鱼发起飙来,螺蛳都能带壳吞,到时自己难得吃眼前亏。他想了想,到传达室找到物业经理,要他转告孟小刚打个报告来,他去想办法从渔政给他解决点资金。

回到家里,尽管没有了那个嗡嗡声,吴明远感到内心依然很嘈杂,而且空气中似乎也有了各种来历不明的声音。他觉得自己确实是冲动了,现在这事情还真不好收场。就算自己出钱冒充是渔政的赔给孟小刚,也只能暂时平息他的怒火和自己的愧疚,根本不能长远解决问题。他不可能因为关一次电就不贩鱼不开增氧机的,而且以后很可能还会开得更加心安理得、更加理直气壮!你总不能天天关电吧?总不能把房子卖掉拍屁股走人吧?哎,你的房子还没权利卖呢,房产证都在银行押着!

吴明远在等孟小刚打报告给他,这样既救了自己的面子,也补了孟小刚的里子,两人的关系也就不致公开撕破脸,问题处理起来可能还有机会解决。但接连几天,孟小刚没来找他。问物业经理,说已经转告多次了,但人家就是一声不吭。吴明远感到情绪有些压抑,觉得到处都充满了令人烦躁的声音,大街上、超市里、餐厅中、菜市场,甚至连办公室和自己的小车内都有!晚上回家,空气中除了各种来历不明的声音外,他又清晰地听到了那个熟悉的嗡嗡嗡,而且声音比以前更大更尖锐,也不知是不是孟小刚又进了鱼或是换了更大的增氧机来报复他。他感到自己无比失败,短短几个月,竟然把一个人帮成了仇人!他躺在沙发上根本睡不着,无孔不入的各种噪音穿透他的身体,钻进他的脑壳,让他心烦意乱、精神恍惚。半夜时分,他感到自己的脑壳被震得马上就要爆炸了,胸腔也要爆炸了,整个世界都要爆炸了!他不顾一切地冲到阳台上,朝着楼下大喊:"孟小刚,我操你妈!赶快关掉增氧机,老子赔你钱!"说着从荷包里掏出那八千块,天女散花般撒下了楼。

……

吴明远从康复医院回到雅园小区时,这个世界已经发生了翻天覆地的变化:局长因落实渔民上岸政策有功,调到了更加重要的岗位;女儿很争气,考上了理想的大学;禁渔期结束了;孟小刚的菜店也关门了。

物业经理找到他,把门面押金退还他,并告诉他他住院后,孟小刚主动要求关掉店子。吴明远问:"他搬到哪去了?"经理说:"他说不开店贩鱼了,省得害别人,去哪里了谁知道,天吊族嘛。"

吴明远决定去看看孟小刚,并当面承认是自己关的电。他一个人开着车,沿着一条七弯八拐、坑坑洼洼的乡村公路行驶了近一小时,才找到孟小刚在建新农场的家。这个只有两栋四层楼房的小院子,原是农场下属一家研究所废弃的办公楼,渔民上岸时,改造成了三十二套渔民新居,他当时费了好大的劲,才帮孟小刚争取到一套。送他过来那天,渔民们正热火朝天忙着搬家,一个个喜笑颜开的。但现在,吴明远看到,院子里一片荒凉,长满野草,看不见一个人,俨然就像一处遗弃已久的鬼屋。他隔着窗户看到,很多房间里面都空空荡荡的,显然主人已经搬走了。他不知这里到底发生了什么。

他抬头一层一层地扫视,终于发现四楼的走廊里晾了两件衣服,就爬了上去,一个老渔民正孤独地坐在房间里补渔网。

吴明远问:"大爷,孟小刚去哪了?"

老渔民说:"回船上去了。"

"其他的人呢?"

"也回船上去了。"

老渔民告诉他,这里离湖岸太远了,他们进城、下湖都不方便,又没有收入来源,船停在湖边也不放心,干脆还是搬回船上住踏实。现在白天就只有他一个人守着这个摊子。

吴明远说:"你们难道不想上岸吗?"

老渔民说:"想啊,怎么不想,做梦都想,世世代代都想!但渔民离开了水和船,就不得命活哦!"

吴明远说:"不是搞了多次上岸技能培训吗?"

老渔民呵呵笑了起来:"我们大字都不识几个,学了几天电脑的开机关机就能混到饭吃?"

唉,多好的政策啊,多么残酷的现实啊!吴明远只能无奈地摇头。

这时,他又听见了那个熟悉的嗡嗡声,似乎从很遥远的地方若隐若现地传来。他紧张地问:"大爷,什么东西在响?"

老渔民告诉他，那是楼下增氧机的声音。渔民们把一楼的房子挖成了鱼池，当作渔获物的寄存处和中转站，这样鱼类可养得久些，价格也就不必受鱼商控制，比过去天天交给他们要高一点点。这也正是留下他守房子的原因，否则他也早住船上去了。

吴明远站在四楼的走廊上，把耳朵贴到墙壁上，用心去捕捉那个底层发出的声音。很快，那个微弱的声音就连绵不绝地穿透他的胸腔。他想，根据那个什么原理，如果自己的位置更高一点，可能感受到的震动会更大。

（原发《啄木鸟》2021年第3期）

比熊要来我家

打开房门，我看到罗爱芬像个肥猪一样躺在客厅的沙发上刷抖音，心中稍稍踏实了一些。罗爱芬本来笑得像猪叫一般的，看见我进来了，马上一个急刹车，让肚皮像波浪一样无声地起伏，但手机里的笑声依然连绵不绝。我放下钥匙，换鞋，脱去外套，挂好，然后又咳了一声，罗爱芬像往常一样，还是没有任何反应，眼睛只盯着自己的手机看。我进厕所撒了一泡带酒味的尿，把马桶冲得"哗哗"作响，之后夸张地趿着拖鞋，声势浩大地穿过餐厅，走进厨房。罗爱芬充耳不闻，理都不理。我打开冰箱门，发现里面空空如也——这肥猪，晚上也没在家里吃！我把冰箱门"啪"的一声重重关上，罗爱芬还是只看手机不看我。我只得装作到客厅茶几上拿丑柑吃，一边剥柑子，一边有点下贱地主动开了腔："明天上午张佳怡送比熊过来。"罗爱芬的肚皮跟着抖音的笑声在抖动，没吱声。我耐心地吃掉了半个丑柑，她还是不吱声。我提高音量,补充说明:"罗爱芬,快起来搞卫生,千万莫误了崽的大事!"

"啥,你说啥?"罗爱芬几乎是一个鲤鱼打挺,立马坐了起来。这个肥货,如今只有听到"崽"这个字眼,才能身轻如燕,才能刺激到她业已[1]麻木或者是腐朽的神经。崽,几乎成了我们之间唯一的共同话题。

我说:"张佳怡明天上午送狗过来。"

罗爱芬连连摆手:"快要她莫来,我不养狗!掉毛,又臭!"

我说:"你以为我蛮愿意?还不是你的崽要养。他说比熊不掉毛的,已经说好了让人家明天送来,咋办?赶紧把家里收拾收拾吧。"

罗爱芬眼一横:"怪不得才十一点就回来了,原来是叫我搞卫生哦。你搞不得!"说完又重重地往沙发上一倒。

我说:"我就是提前下桌赶回来收拾的,搞不搞随你,不过我搞不干净——张佳怡明天一早过来要是看到我们家脏乱差,不会认为男主人很懒吧?"

罗爱芬又刷了一会儿抖音,也许是没电了,也许是想清楚了,把手机放到一边,起来了。她一边整理沙发,一边自言自语:"张佳怡这个妹子也真是的,为啥硬要送条狗狗给我崽呢?"

张佳怡是我崽田野的高中与大学同学。这个名字,我们听了好几年,无比熟悉,但一直没见过面,直到今年过年时,崽才带她来家里吃了一餐饭。崽今年读研一,在北京,张佳怡去年考研没成功,留在家里复习,准备再考。我们问过崽多次:"张佳怡是不是你女朋友?"崽总说:"不是啦,就同学,玩得好而已。"

---

[1] 业已,方言,指已经。

我和罗爱芬都不信,因为从读大学起,每次放假回家,崽总是和张佳怡一起玩,而且是她家的常客,她家的比熊狗、她弟弟的糗事、她父亲的公司、她妈妈的茶楼,我们都听崽讲过很多次了。不是女朋友,怎么会常常在一起?怎么会这么关心她家的事?不过我和罗爱芬都不点破,只是意味深长地笑。崽看透我们的心思,不以为然地说:"你们想多了,我婚都不打算结,还谈什么爱。"罗爱芬大惊失色:"崽啊,老田家可就你一根独苗呢,不结婚怎么行?!你……你不会是不喜欢女孩子吧?"崽哈哈大笑:"我的老妈呀,你真是想象力太丰富了,我喜欢女孩子,可也得女孩子喜欢我啊。何况现在房价这么高、教育成本这么大,我哪有资格和资本去谈爱结婚生子?"罗爱芬说:"我们可以给你凑点的。"崽说:"得了吧,就你们那点工资,到北京连卫生间都买不起一个。"就在我们以为崽和张佳怡真是普通同学时,崽却在去年放寒假前通知我们,过年要带张佳怡来家里吃饭,让我们好好准备一下。我很高兴,罗爱芬更是欣喜若狂,那天她难得地跟我多讲了好几句话:"田志文,我家崽崽正常得很呢,他谈女朋友了呢,这个妹子好,一个城市的,又是同学,知根知底,今后一起到北京上海发展都没有问题,生活习惯一样嘛,好,很好。"罗爱芬总是自信地认定崽今后会在北京或上海工作,但她内心深处却对大城市的儿媳有一种莫名的畏惧感,想起就忧心忡忡。现在好了,崽找了张佳怡,她感到很亲切,至少名字亲切。当然,她也有点担心张佳怡不漂亮,否则同学这么多年,崽怎么一直不下手呢?

"漂不漂亮没关系,漂亮又不能当饭吃。"罗爱芬神神叨叨自我辩证一番后一锤定音,然后指示我:"你去取一万块钱新票子出来，张佳怡第一次来，又是过年，得打个大点的红包给她，不能丢崽的面子。"我说："别着急吧，还是先问问田野，说不定不是女朋友呢。"一问，果然说不是，还再三叮嘱我们千万不要打红包。过年时，崽带着张佳怡来了，哎呀，这女孩长得真好看啊，个子高挑，面容清秀，皮肤白皙，水灵灵的。人也很有礼貌，提来一大包高级水果，亲热地喊罗爱芬"田妈妈"，喊我"田爸爸"。这称呼，比叫"叔叔""阿姨"更显亲近。罗爱芬高兴极了，一改往日对我冷若冰霜的态度，笑眯眯的，还好几次主动朝我悄悄点头，表示非常满意。当然她这样做，也有表演给张佳怡看的成分。但崽始终不承认是女朋友，我与罗爱芬分析，认为他是害羞，或是还有些事情暂时没处理好，没有完全搞定张佳怡，所以不愿公开。想想也是的，这么漂亮、这么优秀的女孩，怎么会轻易让人追到呢。罗爱芬和我都决定暗暗帮儿子，至少不能坏他的事。在我们心中，张佳怡就是老田家未来的儿媳妇。

罗爱芬把家里的灯全部打亮，挽起袖子，拿着袜布，麻利地擦家具，沙发、躺椅、木凳、条柜、酒柜、立柜、落地钟、空调柜机……上上下下、内内外外、角角落落全都擦得干干净净，之后又在厨房、卫生间洗洗刷刷搞半天，最后推着洗地机，吭哧吭哧满屋飞。她似乎变得很快乐，完全没有往常搞卫生时的骂骂咧咧和敲敲打打。当然我也没闲着，按惯例把书房和客房收拾干净。到半夜一点多时，两人总算全部搞清，家里焕然一新，亮堂了很多。罗爱芬来检查我的劳动成果，把书房的每层书架都摸了个遍，看到没有灰尘才去客房。客房简单，就一张床、一个衣柜、两把椅子。罗爱芬撑着水桶腰，艰难地俯下身子看看床底下，满意，正准备离开，突然停下问:"枕头呢?"我说放主卧了。罗爱芬说:"拿过来,睡你的客房!"我说:"田野的父母这么分裂,他的女朋友张佳怡看到不好吧?"罗爱芬说:"你少名堂,人家一个小姑娘还会跑到卧室里去?"

我和罗爱芬结婚已二十四年了。认识时,我是单位的文秘,她是档案管理员。哎呀,还别说,那时的罗爱芬,就像今天的张佳怡,长得可好看啦,我挖空心思,费尽九牛二虎之力,甜言蜜语,"坑蒙拐骗",才把她追到手。结婚一年,她生了田野。那些年,尽管生活艰难,缺钱少米,但一家人其乐融融,非常幸福。如今我们房子有了几套,车子有了两辆,不为钱米发愁,崽也听话,两人却总是不对板,互相猜疑,彼此嫌弃,常常磕磕碰碰、吵吵闹闹。这不,前几天两人吵了一架,到现在还在冷战。早在田野高中毕业上大学去那年,罗爱芬就和我分床睡了。其实我巴不得,想想身边躺着一头吭吭唧唧的大肥猪,那是什么感觉?当然,我如今也很肥,肚子大得像个皮球,而且头发掉得一根不剩,脑袋成了一个光溜溜的肉球,想想罗爱芬晚上如果搂着两个肉球睡觉,也确实很恶心。

第二天是星期六,我睡到九点钟才起床。发现罗爱芬坐在沙发上看电视,茶几上摆满了刚买来的水果,有榴莲、芒果、荔枝、山竹、牛油果,都是我们平时舍不得买的货色。罗爱芬如今对我不感冒,对我崽的事还真是上心。我常常想,要是没生这个崽,我们只怕早就离婚了。看来,一个家庭要想稳固,还真的要有子女。年轻时我也曾觉得独身主义、丁克家庭很酷很好,现在看来,简直是狗屁。所以啊,一定要促成崽搞定张佳怡。

张佳怡过年来吃了一餐饭后，再没来过我家。但田野总是在电话、微信里提她。过年时，我和罗爱芬注意观察了，张佳怡和儿子之间绝对不是普通同学关系，因为两人躲着我们不时用眼神交流，然后会心一笑，嘻嘻哈哈又神神秘秘的样子，这不是恋爱是什么？年后儿子去北京上学时，特意告诉我们，说张佳怡家的比熊生了两只小狗，一公一母，她要送一只给他，待满月以后就抱过来，要我们好好替他养着。罗爱芬和我当场反对。我们两个如今都是不落屋的人，一个要打牌，一个要跳舞，哪有时间来喂狗？田野说，喂狗花不了多少时间的。我们又说脏，田野说，哪里脏，比熊特别爱干净。总之，我们提出的任何理由，他都坚决反对，意思是必须接受张佳怡送他的这条狗。看到他这么霸蛮①，我提醒罗爱芬，这只小比熊会不会是他们之间的某种象征或者是爱情的信物？罗爱芬想了一下，觉得似乎有道理，这才勉强接受。

　　我胡乱吃了点早餐，匆匆穿上白衬衫，套上黑色休闲西裤，用皮带把肚子扎得紧紧的，站到阳台上朝院子里张望，见没什么动静，坐下来开始玩手机。罗爱芬也穿得很整齐，似乎还化了点淡妆，安静地看电视。这很难得，如今我们的电视机一年都开不了几次。像这样的周末，往常我起床时基本上是看不到罗爱芬的。她一早就出去了，至于是干什么勾当，她从来不说，我也懒得问。当然她晚上回来，也很少能见到我，我常常要打牌到三四点钟才下桌。像今天这样大白天两人都坐在家里的情况，真是少之又少。我玩了一会儿手机，感到腰酸背痛，想起身到旁边的躺椅上躺下。

---

① 霸蛮，方言，指态度强硬、执着。

平时在家里，我都是穿着睡衣睡裤随意躺在上面刷手机的，舒服极了。但我刚一站起，才想起自己穿得很正式，躺下的话很快就会把笔挺的衬衫和西裤搞得皱皱巴巴的，影响形象，张佳怡看到了，岂不是会降低对我崽的好感？所以站起又坐下，还把腰杆子挺得直直的。这样坚持了十来分钟，感到实在是别扭，难受极了。便想，家是一个人最放松、最真实的地方，如果在这里还要装一装，端一端，那人生就太累太苦了。

罗爱芬好像也很不自在，她一开始在看一个电视剧，看着看着，就频繁地开始调台，很烦躁的样子。她没像平时那样把一堆肥肉随意地摊放在沙发上，而是正襟危坐，估计也是怕弄皱衣服和沙发套；茶几上摆满了水果和零食，可她也没像平时那样吃个不停，大概是怕吃花了口红或是弄脏了地面。我从阳台上悄悄瞄了她一眼，天啊，她居然戴了副长长的假睫毛，那侧脸，还蛮俏！我不由一笑，一条比熊狗的到来，或者说是一个张佳怡的到来，确切地说是一个不能确定的未来儿媳的到来，竟然改变了两个年过半百的中年人的状态，想想真是太滑稽了。唉，可怜天下父母心啊，为了子女的爱情，老骨头也赶上了新潮流。

罗爱芬终于坐不住了，几次欲言又止后，主动问我："她来没？到底说什么时候来？"

我说："崽只说是今天上午来，没说具体时间。"

罗爱芬说："你不晓得打电话问一声？蠢得死！"

我说："我哪有张佳怡的电话。"

罗爱芬说："谁要你打她的电话，问崽啊！"

我打了田野的电话，没接，也不知是在上课还是在睡懒觉。

发了一条微信过去，也不见回。

　　时间一分一秒地过去，罗爱芬的微信不时"嘀嘀"地叫，她一边飞快地回复，一边不停地看墙角的落地钟。看她那样子，是越来越着急，越来越烦躁了。果然，她猛地从沙发上站起来，朝我说："要等你来等，我出去有事！"我说："你发宝气啊，人家一个小姑娘，看见我一个大男人在家，她敢进来吗？我们这样做妥当不？"罗爱芬大概是觉得有道理，没再吱声，站了一会儿，又坐下了。她说："张佳怡为啥要送狗来啊，田野又不在家！"我说："我不是跟你讲过吗？可能是有某种特殊的寓意。"为了不让她在张佳怡面前失礼，我只得忍气吞声又认真给她分析一遍："听田野说，张佳怡家条件很好，她父亲是一个房产商，实力雄厚，对张佳怡管得很严，不让她轻易找男朋友。这个我们要理解，一旦两人确定了关系，就等于她父亲今后把财产送了一半出去。当然我们从没想过要人家财产，但人家不得不防啊。田野经常去她家玩，她妈妈很喜欢他，但她爸没碰过几次面，肯定不了解他，没表态，所以崽不敢公开称张佳怡是自己的女朋友。但我知道张佳怡肯定是喜欢他的，因为听田野讲，她家的两只小比熊，她把公的取名为椰子，母的取名为可乐。你想啊，'椰'和'野'不是一个音吗？椰子就是代表着田野；而'可乐'，与'怡'是不是一个意思？还不就是代表着张佳怡。现在她把'可乐'送给田野，自己留着'椰子'，意思还不是明摆着的？我们当时提出把狗子收下后，再送给别人养，他硬是不同意，硬是要我们帮他养着，还不就是因为这特殊的寓意。何况，比熊一身雪白，还象征着他们爱情的纯洁无瑕和一尘不染，你说是不是？"罗爱芬听我说完，情绪稳定了一些，但还是气嘟嘟地说了一句："我的崽才不稀罕人家的财产呢。"

落地钟响了十一下，张佳怡还是没来，田野也没回话，我不由得有点着急了，因为家里没买什么好菜，如果她这时来了，吃饭还真是个问题。出去吃的话，当然可以，但这个点了，好地方肯定是没位子了，更不用说包厢了，只能随便找个普通店坐大厅吃。要是因这事把人家得罪了，那就真是无法向崽交待了。唉，智者千虑，必有一失，我怎么就没想到她会来吃中饭呢，一门心事想的是她一早就送狗来。我常骂罗爱芬是猪，其实我更像猪。

这时我的微信响了，我以为崽回话了，一看是牌友约我去"欧洲风情"茶楼吃饭，饭后当然是打牌，按惯例周六一般是整个下午加通宵。上个星期，我手气痞[1]，丢了好几千，正想着这周捞回来，没想到碰上张佳怡来送狗。如果她还不来，我赶不过去吃饭，他们就会另外喊脚[2]的，我这个星期想扳本的计划可能就流产了。这些年，我沉迷于牌桌，也不知输掉了多少银子。由于常常熬夜，还把罗爱芬给冷落了，搞得她老跟我吵。我知道打牌不好，可是不打牌又干什么呢？我都五十出头了，做了近二十年正科，工作兢兢业业，业务数一数二，但一直得不到提拔，心早就死了。打点牌，多少能打发一下无边无际的时间，刺激一下业已麻木或者是腐朽的神经，带来某种很真实的快感。我问牌友都是谁，牌友说除了我们雅园三兄弟，还喊了个女的，叫"寂寞的心"。"雅园"

---

[1] 手气痞，方言，指手气差。
[2] 喊脚，方言，指再叫一个人来（凑数、顶替、加入）。

是我们小区的名字,"寂寞的心"是微信名,我也不知她真名叫什么,在麻将馆加上的。这女的长得好看,年纪比罗爱芬要小好几岁,而且苗条多了。她牌技不行,牌品却很好,舍得出钱,我最喜欢跟她打了。当然我想跟她打牌,并不完全是为了赢她的钱。听说"寂寞的心"要来,我想都没想,下意识地回复牌友:"马上到!"

我也开始坐立不安起来。我想再等二十分钟张佳怡如果还没来,就找个借口出去,让罗爱芬在家里等她。她是女的嘛,一个人在家又没关系。张佳怡来送狗,又不一定非要我在家,我出去了又有什么关系呢?正在这样想着,手机响了。我一看,是田野。他说:"张佳怡今天不来了,原本是要送可乐过来的,因为昨天给它洗了澡,想弄干净一点送来,没想到搞感冒了,上午观察了一阵,一时好不了,你们俩又没经验,干脆治好后再送来。"我大喜,忙说:"不来了好,不来了好,她自己留着养更好。这么娇贵,我们真的养不好呢。"田野说:"肯定会送过来的,时间再约吧。"

我与崽通话还没结束,罗爱芬就背着包准备出门,出门时对着镜子重新描了描眉,补了补口红,甚至还扭了几下水桶腰。我心底突然蹿上一股无名火气,喊住她:"跑这么快想去干什么啊?"

罗爱芬说:"吃饭啊,关你屁事!"

我说:"是去跟野男人吃饭跳舞吧?几十岁了,还戴个假睫毛,搞得像个妖精,我以为是画给张佳怡看的呢,原来是自己想出去骚!"尽管我也想溜出去与"寂寞的心"一起吃饭,但觉得罗爱芬丢下我不管、先我出去吃饭是对我的无视和侮辱,我这个男人就败倒在她面前了,所以心头非常愤怒。

我冲过去拦住了罗爱芬。

罗爱芬说:"田志文,你不也常常跟野女人吃饭打牌吗?怎么,我就连门都不能出了?!"她叉着腰杆子,七里八里①,反而把我数落一顿。我怎能咽得下这口气,粗着嗓门与她大吵了一场,要不是看到她门板样宽阔的身段我实在没有胜算,不然早就动手了。想想"寂寞的心"还在等着我,最后我主动让了一步,装作无意地移动到一边,看着她打开房门趾高气昂扬长而去。

其实,对于肥猪一样的罗爱芬,我是放心的,也是信任的。她都满五十了,又这么肥,能玩出个什么花样?我知道她跳舞主要是为了减肥,当然也是为了消除寂寞,她都这个年纪了,管了一辈子档案,还有几年就退休,你要她怎么去追求上进嘛?她又不爱打牌,也没别的爱好,不跳跳舞你又要她干什么嘛?我尽管心里理解她,但多年来,两人就是互相看着不顺眼,有事没事总要吵几句,冷战就像间歇性精神病,悄无声息地侵入我们的日常生活。早在崽还只有八九岁时,看着这种吵吵闹闹不得安宁的局面,我就萌生了离婚的念头。我想,等崽考上重点高中一定离!崽考上重点高中后,又想,等他考上了大学再离!考上大学后,又想,干脆等他考上了研究生再离!如今却在想着等他与张佳怡修成正果后再来处理自己的事。唉,要不是怕影响崽的学业与事业,哪会拖到如今,弄得现在年过半百,有家等于没家,夫妻两人各玩各的,形同陌路。当然,身边的熟人朋友这种情况也多,每到毕业季,总有不少家长离婚。听到这样的消息,我一方面会心一笑,无比理解,一方面又苦涩一笑,无可奈何。因为更多的中年夫妻

---

① 七里八里,方言,指没事儿找事儿、节外生枝。

总是一拖再拖，最后凑合过了一辈子。我觉得我与罗爱芬越走越远主要是没有共同语言，当初谈恋爱是因为都喜欢诗歌，结婚后慢慢就只关注炉和锅了，如今都几十岁，谁还去谈那些幼稚可笑、傻不拉几、虚无缥缈的话题？所以动口就只剩下吵了。崽从小就看着我与罗爱芬吵架，怪不得他曾说不想谈恋爱结婚，想想真是罪过。现在他与张佳怡有那个意思，真是好事啊，看来这婚还是不能离，至少在张佳怡送狗来的时候，别让她看出我们的异常。

我与罗爱芬又有几天没说话，她跳她的舞，我打我的牌，互不干扰，互不理睬。周一的时候，田野打来电话，说张佳怡周日送可乐过来。我说好。田野说："她妈妈一起来。"我听后没放到心上，认为是她妈妈怕小姑娘一个人来不方便。

崽的事是大事，我只好又下贱地主动开腔，把这事告诉了罗爱芬。罗爱芬开始还爱理不理的，一听说张佳怡妈妈要来，惊得从沙发上弹了起来，也顾不得还跟我处于冷战期，尚未正式恢复友好邦交，果断地吩咐我说："赶快到帝豪大酒店订一个周日的包厢，到五洲商厦选几件像样的礼品，家里的卫生周六喊家政来，彻底搞干净。"我说："不就是来送只比熊狗嘛，客气一点是应该的，但没必要搞这么隆重吧？"罗爱芬说："你平时还号称在单位如何如何能干，其实屁都不懂！你当张佳怡妈妈真是陪着来送狗啊，她们这是来看人家搞暗访呢！"啊，原来是来"看人家"哦，我怎么没想到呢！在我们这地方，尤其是先前的农村，年轻人在确定关系前，女方会公开或半公开甚至是暗中去男方家里看一看，访一访，了解一下男方的经济条件、家风家教、生活习惯，再根据所见所闻，决定是否同意这门婚事。所以"看人家"这个环节，在婚姻中起到至关重要的作用。现在自由恋爱，没有这么多繁文缛节了，但人家借口送狗来看一下也是可以的啊。我觉得在这些事情上，罗爱芬比我懂得多，也敏感得多。她这么一说，我认为她的判断是对的。你想啊，人家一个千万富翁，女儿又长得这么漂亮，不讲门当户对，至少家庭条件要过得去吧？家风家教、生活习惯要好吧？单听女儿说大人没上门看看，怎么能放心？哎呀，我是说为什么一定要送一条比熊狗来，原先还以为是年轻人的爱情象征，现在看来，是千万富翁的暗访道具哦！为了崽的幸福，我们一定得慎重对待。

接下来的几天，我与罗爱芬摒弃前嫌，同心同力，一门心思谋划张佳怡妈妈来"看人家"的接待事宜。我早就到帝豪大酒店订好了包厢，菜谱也研究了好几遍，最后定下的菜单中西结合，海鲜与本土菜交相辉映，白酒、红酒、黄酒饮品应有尽有，看起来既丰富又不铺张，既低调又奢华，一切都是那么的恰到好处。礼品也在五洲商厦跑了多次后选定，给张佳怡的是一个小鳄鱼皮钱包，看起来不起眼，实则价格不菲；给她妈妈的是一个LV的小手包，提着去打麻将最合适。罗爱芬说，家里的沙发套、窗帘、被套都太旧太次了，全部扔掉，换新的。水果的话，尽管上次买的还没吃完，但不新鲜了，也重新买。零食倒好办，直接到临港自贸区保税商店买进口货。周六的时候，家政公司也派来了三个阿姨，像过年那样搞了一次大扫除，厨房和卫生间简直就像刚装修一样干净……可以说是一切准备就绪，坐等张佳怡和她妈妈到来。哦，差点忘了，还有一条叫可乐的比熊狗。

周日那天，我和罗爱芬都起得很早。罗爱芬还特意跑到客房里，把我的枕头拿到主卧室，跟她的并排摆到一块。说实话，尽管准备得非常充分，但我们还是有一点点紧张，特别是罗爱芬，反复问我这准备好没那准备好没，又不断地换衣服要我看，问是不是显得很瘦，还隔一会儿又去补补妆，在镜子前照来照去，扭来扭去。

十点钟时，儿子田野打来电话，说张佳怡妈妈等下就送可乐过来，他已把雅园的定位和我的手机号发给她了，她到小区后会打电话给我的。罗爱芬紧张得不行，连连问我："到哪了？到哪了？"

没过多久我就接到了张佳怡妈妈的电话，她很客气，我也很客气。她说已到了我们小区的篮球场，我告诉她我家就住在东边的26栋西单元8楼东边801。她只"哦"了一下，没有接话。我赶紧说："要不我下来接你们上来。"她说："我就不上来了，麻烦您下来接一下狗狗。"我一下懵了，我们准备了这么久，准备得这么充分，还不就是为了让她来"御览"一下，以便得到她的肯定，从而让田野搞定她的女儿张佳怡。现在她连楼都不上，门都不进，那我们不是白搞了么？她又怎么能考察出我老田家浓厚的文化氛围、良好的家风家教、高雅的生活品位呢？我着急地说："您还是上来坐坐吧，我夫人也在家里等着您呢。我们已在帝豪订好了包厢，中午一起吃个便饭。"张佳怡妈妈说："您太客气了，谢谢！我中午要去参加一个亲戚的婚礼，就不上来了。"我还想说什么，一直侧着耳朵听我们通话的罗爱芬连连摆手，示意我不要再说了。我只好说："那行，我马上下楼来接狗狗。"

我正准备开门下楼，忽然想起给她们准备好的礼物。人家有事不上来了，作为男方我们礼节不能失，还是带下去送给她们吧，让她们有个好印象，这对崽有好处。我要罗爱芬把礼物提来，她早就斜躺在沙发上了，裙子的侧面拉链拉开一半，一大堆的肥肉被解放出来。她一边嗑着夏威夷果，一边不屑地对我说："你发宝气啊，她们又不是来'看人家'的，送什么礼！"我说："那我也不好意思空手下去啊，毕竟人家白送我们一条狗。"罗爱芬说："把前天别人送你的茶叶提一盒去。"我准备提两盒，盯着我看的罗爱芬大声说："一盒够了！"

在篮球场，我见到了张佳怡妈妈，很高，年纪似乎比我与罗爱芬要小点。她打开奔驰迈巴赫S600的右前门，从副驾驶座上抱出一只纯白色的胖小狗。我注意到开车的是一个年轻的帅小伙子，估计是张佳怡的弟弟。我朝后座瞥了一眼，空的，没有看到张佳怡，不知为什么没来。我也不好问，把一盒茶叶顺手放到副驾驶座上，然后接过张佳怡妈妈递过来的比熊狗。为了找话头，我明知故问："狗狗叫什么名字呢？"张佳怡妈妈说："叫椰子，三针疫苗都已打完了，很好养的。"说完朝我挥挥手，打开车后门坐了进去。我心里一惊，不是说好送可乐过来的吗？难道事情发生了变化？

我抱着比熊上楼，一边走一边看。狗倒真是一条好狗，毛茸茸的，香喷喷的，圆圆的脑袋，黑黑的眼睛，萌萌的样子，看了就让人想亲几下。罗爱芬也很喜欢，只看了一眼，就从沙发上起来接了过去。

我走进书房，拨通了田野的电话，有点沉重地告诉他："张佳怡没来，是她弟弟开车送她妈妈来的，连楼都没上，放下狗子就走了，是不是对你有什么意见？"田野哈哈大笑："老爸你真是想多了，她弟弟还在读小学，怎么会开车，那是她男朋友呢！狗子肯定是他给换掉的。他还是狭隘了，怕张佳怡天天喊我名字的谐音。"我更加迷惑："你没有跟张佳怡谈朋友啊？"田野说："早跟你们说过啊，我们只是同学。她家那么有钱，怎会找我？找了门不当户不对，今后难得吵架。"我说："那你过年又带她回家吃饭？她还要送狗给你，名字也叫椰子！"田野说："实话告诉你吧，这狗就是送给你和妈妈喂的。你们俩那点事我上初中就知道啦，去年跟张佳怡讲了，她说她爸妈以前也这样，但自从家里养了一条狗就好起来了，还生了个二胎。我过年带她来家里吃饭，就是让她看看你们的状态。她看后认定你们是有感情的，之所以出现问题主要是没有共同话题，养条狗能很好地改善关系。正好她家的比熊生了两条小狗，就送一条给你们。名字是她随便取的，没你想的那么复杂。你和妈妈就好生养着椰子吧，它会给你们带来欢乐的。"

原来如此。我还以为这只小比熊是为了增进他们年轻人的爱情，没想到是为了调和我们中年人的感情。"可是儿子，张佳怡看不上你，你还是得另外找一个女朋友啊。"

田野开玩笑说："老爸，你别操心啦，实在找不到，我就养条小比熊，相依为命过一生。"我无奈地摇头。

我放下电话，走出书房，看到罗爱芬正和椰子玩得不亦乐乎。她甚至还趴到地上，扭动肥肥的腰肢学狗叫。我一笑，走了过去，也趴下来，与她一起逗它。这只洁白无瑕的胖比熊，真是爱死人啊。

（原发《北方文学》2025 年第 5 期）

野鸭子

第一次看到芦溪河上游的景象,我一下惊呆了,脑海中迅速跳出的,是"黄河远上白云间"这句古诗。这条像从云天间笔直流淌下来的河流,在逆光中显得无比虚幻,让我莫名地感到忧伤。

芦溪河是连云山中的一条大水道,四面八方的雨水全部汇集在此,然后浩浩荡荡地奔向汨罗江。听父亲说,芦溪河的源头在一千三百多米高的寒婆坳,那里似乎是世界的尽头,除了莽莽苍苍的大山,再也没有任何出路。这条河流原本是弯弯曲曲的,隔一小段,就会出现一个波光粼粼、深不可测的潭湾,但搞集体的时候,为了多得到一些水田,公社组织劳力把上游二十多里的河道全部裁直了。我觉得眼前这条被改造过的河流,光溜溜的,显得非常僵硬和直白,毫无生机与活力,远不如流经我们村庄的自然形态的中游。我想,如果河流也有生命,它一定会感到委屈和疼痛的。可是野伢子和唐鸡屎却不这么认为,他们一致认定,上游的河道好，更容易捉到鱼虾。

我们三人同住在芦溪河中游的村庄，同时考上初中，又分在同一个班，所以关系非常亲密，上学总是同去同回。乡中学在芦溪河上游河畔的台地上，如果走砂石铺就的公路，大约有十二里，但到邻村后再沿着裁直的河道行走，则只有六里。我们没钱搭车，家里也没有自行车，只好一步一步地沿着河堤走。

每天清晨，我们从村庄出发，沿河逆行。芦溪河在我们村里是弯曲的、沉静的、肥厚的，水深得很，平时我们都不太敢下河游泳，至于想捉到鱼，那基本上是不可能的。一到邻村，河道赤裸裸地出现在我们眼前，笔直地连接着远处的山峦，河水也哗哗地响起来，满河都是南瓜大小的石头，河水在石头缝隙里顽强地往前钻。有时候，河道中央或是两侧大片大片的菖蒲和灯芯草还会让河水突然消失。我估计，这里的河水顶多齐我的膝盖，鱼只怕也不多。唐鸡屎说："哪有，就一脚背，不过大鱼还是有几条的。"野伢子说："你们都说错了，有的地方比膝盖深，大多数地方只齐小腿，这里水流急，藏不住大鱼，可小鱼多得撞脚呢。"

对于这段河道，野伢子最有发言权，他比我们都熟悉。野伢子大我两三岁，三年前他妈妈得急病过世了，刚上五年级的他回家后再没来上学，他父亲买了两百只鸭子给他放。他经常到芦溪河的上游放鸭，对这里了如指掌。那时节，没娘的野伢子穿得破破烂烂，放鸭的野伢子全身脏不拉几，俨然一个没人管的小野人。人们都不叫他的本名，只叫他野伢子，也可能叫的是野鸭子或是鸭伢子，反正发音都差不多。不管人们叫他什么，野伢子都答应。他觉得自己真的就是一个野伢子，或是一只野鸭子。是班主任黄老师把他重新带回了学校,她一直记着这个成绩特好的学生,无数次找他父亲。他父亲只说家里困难,他自己有钱就去读。野伢子放了三年鸭,还清了父亲买鸭子的成本,还攒了点学费,终于又回到了教室,成了我们的同学,并且考上了初中。

一路上,野伢子总是滔滔不绝地跟我们讲这段河道的故事。从他的口里,我们知道了主持改造河道的公社书记是个女的,叫李妹兰,泼辣得很;知道了像他这般年纪的小鸭倌,芦溪河上游还有三个,他最不喜欢的一个叫精光;知道了放鸭子其实很累,早晨背一篓谷子出门,晚上背一篓鸭蛋回家,中午吃的是自己带的冷饭……特别是他还讲了很多种捉鱼虾的方法,让我和唐鸡屎充满了兴趣,几次想下河试一试。野伢子拉住我们说,上学可不能迟到,放学后再来吧。

放学后我和唐鸡屎背着书包就往前冲,野伢子却磨磨蹭蹭,故意落到最后。看到我们埋怨他,他悄悄地说:"如果同学们发现我们下河捉鱼,报告了老师可就麻烦了。"我们觉得他想事周到,就听从他的,等同学们都走完后,才从距学校里把路的地方下河。

河水真的不深,但流得很急。我们看不清河里的鱼,但真的能感到鱼在撞脚。我和唐鸡屎兴奋得大喊大叫,在河道里冲来冲去,又是丢石头,又是用棍敲,把裤子都搞得湿透了,鱼却一条也没捉到。野伢子看到我们的狼狈样,笑个不停。他说:"河道中央的鱼不能这样捉,得用拦江网。"又说:"这里的鱼太小,一指的网都不行,得用半指的。"我们不懂啥一指半指的,他告诉我们:"一指就是网眼一个指头大,半指就是半个大。"我知道他以前放鸭时顺带捉鱼,家里有拦江网,就要他明天带个半指的来,他却摇摇头,说:"整个芦溪河流域都不会有半指网。"看到我们疑惑的眼神,他解释说:"半指网的都是小鱼仔,做的是断子绝孙的事,织渔网的人都不肯做,硬是有人要,也得出高价。"这样的知识我和唐鸡屎从来没有听说过,我觉得放了三年鸭子的野伢子,比我们懂的多得多。

没有工具怎么捉鱼啊,我和唐鸡屎很失望。野伢子说:"不急,有办法。"他带着我们走到河床边,捡来一块不大不小的麻石,对准浅水区的一块大石头,狠狠地砸了下去,然后要我们一起把石头掀开,水面上马上浮起几条三四寸长的小鱼。它们全都被震晕了,肚皮白白的,横躺着一动不动。唐鸡屎飞快地把鱼捡起。我看到掀开石头的地方还有好几只大木虾,就用手去捉,哪知还没碰到它们,它们一个弹跳,就不知哪里去了。我呆呆地站在河水里,满脸惆怅。野伢子说:"大木虾有壳,震不晕的,而且它们不是往前走的,是往后退的,你这样捉不行。"掀开另一块石头后,他示范着教我们捉虾子。只见他先把左手半拢成一个窝状,放到离虾子尾巴两个拳头远的地方,然后用右手小心地往虾子的头部移动,虾子发现眼前的手,先是慢慢往后退,突然就猛地一退,蹿到了他的左手窝里,他左手迅速一压,一只青黑的老虾就在他手中活蹦乱跳了。整个过程简直是迅雷不及掩耳,完美得一气呵成,我和唐鸡屎都佩服不已。

从此以后,只要天气晴好,放学后我们三人就沿河而下,分工合作捉鱼虾。在石头底下,我们翻出过螃蟹、沙鳅、油刁子,甚至还翻出了一只大脚鱼,可惜没有捉住。五六里的路程,我们常常不知不觉就走完了,而且内心快乐到了极点。上岸的时候,野伢子把渔获平分成三小堆，我们一人拿一堆。其实鱼虾大部分是他捉来的。

有一天我们在捉鱼时，野伢子在菖蒲丛里捡到了一个大鸭蛋，不久又捡了一个。我和唐鸡屎围拢过去，问是不是野鸭子下的。野伢子说："野鸭蛋要小一点，这个肯定是精光家的鸭下的。"他说："精光这家伙把鸭子看得可真紧，下河这么多天了，我才第一次捡到两个蛋。"我这才想起他每次捉鱼都不太专心，总是东张西望，尤其是喜欢到菖蒲丛和灯芯草丛中去拨弄，当时还想，草丛里又没鱼虾，他老去看什么，原来是想捡蛋哦。

野伢子小心地把两个鸭蛋放进自己的书包，告诉我们，吃芦溪河鱼虾长大的鸭子一天能下一个蛋，大部分鸭子会把蛋下到鸭棚里，可也有一小部分鸭子会下蛋到河里，有的鸭子甚至会固定把蛋下到一个隐蔽的地方。他放鸭子时，要时时盯住它们，不然就不知蛋下到哪里了。他说精光以前老欺负他，经常捡他的蛋，还说是野鸭子下的。

捉鱼虾很好玩，但鸭蛋更有吸引力，不但好吃，还能卖钱。这些天我每天带到学校的中饭菜，就是自己捉来的小鱼虾，早就想换个口味了。小鱼虾偶尔吃吃还行，餐餐吃可受不了，芦溪河畔的人都不太爱吃这玩意，怕腥，又耗油。唐鸡屎也说，不想捉鱼了，大家一块捡蛋吧。

我们按照野伢子的方法，到菖蒲丛中、灯芯草丛中、河堤脚下、大石头背后等地方细心寻找，一会儿唐鸡屎就捡了一个，没多久我也捡到一个。在碧绿的菖蒲叶下发现那个白白的椭圆形鸭蛋若隐若现时，我的心竟然怦怦直跳，就像发现了新大陆一样。把鸭蛋握到手心的时候，我感到了沉甸甸的分量，内心的收获感和成就感油然而生。我没有想到，捡野鸭蛋原来这么有趣有味，比捉鱼更让人刺激和惊喜。

这一天，野伢子共捡了八个蛋，我捡了三个，唐鸡屎也捡了两个。野伢子高兴地说，精光肯定是看漂亮妹子去了。

上岸的时候，野伢子没像平时分鱼一样分蛋，而是各归各的。我和唐鸡屎也没想要分他的蛋，我们都沉浸在明天中饭有鸭蛋吃的喜悦中。

第二天中午，我和唐鸡屎吃的都是两个黄澄澄的煎鸭蛋。鱼虾转化来的鸭蛋果然好吃啊，香喷喷的，油滋滋的，肥嫩嫩的。我们看了一下野伢子的饭碗，他吃的还是没什么油的小鱼虾，腥得很。我问他为啥不带鸭蛋来吃，他说以前放鸭子吃得太多，厌了。

以后放了学，我们除沿河而下捉鱼虾，更多心思放在捡蛋上面。我担心不会每天都有收获，野伢子说，芦溪河里天天有人放鸭子，不管主人如何细心，总会有遗漏的，何况还有这么多绿头野鸭子，它们也生蛋的。野鸭子我见过，比家养的麻鸭子要小些，它们常常漂浮在河道中央，奋力地逆流而上，人一靠近，头一低钻到水底就不见了。有时在菖蒲和灯芯草丛中也能发现它们，好几只，见到有人来，就惊慌地四下散开，追急了，还能展翅飞翔。我觉得它们更像一种水鸟，不可能生蛮多的蛋。野伢子说，能生，比鸭蛋还好吃些，蛋壳是灰绿色的。

后来几天我们捡的蛋都没有第一天的多，好在每人每天都能捡一两个，不致断了我们的兴趣。其实对于捡蛋，我也没有太大的期盼，有就行，并不在于多。我觉得捡蛋最大的乐趣，是发现的那个过程,而不是结果。唐鸡屎似乎慢慢又回到捉鱼虾上面去了,他一直在寻找那只逃跑掉的脚鱼。只有野伢子,每次上岸都要骂一句精光,说:"这家伙怎么不看漂亮妹子了。"唐鸡屎说:"你老要人家看漂亮妹子干啥?"野伢子说:"你蠢吧,他不打野眼我们怎么能捡到蛋?"唐鸡屎说:"是这样哦,那我有办法。"

唐鸡屎有一个手持小游戏机,是他嫁到城里的姑姑送的。这个游戏机里的游戏我后来才知道叫俄罗斯方块,当时觉得好神奇。唐鸡屎说他愿贡献出来,借精光玩几天,保证能让他眼睛不再盯着鸭屁股。野伢子非常高兴,第二天就带着唐鸡屎把游戏机借给了精光。精光起初还爱理不理的,试着打了一盘后,马上就爱不释手了。

那些天我们果然捡了不少蛋,特别是野伢子,每天都能捡小半书包。上岸时,他乐呵呵的,还唱起了刚学的新歌。我觉得他好奇怪,自己又不爱吃蛋,为何要天天捡这么多?

精光很快识破了我们的阴谋。他果断把游戏机还给了唐鸡屎,并大骂了野伢子一顿,要不是我们有三个人,他肯定会把野伢子揍个半死的。

接下来好些天,我们几乎没有什么收获,精光把鸭子看得更紧了。我和唐鸡屎无所谓,没蛋捡就捉鱼虾吧,好玩就行。野伢子却一副很着急的样子,拨开每一片草丛细细地寻找,但他始终是两手空空。

那天我一个人在河堤边的浅水区捉木虾,无意中发现河堤脚下一个碗口大小的洞隙里面,似乎有一堆白白的东西。走近细看,好像是蛋。我正准备伸手进去掏,突然想起父亲的告诫,担心是蛇蛋或乌龟蛋，赶忙把手又缩了回来。我大声喊叫，说发现了一堆蛋。野伢子几步冲了过来，趴下侧着脑袋看了一会儿，高兴地说："不是蛇蛋，是鸭蛋！"他匍匐着伸手进去，掏出了一个壳子淡青色的鸭蛋，用两根手指捏着，对着太阳照了照，咧着嘴开心地说："新鲜得很呢。"我也很高兴，伸手准备去接蛋，他却轻轻地放进了自己的书包。

他掏啊掏，一共掏出了十八个鸭蛋，全部放进了自己的书包。我在旁边看得清清楚楚，也算得清清楚楚。他掏完后站了起来，嘴角的笑依然鲜明。我也笑呵呵地看着他，等着他给我鸭蛋。哪知他却只在我肩膀上拍了两下，就背着书包走开了。我一下懵了，看到他走了好远才反应过来。我踏着河水冲了过去，一把扯住他的书包带，气喘吁吁地说："鸭蛋是我发现的！"野伢子护住自己的书包，睁大眼睛说："是我一个个掏出来的呢。"我说："是我叫你过来的。"他说："谁要你自己不掏。"我们两个就争吵起来，唐鸡屎跑过来也不知怎么劝解。其实对于这些蛋，全给了他也没关系，但他这么不讲道理，我倒要坚决维护自己的利益了。想起自己从小就是班长，成绩从来都是第一名，可自从五年级他插班进来后，我就始终只能得第二名，心中的委屈和怨气此时一齐爆发。我大声吼道："你一个留级生牛什么牛，快把鸭蛋还我！"然后拼尽全力猛地把他的书包带一扯，书包带一下断了，书包被摔出好远，重重地砸在一块石头上，鸭蛋破碎的声音随之传了过来。我们两个都惊住了。但只一瞬间，他突然号叫着向我扑了过来，把我狠狠地推倒在河水里，又用脚踢了我几下。要不是唐鸡屎把他扯开，只怕还会打得更重。我从没想到过他会打我，不知是骂了他留级生刺激到他哪根神经，还是他心痛那些被摔碎的鸭蛋。

我浑身湿透，呜呜地哭着回家了。从此以后，我再也不跟野伢子同行。我要唐鸡屎也别跟他走，唐鸡屎却像个叛徒，两边讨好。我决定自己一个人走，不理他们。三个人维持了两个多月的友谊，就此破裂。

时令很快进入冬季，天气慢慢冷了下来。不能再下河捉鱼捡蛋了，野伢子就和唐鸡屎一块，沿着河堤上学、回家。我一个人孤独地行走在他们身后，看到他们有说有笑，看到河道的中央，野鸭子成群结队，内心感到又冷又痛。

一个学期结束了，新的学期又开始了，我发现野伢子没有再来上学。没多久，就看到他挥舞着一根长竹竿，又成为芦溪河上的一名小鸭倌。他大约放了两三百只半大鸭子，每次我从他身边经过时，他都笑眯眯地望着我。我装作没看见，不理他。

唐鸡屎没人陪着同走了，又死皮赖脸地等我。我清高了两天，慢慢就接纳了他。其实在我的内心，一直想与他们和好，可总是放不下面子。

转眼就过了"五一"节，天气一天天热起来，我们又穿着凉鞋短裤上学了。一天放学后，看到河里一群野鸭子在奋力地逆流而上，唐鸡屎提议下河去捡蛋。我毫不犹豫拒绝了他。一提到捡蛋，我就想起野伢子霸占我的鸭蛋并把我打倒在河里的场景，心中的怨恨感和羞耻感就会随之而来。这些天，我们经常在河堤上碰到放鸭子的野伢子，每次他还是笑眯眯地望着我，想和我说话。我目不斜视，昂头而过。唐鸡屎倒是总要停下来，和他说上几句，有时还从书包内掏出一本书借给他看，见我走远了，才像条狗婆蛇一样，扭着肥胖的身子追上来。

唐鸡屎说："那就不捡蛋，捉鱼，好啵？"

说实话，整个冬天，我做梦都在想着捉鱼虾。这是我长到十二岁最快乐的一件事。见我有点迟疑，唐鸡屎扯着我的手就下了河。我一边捉着鱼虾，一边悄悄地在水草丛里搜寻鸭蛋，但一个也没找着。上岸分鱼时，我回头发现野伢子拿着长竹竿，远远地望着我们，眼神中似乎充满了羡慕。一种优越感，突然在我心中升起，我仿佛有了报复后的快感。

接下来，我们又像去年秋天一样，每天放学后都沿河而下捉鱼虾。唯一的不同，是三个人的团队变成了两个人。捉了几天鱼虾后，我们又开始捡起蛋来。也许是更加专心，也许是野鸭子越来越多，我们每天都有不小的收获。在菖蒲丛中、灯芯草丛中、河堤脚下、大石头背后，我们常常发现一个又一个小小的鸭蛋。我拿着这些跟土鸡蛋差不多大的蛋问唐鸡屎："这是野鸭子的吗？"唐鸡屎说："精光的大得多，这是野鸭子的。"

野鸭子啊，感谢你给我们带来快乐，带来收获！

转眼就到了"六一"儿童节，那天全乡的中小学生都聚集在乡中学，举行了隆重的庆祝活动，每个学校都表演了节目，每个学生都领到了两个芝麻饼子，大家都无比开心。我作为全年级第一名还代表初一学生发了言，学校特意给我们三个年级的第一名一人发二十元奖学金。这是我从五年级以来，第一次由第二名升到第一名。我突然想起了野伢子，要是他不辍学去放鸭子，今天发言的肯定是他，拿奖学金的肯定也是他。可现在，他却只能在河堤上吃着自己带的冷饭。我忍住口水，把平时难得吃到的两个芝麻饼子放进了书包。我想放学时带给野伢子，从此与他和好。

　　这一天下午不上课，我拉着唐鸡屎往河堤上跑。唐鸡屎以为我要去捡蛋，我说："不是的，去找野伢子。"唐鸡屎说："野伢子没放鸭子了，他爸爸昨天已把他送到寒婆坳去学做草纸。"我大惊，忙问为什么。唐鸡屎说："野伢子常找他借教材看，他说卖鸭蛋攒了钱还要来读书的。前几天他躺在河堤上做代数题目时忘了管鸭子，鸭子跑到河边的秧田里，把人家的晚稻种子全糟蹋了。结果鸭子被人家打死好多，他爸爸还得赔人家种子钱。他爸爸一气之下就把鸭子卖掉，把他送到大山里去了。听说做草纸蛮苦的，当学徒尤其拿不了几个钱。"

　　我说："你怎么不早告诉我啊！"

　　唐鸡屎说："你不是不理他吗？人家给你吃这么多蛋你都不理他，没良心！"

　　我惊呆了，忙问："吃什么蛋？"

　　唐鸡屎说："我们这些天在河里捡的蛋都是野伢子故意放的，他想表达对你的歉意，可你还是不领他的情。"

　　我说："我不知道啊，问了你，你不是说野鸭子的吗？"

　　唐鸡屎说："我说的是野伢子，你听成了野鸭子！野鸭蛋是灰绿色的，我们捡的全是纯白色的嫩鸭子蛋。"

　　我捏着书包里的芝麻饼子，喉头突然感到发硬，一腔热泪，瞬间模糊了双眼。我擦了擦眼睛，转身朝着芦溪河上游望去，只见一条笔直的河流，仿佛从云天间流淌下来，在逆光中显得无比虚幻。唉，一条好端端的河流，为何不让它自自然然地流淌，为何要这么急功近利地对它进行改造？这条河流的源头寒婆坳，可是世界的尽头啊,那里除了莽莽苍苍的大山,再也没有任何出路。野伢子待在那个遥远的地方,会过得好吗?

我把目光转向脚下的河道,看到一群野鸭子正在奋力地逆流而上。野鸭子,你们快快游吧,我知道,你们都能展翅飞翔!

(原发《连云港文学》2023 年第 3 期)

锣声为谁而响

杨继舟汗巴水流①奔到场部时,太阳正辣得紧,晒得办公楼下的几株大叶青,也有气无力地打起了瞌睡。门卫老吴关切地问:"继仔,这么热的天,你跑回来搞么哩哦?"杨继舟峻峭着脸,鼻孔里喷着粗气,理都没理就往三楼冲。吊在他左腰上的那面小铜锣,随着他大踏步上楼,上下左右着急地摆动。他狠狠地擂响了场长办公室的门,门一片沉默。他"啊啊啊"地叫唤着,作死地擂了起来。王秘书睡眼惺忪,一脸怒容从隔壁打开门,正想发作,见是杨继舟,马上换了个神态说:"是继仔啊,你不好好在下马冲守卡,当昼跑来发什么癫?"杨继舟指指场长办公室,把一双手舞得眼花缭乱。王秘书看明白了,抬腕看看表,有点埋怨地说:"你找场长有再急的事汇报,也要等他上班啊。现在才两点不到,

---

① 汗巴水流,方言,指大汗淋漓的样子。

离上班还有一个多钟头,大家都在家午睡呢,你看你看,把我都吵醒了!"看到他油黑的脸上爬满汗水,白色的破背心紧紧地贴着腊肉般的皮,没一根干纱,王秘书心疼地说:"赶快回家去洗个澡,顺便慰问慰问雪梅。"杨继舟鼻子一哼,脑壳一歪,背靠着门,居然就势坐到了地上。王秘书说:"你赖在这里等什么等?公家的事是要紧,家里的事也不能放松!你半把个月才回来一次,想把雪梅憋死啊?还不快去!"杨继舟这才从地上爬起,让那面小铜锣,屁颠屁颠地随着他往家里走。

杨继舟是一个哑巴。但林场的人,却从来不敢当面喊他哑巴。大家都像场长一样,友好地叫他做继仔。

他听得见。

十哑九聋,杨继舟算个例外,他只哑不聋。他那对硕大的招风耳,出了名的精明。鸟从空中掠过,风从林中穿越,爬虫在地下唧唧叫,鱼儿在水中吐气泡,他都听得一清二楚。夏天的傍晚,大家坐在地坪里乘凉,他缩在一个角落里,无声无息,眼睛望着别处,手却突然在头顶一扬,一只蚊虫,就葬身在他的掌心。突然又往下一挥,又一只蚊虫,惨死在了他脚边。他的耳朵,就像两架灵敏的雷达,能洞察一切细微的声响,把一切来犯之敌,果断地全歼于境外。这对好耳朵,自然给他带来了不少好处——能比较方便地与人交流,能让自己的内心更加明白,更重要的是,让他进了学堂,学会了写算。当然,也不全是好处,耳朵没有过滤器,七里八里的一概都接收,碰到于己不利的,正常人就会说出来,骂出来。哑巴不行,只能淤积到心底,涨个满脸发青。积得厚实了,人就变得狂躁起来,没办法,这时就只能靠拳脚来说话。拳脚动多了,名声就四下传播,人就畏他,背着"哑巴哑巴"乱叫的,当了面也要"继仔继仔"地喊个热闹。

只有场长,从来都不喊他做哑巴。当面也好,背后也好,当场长前也好,当了场长后也好,都只喊他做继仔。喊得亲切,喊得亲近。林场里不少人,因为嘴巴乱豁①,不小心被杨继舟听到后,常被他张牙舞爪地吓唬,搥桌打凳地威胁,有的甚至还领受过他蒸钵大拳头的力量。但对场长,他脸都不曾板过。有时节,他对人发狂、发癫、发飙,鲁提辖拳打镇关西,林场的人团团围了,一个个惊恐万分,束手无策。他爷娘在世时,喊来也扯不开;如今喊来雪梅,雪梅尖叫、嚎哭,他依旧无动于衷。场长赶来,只需沉沉唤一声:"继仔!"他的手马上就松开了,松弛了。他朝被打的人狠狠地瞪一眼,青着脸,很快就从场长身边低头离去。对场长,他发自内心地敬重。他欠场长太多啦。

杨继舟从场部出来时,太阳依旧很威风,烤得他满面流油,心焦气躁。他在心里愤愤地骂:唐鸡屎你仗什么臭屁子势,你那个疤眼姐姐做了乡长的堂客②蛮新鲜?就胆敢一次次偷运林木出去?场长你也是,这种鬼五鬼六③的人,你齿④他做什么?还每次都给他写通关便条!你怕了乡长吗?乡长又不能管你!又不能吃你!你如果不想得罪他,那我来!我才不尿⑤这伙偷东摸西的贼婆子。前面的几次,我是卖了您面子的,算了。今天可要当面

---

① 嘴巴乱豁,方言,指口无遮拦、乱说话。
② 堂客,方言,指妻子或已婚妇女。
③ 鬼五鬼六,方言,指油滑、不正经。
④ 齿,方言,指理睬、搭理。
⑤ 不尿,方言,指不放在眼里、不惧怕。

跟您讲清，以后我只认正规手续，只认场部的红巴巴①，谁的字条都没用！您也别怪继仔我不通情理，场长啊，您是不晓得，那只瘟鬼，每次一拖就是几辆大卡车，今天中午，又拖走三车，全是标标致致的上好材料啊，林场白花花的银子，就这样让它白白地流走？继仔我心里痛！

从场部前面光秃秃的柏油马路，拐进林间的一条小径，杨继舟感到头顶一片清凉。大概是骂了个痛快，他的内心现在也舒坦多了。还是林子里好啊！这条林间小径，他走了二十多年，太熟悉了，太喜欢了。小时候，他从这条小路跑到林场来玩；如今，他居然就沿着这条小路到林场来上班了。能走在这样的一条道路上，真是一件幸福的事情啊。不过，他心里非常清楚，真正让他走进林场的，其实并不是眼前的这条路，而是那个无比亲切地叫他继仔的场长！

杨继舟的家在小径的尽头，在林子的深处。他家是连雾山的土著，祖祖辈辈生息在林间的山窝窝里，靠着几方巴掌大的斗笠丘②，刨点红薯或是高粱，混个半饱。当初县里在此建国营林场，根本就没在本地招工。林场的干部职工，全从外地调进。他家虽然成了林场的居民，同样属于林场管理，但与林场的职工比较，那可不是相差几个田坎的路——职工们月月有工资，年底有奖金，时头月节，还有大包小包的东西分，鸡啊鱼啊欢蹦乱跳，人们笑语吟吟地往宿舍里提；居民们呢，名声是好听了些，实际上比山

---

① 红巴巴，方言，这里指红色的印章。
② 斗笠丘，指形状像斗笠的山间小块田地。

下的农民还过得清苦,长年累月,佝偻着腰,愁苦着脸,在石子土里刨啊刨。年头搞到年尾,肚里清汤寡水,手中钱都没一点。胆大些的,趁着月黑风高,偷几棵林场的树,连夜送到山下,换几个油盐钱;胆子小的,就只能到林子里去碰运气,看有没有瞎眼跛脚的兽误进机关,以便让肠肚也混进几滴油水,不致便秘结石。这样的日月,杨继舟如今想来都心酸不已,恐惧不已。他家距场部只有三四里山路,但自懂事起,他就感到这是两个完全不同的世界。中间隔着的那截短短距离,在他幼年的眼里,俨然相隔了万水千山。

是场长,让万水千山,还原为三四里路程。场长帮他招了工,还安排雪梅到林场做了个轻好事。得到这个结果,只花了三五年工夫,但那过程,又无异于让场长跋涉了万水千山。幽深的林荫,让杨继舟的心,越发地冷静下来。现在,他真的有些庆幸刚刚场长不在,否则,他肚里那泡臜臜胀胀的恶气,绝对会让他板脸,让他跺脚,让他捶桌打凳,说不定,他还会疯狂地敲响腰间的铜锣!"当当当!当当当!"锣声一旦响起,他无比敬重的场长,脸面该往哪里放?他自己又如何来收这个场?他低头望望腰间,铜锣正在一前一后地晃。他赶快紧紧按住,像按住自己怦怦跳动的心。哎呀,真险,差一点我杨继舟继仔就搞出了大乱子!

看得到自己的家了,杨继舟紧张的心,瞬间就轻快起来。阿黄眼尖鼻子灵,老远就跑了过来,摇头摆尾,"呜呜"哼着直往他身上蹿。他咧嘴笑着轻抚狗子的背毛,拍拍它的头,手往前方一指,阿黄就叫着冲向家里去报信。杨继舟乐呵呵地望着兴高采烈的阿黄,等待同样兴高采烈的雪梅从屋里闪现。他边走边想,这样毒辣的正午，雪梅在干什么呢？喂猪？补衣？或是上午丈量木材累了在睡午觉？快到家了，还没见雪梅出现。他顺手从路边拔了根纤细的草秆，暗暗一笑，这个雪梅，睡得也太死了点吧，待我来挠挠她的鼻和耳。

推开半掩的门，杨继舟意外看到，场长正跷着二郎腿，慈眉善目地与雪梅在扯谈。雪梅惊讶地站起说："你怎么昼也不歇就跑回来？"杨继舟望望场长，又望望雪梅，"啊啊"地叫了两声。雪梅麻利地用蒲扇给杨继舟扇着风，指着墙角的一大袋米说："场里分给你的，我搬不动，场长昼觉①都没睡，帮我送回来了。"杨继舟看到了米，忙伸出右手拇指，朝场长弯曲着连点两下，表示感谢。场长微微一笑，起身说："继仔也回来了，我也要去上班。"说着就往外走。杨继舟"啊啊"地叫着拦住，左手五个指头并拢，把指尖放在嘴边，然后手往上一扬，五指张开。场长重新坐下，依然慈眉善目："你说吧，继仔，有什么重要情况要汇报？"杨继舟从裤袋子里摸出一张字条，递了过去。字条已被汗水打湿，但场长的笔迹很清晰。场长只看一眼，就笑着还给他说："你把这个收好就行了，其他的事莫操心，场里不怪你的。"说完就又起身。杨继舟用双手做了个打算盘的动作，又双手拢成一个圆圈，再把右手握成拳头，往下一敲。场长明白这家伙是要财务室盖了公章的发票，但他什么都没说，只是拍了拍杨继舟的肩，又轻轻地用指头弹了弹小铜锣，慈眉善目地走了。

铜锣"嗡嗡"低鸣，像一道咒语，瞬间定住了杨继舟的脚。

---

① 昼觉，方言，指午觉。

听到这响声,他总是没有由来地想起多年前的那个夏天。想起那个像现在一样酷热的季节,他对场长的抱怨,就再也动弹不得。

那一年,他十五岁,像一匹野马,成天在连雾山中奔来奔去。他爱到场部,探头探脑地看稀奇;爱到林中,无拘无束地摘野果、放机关[1];有时节,如果既没野果,也没野兽,就从山上捡一根枯树,扛回去领受爷娘的一通表扬。这时候,他就觉得自己很能干,像雪梅姐姐一样,能给家里作贡献了。他咧着满口白牙,傻呵呵地朝了雪梅笑。雪梅呢,当然会学着他的样子,把拇指点了又点。七月的一个正午,他连跑了四个山头,检查了六个机关,依然一无所获,正在盘算带一个什么惊喜回去时,一根伐倒的杉树,扎进了他的视线。费了九牛二虎之力,他汗巴水流地将杉木划进了自家的柴场。还没来得及获取爷娘的表扬和雪梅的夸赞,林场的两个巡山员就尾随而来,将他逮了个正着。他被人赃俱获地带到场部,巡山员威风地训斥:"难怪天天鬼鬼祟祟到场部来,难怪常常当昼满山乱窜,原来是在搞这种坏事哦!"他只会"啊啊"地摆着手,老实巴交的爷娘只会紧张地重复:"我们继仔从来都不偷东西的,真的,他从来不偷!"十六岁的雪梅,更是羞红着脸,深深地低着头。巡山员又是一声大喝:"继哑巴,你还不老实!告诉你,别以为你是哑巴,别以为你只有十几岁,人民政府就拿你没办法!林场被偷走这么多树,公安机关早就决定捉到人后,不管是谁,严惩不贷,你就等着到下西街去吃牢饭吧!"杨继舟一双眼睛,这时变得血红,他恨自己不会说话,无法跟大家

---

[1] 机关,方言,指捕猎的陷阱。

解释；他恨那个偷树贼，偷了公家的财物让他背黑锅；他更恨这两个家伙，肆无忌惮地冤枉他。如果手中有把柴刀，他肯定会不顾一切地冲过去，砍他个稀巴烂！但现在，他没刀，也无法打赢他们，他只能啸叫着，把自己的胸脯拍打得山响。也就是从此之后，再听到人叫他哑巴，他就会发狂、发癫、发飙。场长这时来了。场长那时节还不是场长，他林学院毕业才几年，就被林业局作为人才，下放到这里做了副场长。他看了看树，又看了看杨继舟，对巡山员骂道："你们真是两只饭桶，搞了几个月，贼毛都没抓到一根，现在捉来一个小孩，就想向我交差？继仔是什么人？他怎么会做这种事？黄狗吃肉，白狗当灾。还不赶快向人家道歉！"杨继舟的眼泪，这时再也忍不住了，唰唰地就往下流。

一个月后，杨继舟被人从深山里抬回，抬进了林场的医务所。他被偷树贼打了个遍体鳞伤；偷树贼的脚，也被他咬得鲜血直流，在林子里一弹一跳。是伐木的工人，无意中发现了他们。这一个月来，杨继舟天天钻山穿林，用他的那对"雷达"，捕捉偷伐的声音。同样是砍树，他分辨得出哪是伐木工，哪是偷树贼——伐木工人斫得从容、明朗、有节奏，而偷树贼砍树的声音里，则布满了紧张、阴沉和杂乱。场长来看他，心疼地问："继仔，痛吗？"杨继舟咧着嘴，开心地笑，摇头。出院那天，场长送了他一个装着慰问金的大信封，又送了他一面小铜锣。"当当当！当当当！"锣声激越而清脆。场长说："以后你再发现了贼婆子，就敲锣，大家都会来帮你。"

这面锣，从此就挂到了杨继舟的腰间，一直挂到如今。从那时节起，巡山捉贼，就成了他每天雷打不动的工作。其实，没有任何人要他这么做,也没有任何人付他分文报酬。爷娘劝他:"你贼也抓到了,冤也洗清了,仇也报完了,以后,就少管点闲事啊!"杨继舟眼一鼓,睬都不睬,照出不误。他每天在山林里巡视,"当当当!当当当!"激越的锣声外加他愈来愈强壮的拳脚,吓得偷树的毛贼再也不敢轻举妄动。连续多年,林场都被县里评为防范偷盗先进单位。在他把铜锣敲了整整五年之后,场长成了场长。他帮他写了一大堆的材料,一次次地往县里跑,终于破例将他招录为林场的正式职工。这面锣,给了他胆量,给了他温暖,也给了他生机。

望着场长离去的背影,杨继舟抚摸着黄亮的铜锣,心里有些愧疚起来:也是的,场长和我一样,最恨贼骨头了,他怎么会让唐鸡屎偷运公家的林木?更不可能和乡长合伙以权谋私!退一万步讲,就算他肠肚里有些弯弯窍窍①,我杨继舟又如何能敲他的锣?坏他的事?知恩图报,我嘴巴说不出,但心里亮堂着呢!场长啊,今天是继仔我多事了,您放心,以后我看到只当是眼瞎,听到只当是耳聋!

杨继舟走进卧室,去找衣服洗澡。床上的一个黑色皮包,像一根针一样,扎得他心里一弹!跟随进来的雪梅,一把从他手中抢过,惊叫一声:"哎呀,场长忘记包了!"拿起就往外追。杨继舟懵在那里,心里一个声音在反复追问:场长的包怎么会在床上呢?场长的包怎么会在床上呢?雪梅气喘吁吁跑回来,抬眼望了一下杨继舟,小心地解释:"场长帮我扛米,我帮他拿包,见

---

① 弯弯窍窍,方言,指算盘、小心机。

他满头都是汗，我进来拿蒲扇，顺手把包放到了床上。"杨继舟看了雪梅一会儿，什么表情都没有，点点头，拿起衣服就去洗澡。他洗着澡，满脑子都是那只黑色皮包，他真希望是雪梅说的那样。但果真如此吗？洗澡出来，他没像往常一样，围着雪梅大献殷勤。雪梅呢，似乎也没有以前那种期待。"咕咙咕咙"灌下一大碗水，杨继舟不声不响地出门了。才走几步，他又回头朝阿黄"啊啊"着招手。阿黄蹿过来，一路摇头摆尾，陪他来到下马冲。

下马冲距林场七八里，是林区出山的必经之路，场里在此设了一个林木检查站，去年守卡的拓跛子退休后，场长特意把这个差事关照给了杨继舟。谁都知道，这可是个肥缺，风吹不着，雨淋不到，隔三差五的，偷运树木的司机老板们，还会孝敬一条烟、几瓶酒。这比他翻山越岭敲锣捉贼，不知要强多少倍。杨继舟不稀罕烟酒，也看不惯这种搞法，他对捉贼似乎有着更大的兴趣。场长劝他："你满山奔忙，抓的只不过几个小毛贼，守卡，抓的可都是大盗啊。"他这才点着大拇指表示感谢，高高兴兴来上任。平时他以站为家，十天半月才匆匆回去看一次雪梅。就是离开的那短短几小时，也要请站旁理发店的张老倌帮他严加看守。张老倌不搞鬼，他信得过。他常常想：场长如此抬爱我，我杨继舟无以为报，只有用心为他守好门户啊。现在想来，场长真是在关照我吗？我给他守好了林场的门户，自家的门户是否又为此失守了呢？

想起雪梅，杨继舟就感到对不住她。雪梅是他爷娘捡来的弃婴，原本是养着做女儿的，没想到，一年后老两口又中年得子，生下了杨继舟。看到儿子是个哑巴，爷娘就有意将他们撮合成了夫妻。还在十五六岁时，壮大起来的杨继舟，就不再把雪梅当姐姐。他感到自己蒸钵大的拳头，薯块般厚实的胸肌，生来就是为了保护雪梅的。他进山巡逻，总要把最熟最甜的野果，留着给她品尝；猎了山鸡野兔，最肥最嫩的腿子，他撅起就往她碗里放；招工后每月发了工资，他除了买两条猪婆烟，剩下的全交给了雪梅；热天里，他一个纱背心，冬天呢，就穿一件黄军袄，而对雪梅，他总是比划着叮嘱，要她到镇上去买漂亮的衣裙，做流行的头发。他发自内心地深爱着她，无微不至地呵护着她，只希望她也能像别的女人一样，有一个完美的男人，有一份完整的爱。雪梅呢，从十来岁起，就一面把他当弟弟照顾，一面把他当做男人依赖。长大后的雪梅，光彩照人。林场的那帮饿男，只要一见到她，眼睛就成了饿狼，只因畏惧杨继舟，才悄悄将嘴角的涎水，无奈咽下。杨继舟的心里，比谁都清楚，尽管自己也长得高大帅气，尽管自己对她关爱有加，但终归是一个残缺的人。雪梅做了他的妻，无论如何，都是一件委屈事，没有人会认为她是幸福的，他们是般配的。他想：但是雪梅啊，你就是有天大的委屈，也不能做对不起我继仔的事啊！我继仔对你，难道，还不够好吗？

杨继舟选在一个雨夜，摸黑回了一趟家。回去时，他特意将阿黄关到检查站。走在回家的林间小径，距家里还有几百米，他的心就紧张得怦怦狂跳。他仿佛觉得自己不是去捉贼，而是去做贼。对场长，对雪梅，他都充满了敬重和感激。他们，是这个世间，他最亲近最信任的人。现在，他却因床上一只无根无据的黑皮包，而怀疑他们，低看他们。他在心里告诫自己：假如，万一，真像雪梅说的那样，那我杨继舟岂不真成了贼！我偷走的，可是他们多年对我的关爱，还有两颗纯净的心啊！看到山窝里自家亮着的灯,不远处邻居亮着的灯,杨继舟突然打起了退堂鼓:算了,回去算了,你要相信他们,两个对你这么好的人,怎么会合伙背着搞你的鬼呢?他们要真有什么名堂,你精明的耳朵,为啥没听到半点风声?杨继舟钻进路边的山林,坐到一棵樟树下,任由雨滴打落在自己的头上。他不敢抽烟,烦杂的思绪,在黑暗的夜色中,鬼魅般地跳跃。那些奇奇怪怪,形形色色的阴影,交替着在他眼前闪舞。场长!是场长!黑暗中的一个阴影,在他眼前渐渐清晰起来。杨继舟盘算着:场长其实还不老,才四十多岁,正是虎狼之年啊,他的老婆,在城里上班,一年到头,难得上几次山。都是男人,他怎么就会没有七情六欲!要送米,他怎么不晓得要王秘书代劳?还有,他为啥要把我调到远离林场的下马冲?藏得倒深啊!看到邻居和自家的灯相继熄灭,杨继舟提起一对蒸钵大的拳头,咬着牙齿,钻出了山林。

接下来的故事,当然是一场毫无悬念、毫不新鲜的捉奸。独特之处在于,这是一场无声无息的战斗。杨继舟站在窗户下,听到妻子莺歌燕语,听到场长气喘如牛,火山瞬间就在他胸腔爆发。他冲进房间,准备痛痛快快来场鲁提辖拳打镇关西。惊恐万分的雪梅吓得缩成一团,臜臜墩墩①的场长绕着桌子躲闪。他们一个不能做声,两个不敢做声。杨继舟的拳头,打在场长的身上,"扑扑"闷响,他躲又躲不了,打又打不赢,跑又跑不出,正在绝望之际,"当!"的一声锣响,把三人都吓了一大跳。锣声不是很大,是杨继舟碰到了桌角。他迟疑了一下,赶紧用左手死死按住

---

① 臜臜墩墩,方言,指体型肥胖、矮壮敦实。

腰间的铜锣，只用一只右手继续来追打。场长趁机抡起一把椅子，劈头砸向杨继舟，然后夺门而出，冲进了茫茫的夜色。

杨继舟头破血流，被雪梅送到了医务所。医生问："怎么搞的呀？"雪梅低着头，支支吾吾地说："这个……我也搞不清……你要问他……大概，是捉贼被打了吧。"第二天，林场的人都知道杨继舟捉贼挨了打，纷纷赶来看望他。大家都说："继仔，你怎么不敲锣呢？你作死地敲噻！锣响了大家都会来帮你啊！"杨继舟闭着眼睛，一言不发。

出院后，杨继舟去了一趟下马冲，把阿黄和自己的东西带回后，就再也不去了。他也不再进山巡视，成天就待在家里。雪梅向班长请了假，陪他。她满脸羞愧，精心做好饭菜，小心翼翼地请杨继舟来吃。杨继舟不理，头偏向左边。她又烧好开水，泡好热茶，战战兢兢地端到杨继舟面前。杨继舟不接，头偏向右边。他坐到门槛上，一根接一根地抽烟，眼睛空洞无物，茫然地望着莽莽苍苍的林海，油黑的脸庞似乎瘦了一大圈。雪梅心痛地哭了："继仔你别这样好不好？我知道你心里难受，你就打我一顿好不好？"杨继舟仿佛没有听见，依旧双目无神地望着前方。雪梅继续低语："我知道自己做了错事，对不起你，你打我吧，我保证不跑，也不叫。以后我不去场里做事了，就呆在家里，喂猪。继仔你原谅我一次，好不好？"杨继舟把烟头甩到地上，猛然站立起来，瞪了一眼雪梅，把一个手掌贴到嘴前，大幅晃动着五个指头，然后又用双手在脸颊两侧做出一个抹粉的动作。雪梅说："我说的不是假话，真的不是！继仔你相信我好不？我保证不再跟场长来往！"杨继舟鼻子一哼，伸出双手的小指，指尖相对，搭成一个人字形。雪梅叹息一声说:"都怪我不好,把你的一个恩人变成了仇人。"杨继舟一手握拳,先打一下自己,表示受到场长的欺侮,再向外挥拳,表示要回击和报复。停顿了一下,他突然伸出右手,四指并拢,狠狠地往下劈去。雪梅大惊失色,哭叫着说:"继仔你千万莫乱来啊!你怎么能动刀杀场长呢?他再对不住你,也曾是你的大恩人啊!"杨继舟痛苦地用双掌拍打着自己的胸脯,"啊啊"地啸叫着冲进了山林。那一声声长啸,撕心裂肺,久久地回荡在林子的上空。

场长听到了杨继舟恐怖的声音,紧张地盯着窗外。出事之后,他借口到局里有事,回城躲了好些时日。他一直提心吊胆,等待杨继舟来找他算账,但好些天了,只有一声声的哀嚎,在拍打他的心窝,深一下,浅一下。他喊来王秘书,说:"继仔只怕是打坏了脑壳,就让他好好休息算了,平时你要替我多照顾他。卡子就通知老吴去守吧。唉,继仔真是,可怜啊。"他摇着头,一脸的慈眉善目。

事情基本上就完了,意外却出现在年终总结大会上。开会前,王秘书牢记场长的嘱托,在起草年终总结时,把杨继舟铁面守卡、舍己捉贼、光荣负伤的英勇事迹,浓墨重彩地表扬了一番;草拟的先进个人表彰名单,杨继舟也是荣居榜首,奖励金额高达人民币一千元。场长盯着送来的材料,看了很久,想了半天,最后只把杨继舟的奖金改为五千元,就全部通过。场长说:"继仔吃了亏,受了伤,多发点奖金,也算是一点补偿。"王秘书连连点头:"应该的应该的,继仔情况特殊,不会有人跟他比的。"做完这一切,场长感到心里变得无比轻松,他高兴地对王秘书说:"开会那天一定要把继仔搞来，给他戴大红花，坐第一排！"

年终总结大会隆重举行，林场几百名干部职工济济一堂，洗耳恭听场长威严庄重地作报告。杨继舟莫名其妙地戴着大红花，神情木然地端坐在第一排，场长激情四射的报告，他了无兴趣。他心里在琢磨：我杨继舟到林场工作这么多年了，开会从来都是坐最后，今天为啥搞这么客气？他突然听到场长提高音量，大声宣读他的先进事迹。他惊愕地抬头细听，场长的每一个音符，就像一只只苍蝇，嗡嗡地直往他心里乱钻。他先是羞愧，面皮涨得通红，继而是愤怒，脸色开始发紫，接着变得乌青。当听到场长站起来宣布"为表彰杨继舟同志的英勇事迹，场里决定重奖他人民币五千元"时，他仿佛看到唐鸡屎、乡长、场长，还有雪梅，都躲在某个角落里，咧着嘴巴，朝他大笑。他只觉得全身的血液，都化作了滚烫的岩浆，奔涌着冲进他的大脑。他感到脑壳一片空白，眼前一片黑暗，胸中一团旺火。在全场如潮的掌声中，他一下弹跳着站立起来，迅速取下腰间的铜锣，"当当当！当当当！当当当！当当当……"他一边猛敲，一边发疯般"啊啊"啸叫着冲出了会场，冲进了山林。激越而清脆的锣声，像一声声惊雷，瞬间把掌声击溃，震得大家一个个惊讶万分，全都跟着冲了出去。外面一派安宁，只有北风在轻轻地吹，阳光在淡淡地照。大家茫然相对，纷纷询问：

"怎么，来贼了吗？"

"谁是贼啊？"

"贼在哪里呢？"

"贼偷走了什么东西？"

（原发《湖南文学》2014年第3期）

大伯的国家机密

大伯打来电话，要我周末无论如何回一趟老家牛角冲，说是有一个很重要的事情跟我讲。大伯是一个乡村老木匠，手艺了得，在我们那个地方，基本上相当于教授级的高级工程师，在家具生产和土木工程领域，具有很高的学术造诣和江湖地位。换句话说，他就是我们那里的鲁班，就是牛角冲工程院的院士，就是村庄里的梁思成或贝聿铭。如今他年纪大了，尽管早已不在一线指挥，但身体不错，专业过硬，所以话语权还在，威信还在，方圆十几里的地方，凡有土木建筑方面的疑难问题，徒子徒孙没有不请他到堂①释疑解惑的。他常常握着个保温杯，笑呵呵地，小车接，小车送，忙得很。一闲下来，他就想起给我和他儿子杨欣打电话，怕我们不回去，就净找一些很紧急很重要的事由做借口，其实回

---

① 到堂，方言，指到场、亲自出席（某场合）。

去无非是徒弟们送了他几斤土黄鳝,他想与我们共享;或者是做了一件得意的事,想我们去听他吹吹牛;或者什么事都没有,就想见见我们。杨欣常常发点小牢骚:"爷老子唉,跑几百里路赶回来吃你一餐饭,损失我几个亿呢。"杨欣在省城开熟食厂,资产怕是有几千万了,撒泡尿的时间,可能就有成千上万的生意流失。大伯听他说得多了,就骂他掉到钱眼里,没屁用,以后一般就只打电话喊我了。我在市里,回去较近,且自从父母过世后,我的心就空了,大伯成了我在老家最亲的人,所以只要他喊我,我总是尽量赶回去。大伯无数次表扬我讲感情、有孝心,比杨欣强多了,其实,我是在弥补对父母生前的不孝。那时节,我也像现在的堂弟杨欣一样,总把父母的召唤当作耳边风,有时甚至还觉得特烦人。

我像往常一样,毫不犹豫地回答大伯:"好呢,我一定赶回来吃中饭。"

大伯说:"你吃了中饭不能就回去,要住一个晚上,第二天还有事。"

我迟疑了一下,第二天我还真有事,但既然老人家这么说了,那就住一晚吧。我知道肯定不会有什么重要的大事,只怕是他久没跟我讲他辉煌的革命史、战斗史、生活史,想重温一下往昔的峥嵘岁月。

听到我答应了,大伯很高兴,说要我放心,他会尽力抓好生活的,土鸡、土菜、土脚鱼,保证我吃得好睡得香。末了他叮嘱我说:"记得带本子和笔啊,照相机也要一个。"

啊,我亲爱的大伯,你要这些东西干什么?难道你真有重大事情要我见证和记录吗？我笑嘻嘻地问他："什么大事呀？搞得这么隆重。"

大伯说："你回来我再揭秘。"

挂掉电话，我预感到这次大伯真有重要事情跟我讲。可是，他又能有个啥大事啊，他和伯妈的身体都好得很，打得死牛，肯定不是记录遗嘱；他担纲牛角冲工程院院士几十年，颇有积蓄，崽又发了财，肯定不是钱的问题；他年轻时是有点花心，四乡八寨都有相好，伯妈也曾吵闹过，但后来本着只要钱在人在就不管的原则，一直相安无事，何况如今他的功能也基本不行了，肯定不是情的问题。我想了很久，实在猜不透他的谜底。

我决定打个电话问问杨欣。杨欣说："我也刚接到他的电话，忙都忙不赢，哪有时间去听他吹牛。"

我说："这次只怕不是吹牛，好像是有正经的大事，他还要我带记录工具呢——你应当有些线索吧？"

杨欣想了想，说："应当没别的大事，估计还是为了别墅设计的事。肯定是想通过你来做我的工作，让我同意他的设计方案。"

哦，我记起来了，上半年的时候，是有这么一档子事，为这事我还回去给他们父子俩调和过一次。大约是在春节期间吧，大伯向杨欣提出，希望他到村庄里盖一栋别墅。这事说起来也有些怪，早些年杨欣曾多次提出，要把大伯新千年初建的那栋楼房拆掉，再在原址做一栋豪华的别墅，但大伯坚决不同意，说："好好的楼房，你拆它干什么，是不是钱多了发烧？真是败家子！"杨欣当时也曾找我诉苦，我劝他说："你就听你爸的吧，别拆，要知道，这栋房子，是他的骄傲呢。"杨欣听了我的劝告，没再在村庄里建房，赌气跑到省城买了一套大房子，后来开熟食厂赚了钱，先是买了一套联体别墅，接着又买了一栋独立别墅。如今他在好几个城市都有了房产，大伯却要他回牛角冲来拆屋建别墅，老同志的心思真是搞不懂啊。

大伯一生共建过三次房子——

第一次是在二十世纪八十年代初。此前的几十年里，大伯和我们，还有三叔、四叔以及几十个杨氏族兄弟一起，几百口人挤在一栋砖瓦结构的百年大屋里。这栋老屋，是我们杨家的祖屋，也是杨家的祠堂，祖厅共五进，房子有一百多间，一大片整整齐齐的鱼鳞瓦，黑压压地铺陈在阳光和青山之下，沅远望去，很是壮观和威风。外面的人问了我们的姓氏，总是充满羡慕地说："嗬，牛角冲杨家祠堂的！"可是，房子好不好住，只有我们自己最清楚。这栋庞大的老房子，外面看起来确实很威武，但里面却非常的破败、阴暗、潮湿，似乎每一个角落，都散发出一种腐朽的气息。我清楚地记得，当时父亲他们兄弟四人，加上老奶奶、奶奶，还有大姑和二姑，一大家子近二十口人，全挤住在祖传的五间半旧屋里，逼仄得鼻子都要碰到嘴巴。最尴尬的是解小手，由于厕所只有一个，且远，就在每个房间放一只尿桶，家里成天臊气扑鼻，熏得死人。特别是夜里家人撒尿时，一会儿呵哧呵哧，就像猛龙从空中冲入大海；一会儿叮咚叮咚，犹如大珠小珠落玉盘，床上的每一个人都听得清清楚楚，真是羞死个人。老奶奶在分田到户那年过世后，大伯力排众议，特意给老人家扎了一栋上下两层的大灵屋，且率先在牛角冲甚至是全中国给灵屋设计了四个厕所，据他说比中央领导的居所都要豪华。我那活了九十多年、一辈子坐在尿桶上小解的老奶奶，从此可以在另一个世界随时随地舒舒服服、轻轻松松、干干净净地进厕所解决问题了。真好。可活着的人，尽管很快分成了四个家，但日子却变得更加紧张。大伯看着他一天天长大的三女一儿，还抱头箍颈①挤在一张硬板床上，发誓要自己建一栋宽敞的新屋。他起早贪黑，钻山打洞，看中的树木，买也买一点，顺也顺一点，一年后，一栋草砖砌成的平房，果然就在老屋旁侧的菜地上闪亮登场。这栋大伯亲自设计并主持施工的建筑，像极了韶山冲那栋著名的房子，也不知他是从牛角冲这个地名，想到韶山冲这个地方，进而激发灵感获得神助，还是别的什么方面的原因。总之，这栋牛角冲解放以后建成的第一栋新房，从此成为方圆十几里参观的景点和模仿的对象，当然，也牢牢奠定了大伯作为牛角冲工程院首席院士的地位。大伯常常站到地坪里，神采飞扬地为慕名而来的参观学习访问团作义务讲解，大到房间布局，小到一块砖、一片瓦，他都讲得头头是道，一波三折，这当中有故事，有来历，更有情怀。参访者被他唬得一愣一愣的，全都用崇敬的眼光定定地望着他。大伯非常高兴，一时没管住嘴巴，又慷慨地贡献出三个自己经历的黄段子，惹来伯妈的一顿臭骂和满地坪的疯笑。

  第二次是在二十世纪八十年代末。韶山式的平房给大伯带来了隆隆声誉，也带来了滚滚财源。那些年，他忙得简直是一塌糊涂，徒弟带了一大堆，业务接了一个又一个——分了田土的农民手中慢慢活泛了，也就想像大伯那样建个"韶山式"。可有人担

---

① 抱头箍颈，方言，指因空间小而紧贴在一起的拥挤状态。

心钱不够,有人害怕地基起冲突,有人担忧没劳力来帮工,大伯摆摆手,表示全都不在话下,鼓励他们大胆开建,所有的问题,都由他一个人来统筹和解决。几年下来,在大伯的纵横捭阖、大刀阔斧、鬼斧神工下,整个牛角冲旧貌换新颜了,一栋栋崭新的平房,都用同样一种姿势,迎接着皱纹满面、喜笑颜开的主人。而冲里的那些百年老屋,包括我们老杨家的大祠堂,轰隆,轰隆,也全部在大伯的现场指挥下,推倒在地,片瓦不存了。我常常想,大伯这人,既是牛角冲的建设者,也是牛角冲的破坏者,他有功劳,也有罪过呢。当然,功肯定要大于过。大伯可没想过这么多,他一门心思只想着如何搞设计,如何建房子,如何改善居住环境,哪管它开发与保护的辩证关系。到整个牛角冲的老屋拆得差不多、平房也建得差不多时,大伯才猛然发现自己的房子原来是那样的寒酸,一点都没有早几年那种鹤立鸡群的感觉,它只是引领了一个潮流,并没能始终走在生活的最前端。数着帮人做屋①赚来的一扎扎大钞票,大伯决定把才建没几年的平房推掉,扩大地基盖楼房。那时节,全乡除了乡政府用红砖建了一栋两层的办公楼外,最高的建筑物,估计是粮站那个尖顶粮仓上的避雷针。大伯在乡政府转来转去,研究考察了好些天,很快,他新建的楼房就成为全乡的最高建筑了,因为他在楼顶还架了一个更高的避雷针。更有意思的是,他还把这栋外形酷似乡政府办公楼的房子,命名为牛角冲一号,并且在每一个房间的木门上,都用红漆标上编号:101,102,103……201,202,203……鲜艳、亮眼。大伯常常站

---

① 做屋,方言,指修建房屋。

在二楼的走廊上，高声呼唤："来咯，快点来咯，就到牛角冲一号楼203打牌咯。"他说一号楼203时，总是红光满面，声音洪亮。他不但嘴巴上这么喊，还把牛角冲一号楼203室（他的卧室）当作通信地址，印到名片上广为散发，据他自己不完全统计，他的一号楼知名度远远高于乡长的办公室。

第三次是在新千年到来之际。大伯的"办公大楼"至此已在牛角冲独领风骚上十年了，但尽管已是新千年新时期，村庄里的楼房却依旧不太多，很多人还在吃力地还修平房所负的债呢，哪里敢起造楼房的意？即使有几个脑壳灵泛的人赚了点钱，做出的楼房也不过是大伯"办公楼"的翻版。牛角冲的人就是这个样，只知道看样学样，从来不懂得创新。何况，牛角冲工程院的院士还是我大伯呢，他不自我否定谁又敢、谁又能想出个新鲜玩意？即使想出来了，也没人帮你施工。不过好在我大伯这人非常有进取之心和反思之意，他把牛角冲一号楼几零几挂在嘴边，神神叨叨地喊了几年之后，感到也就那么个味，并没让自己高贵起来，更没有因此吃上国家粮，而且，各个房间靠一条走廊连通，实在很不方便，很显别扭，很是丑陋，看到这栋奇怪的房子，他就常常想起乡政府那帮耀武扬威的人，无名火气嗖嗖嗖就蹿得比避雷针都高。拆掉，重建全乡第一栋别墅！大伯真是任性，一件在别人看来惊天地泣鬼神的大事，他一个早晨就拍板了。当然，如果他荷包里钞票寡瘦，想任性也没半点办法。这一回大伯是认真的，十年树木，百年树屋嘛（大伯常常篡改俗语，比如他常常把"良言一句三冬暖"，故意说成"良言一句三刀断"），搞就要搞好点，至少要管个五十年。他把自己关在屋里十来天，翻资料，看图片，抓脑壳，写写算算，画画涂涂，居然用圆规直尺量角器，整出了一张高级别墅的设计图。当然，这图纸除了他自己，除了神仙，天师也看不懂。不过没关系，反正是他自己担任项目的总工程师、施工员、技术员、安全员（如果有的话）全听他嘴巴说就是了。大伯的这栋三层别墅是在当年国庆节办的落成酒，我赶回去捧场，那种豪华和霸气迎面扑来，狠狠地把我这个城里人击成内伤，我想我曾经引以为荣的四室两厅，在他的别墅面前简直毛都不算一根。大伯非常得意，为了记载建房的艰辛经过和丰功伟绩，特意亲自作了一篇半通不通半白半文的"杨神仙造屋赋"（一直忘了介绍，我大伯大名杨神仙，这名字也有点来历，以后有机会再讲），请人用一块大理石刻了，端端正正地嵌在别墅的外墙上，俨然就是一个鲁班奖的标志。这栋别墅，一直是大伯的荣耀和骄傲，所以当年杨欣发了财想拆掉重建时，他坚决不同意。哪知道，建成二十年后，当初信誓旦旦说至少要管五十年的大伯，却主动提出要推倒重来。唉，都七十几岁的人了，还这样爱折腾，他到底是为了个啥啊！

我问杨欣："上次我不是给你们都讲好了的吗？你不也同意让大伯来设计的吗？"

大伯春节时提出要重建别墅，杨欣尽管大感意外，但欣然同意。他早就想在村庄里留下自己的功业，要不然，在外面发了大财牛角冲人怎么晓得？岂不像项羽说的那样锦衣夜行？"大风起兮云飞扬，威加海内兮归故乡。"回城后，他马不停蹄地托朋友的朋友，花了几万块钱，请省建筑设计院的一位著名教授，设计出了一张别墅图纸。据说这栋别墅集传统文化和欧式风格于一身，既前卫，又厚重；既端庄，又漂亮；既实用，又舒适。总之，基本上是全省第一、全国一流、全球领先。杨欣非常满意，拿着图纸开车赶了几百里路，屁颠屁颠地送回去请大伯过目兼审查。大伯沉着脸，慢慢地打开图纸，又沉着脸，慢慢地戴上老花镜，然后伸长脖子，左边看看，右边也看看，上边看看，下边也看看，至于他是否看得懂，杨欣不好问也不敢问。看了一阵后，大伯摘下花镜，合上图纸，淡淡地说："这方案我不同意。"杨欣着急了："爷老子唉，这是著名教授设计的呢，极好的呢，单设计费就要好几万呢。"他不说还好，一说大伯便火冒三丈。这个牛角冲工程院院士、相当于教授级高级工程师的老木匠，指着桌上的图纸大骂自己的不孝之子："这是个屁教授，卵都不懂，鲁班经规定的尺寸，他一点都没合上，财、病、离、义、官、劫、害、吉，全都弄得乱七八糟，你这哈宝崽还花几万块去上洋当，你不晓得家里有现成的专家啊！"

杨欣赶紧涎着脸，嬉笑着说："我当然知道您老人家是建筑权威啊，我不是看您年纪大了怕累着您，才出点钱请个教授代劳嘛，您看要如何搞，我回城再找他修改。"这么一说，大伯的气稍稍顺了点，他把头扭到一边："良言一句三刀断，你要他先合好尺寸再说。"

鲁班经的尺寸，除了老木匠老砖匠知道，大学教授哪里清楚？他们一般对此是持批评态度的，认为那是一种无根无据的迷信。杨欣知道自己碰到了一个麻烦事，所以打电话要我出马，回去做做老同志的工作。我当时一边往回赶，一边想杨欣这事只怕行不通。因为，我知道大伯这人，一贯爱提意见，一贯不信邪不怕硬，他认定的事，九头牛加十只狗再加八只猫都扯不回。

在这里我得顺便插几句，讲讲我大伯的名字和故事，你一听就知道杨欣这事会有多难。大伯原名杨争先，日本鬼子从牛角冲撤退那一年出生，属于我们杨家的"先"字辈，这辈分可不算低呢，他的师傅杨海先，这个年长他三十多岁参加过平浏游击大队的失散老红军，都与他只是平辈，至于支书杨师德、村长杨怡发，尽管年龄比他还要大点，但论起辈分来，全是他的孙辈、曾孙辈，完全不在一个层面。大伯从小跟随师父杨海先学艺，不事稼穑，不辨菽麦。有一段时间，公社和大队不知抽什么风，突然把手工匠人集中起来，进行批评教育，要他们投身火热的农业生产。群众大会上，杨师德、杨怡发大声吆喝："杨争先，滚上台来！"大伯纵身跳到台上，大声说："你们羞先人啊，祖辈曾祖辈的名讳，也是你们随随便便能直呼的吗？"牛角冲杨姓人占主，都是一个祠堂出来的，杨师德、杨怡发的气焰一下就低下来了，他们为难地说："不叫你名字叫什么呢？总不能喊叔祖父、叔曾祖父上台来嘛。"大伯说："辈分不可乱，名字可以改。从今天起，我改名杨神仙，随你们喊随你们批随你们斗。"杨师德、杨怡发刚喊出一句："杨神仙，上台来。"台下已笑得东倒西歪，一场严肃认真的大会，就这样被大伯闹哄哄地搅散了，而这个搞笑的名字，却真被他上进了户口。名字都成了神仙，大伯自然更加不怕鬼不信邪。他第一次做屋时，地基上原本有棵大树，树下有个土地庙，大伯把树砍了，把庙拆了，在旁边一棵小树下胡乱盖了几块砖头，指定土地爷搬迁至此。后来两次建房，他又命令土地爷连搬两次。牛角冲人都认为他的不敬会带来灾祸，但他一直顺风顺水、平平安安。他豪气地说："我杨神仙要做屋，一个小小的土地爷还敢不让位？神仙管土地呢！"如果说土地爷是个虚东西，那县太爷就是实实在在的牛人了，谁也不会去得罪和硬顶，但大伯却不，有一段时间专与县长方启涛作对。方县长是我们杨家祠堂的女婿，很牛气，喜欢摆点谱，逢年过节来了牛角冲，基本上没人能陪好他。主家没了办法，有一年只好请大伯去作陪。大伯对方启涛说："你别看我年岁不大，但是是先字辈呢，牛角冲辈分这么高的没几个。"方县长说："如今是人民政府，不讲辈分。"大伯说："不讲辈分讲个啥？"方县长说："讲级别，比如你们杨家的女婿里面，现在级别最高的就是我了。"大伯嘬了一口烟，慢悠悠地吐了出来："那不见得吧，毛主席级别不比你高点？"毛主席的夫人杨开慧是板仓杨家的，跟牛角冲杨家祠堂五百年前是一家。方县长一听自知失言，脸都吓白了，当时正是"文化大革命"末期，一句话就能让人丢官丢命的，他急得饭都没吃饱，赶紧逃之夭夭了。从此方县长来了牛角冲，就变得规规矩矩、彬彬有礼了，特别是一看到大伯，他就浑身紧张，寒暄几句后就赶快找借口躲开。但大伯并没改变对他的看法，凡是乡上村上做的他认为不地道的事，通通把账记到方县长的头上。有一年，乡政府给每家每户分了点灭鼠药，老鼠吃了并不死，反而一个个活蹦乱跳。大伯气呼呼地找到方启涛，当众讥讽道："如果你们是想把老鼠胀死，那就用火车皮拖灭鼠药，每家每户都分个几吨！"

你看你看，一个不怕县官也不怕管，还不怕鬼神的神仙，你拿他有什么辙？何况杨欣还是他的独崽呢。所以我当时回去以后，劝杨欣放弃教授的设计方案，直接请大伯另外设计一个。如果不这样做，就算改十次八次，估计他还是会挑出一大堆毛病来的，最终还是得他拿方案，何不干脆现在就要他做呢？

杨欣说："你又不是不知道他那水平，在牛角冲混一下子是没啥问题，要是到外面去，谁认？他设计的东西太土了，我不喜欢。"

我说："你这是在牛角冲做屋，扯到外面去干啥？屋做好了你又能住几天？只要老同志开心，你就随他去吧。何况他在牛角冲一辈子帮人搞设计，到头来自己的房子却要别人设计，他的脸面何存，威信何在？"

杨欣想了想，点头同意了，但提出大伯的设计图纸出来后，他要拿去请教授看看。一来不能白花那几万块钱，二来呢，也怕老同志的土方法不符合力学规律，住起来不安全。我把杨欣的意见省略最后一点后报告给大伯，大伯高兴地说："这样行，拿去给那狗屁教授学习学习也好。"

这事我帮他们父子俩调解好后就再没管过问过，我以为杨欣早就按照大伯的图纸施工了，哪知到现在设计方案都没定。看来父子间还是存在比较大的分歧，怪不得大伯要我回去，还特意叮嘱带纸笔和相机，他老人家这次只怕是想得出个最终结论，并让我这个中间人和见证人用图文形式把它固定下来。

听到杨欣在电话里面支支吾吾，我问他："大伯设计的别墅是不是很难看？你为什么不同意呢？"

杨欣说："唉，这事说起来有些复杂，周末我们先到县城碰个头，我们两兄弟沟通好后再回牛角冲吧。"

周末一早,我就驾着自己的车往县城去。市里离我们县城只有一百六十公里,过去只有两条砂石路,坐班车翻山越岭得四个多小时,中间还要在半路上吃个便餐,至今想起来都怕。如今好几条高速相通,一个多小时就到了。杨欣从省城开车回家要远一点,也就两个多小时能到。我之所以去这么早,是想到县城的北街岭上吃个早餐,再慢慢等他。

北街岭上的面条已不是记忆中的味道,枉费了我的一番心思和情意。在面馆里没等多久,杨欣就来了。他边吃面边跟我详细讲述父子俩的分歧。

大伯争取到别墅设计权后,很快就拿出了设计图纸。杨欣当然看不懂,大伯倒是耐心,又是讲解,又是比划,还拿出纸笔,画了个简单的效果图。杨欣终于弄明白了,大伯设计的别墅,造型外观什么的还真是很酷,比教授设计的也不见得差到哪里去,唯一让他接受不了的,是大伯在别墅的最核心地带,安排了一个大仓房。这个大仓房外面看不到,屋里也看不到,它的四周被卧室、客厅、卫生间包绕着,设计得相当隐蔽和巧妙,但建筑的面积和成本却不算小。仓房上下两层,二层储粮,一层接粮,而一层又下通地下室。为了让粮食进仓方便省力,还有一个升降机和一套备用的滑轮系统直通仓顶。可以说,大伯设计得最用心的地方,就是这个仓房。换句话说,他拆掉房子重建的目的,就是为了增加这个仓房。杨欣想不通,家里又没人种田,为何要耗费巨资建个毫无实用价值的东西?何况,仓房这么大,可装得下百把吨粮食,还担心承重出问题。所以他坚决不同意,父子俩就这么一直僵着。

杨欣说:"也不知他这次又会要个什么花招,哥你得帮着我点。"

听杨欣讲完,我一直在寻思大伯为何想起要建个仓房,要说他与谷物有感情吧,他又从来没种过地;要说他是担心没饭吃想囤粮吧,如今最丰富最便宜的就是粮食。老同志的心思,真的很难猜透。

我问杨欣:"图纸你拿给教授看没?"

杨欣说:"教授看过,他肚子都笑痛了,说这哪是别墅,就是个变相的粮仓或者碉堡嘛。好在承重没问题,就是造价高。"

我对杨欣说:"别墅里建个大仓房确实有些不伦不类。我们先回去吧,看他到底要说个啥重要事情。"

我们很快回到了牛角冲。牛角冲是一条几公里长的狭长山谷,以前谷地里除了一条路,全是水田,房子都建到山坡或山脚。如今早已没人种田,一冲的田地,要么被一栋接一栋的别墅霸占,要么就是被半人高的野蒿覆盖。冲里除了老人和小孩,青壮年大都在外面打工或做生意,水泥公路上几乎看不到几个人。当然,一到年节,这条路上又车满为患,堵得一塌糊涂。

大伯看到我们兄弟俩都回来了,非常高兴,吆喝着要伯妈抓紧进度,赶快上菜。他还是往常的那个样子,染得乌青的头发往后梳得工工整整,格子衬衫扎在皮带里,手里随时都握着个精美的保温杯,踱过来,踱过去,这里检查一下工作,那里作出几条指示,俨然就是个干部,专门指挥别人。伯妈在他的密集指令下,忙得团团转,但脸上始终乐呵呵的,真是一个好脾气。

大伯的旧别墅算起来已快二十年了,看上去有些陈旧,特别是外观和造型,与冲里近几年新建的别墅比起来,确实显得有些落伍。牛角冲人不多,只有二三百户,不到一千口人,如今几乎家家户户都是漂亮的别墅,前有水泥地坪,后有绿色花园,与马路边的太阳能路灯交相辉映,漂亮极了。说句实在话,如今的牛角冲,生活和居住条件已与城市无异,甚至还要优于一般市民。我常常在羡慕他们的同时,还有一丝微微的嫉妒,要知道,我读了那么多书,奋斗了那么多年,现在在城市里活得还不如他们呢,在他们面前,我早已没有了任何优越感。我疑心大伯要杨欣重建别墅,也是因为在牛角冲没了优越感。可在别墅里建个大仓房,又是为了啥呢?莫不是过去饿怕了?

午饭非常丰盛,果然是土鸡、土菜、土脚鱼。大伯弓着腰,用筷子指点着一一介绍,每个菜他都会加个土字,好像不土就不好,不土就没档次,不土就没诚意,甚至火腿肠炒黄瓜,他也说是土火腿肠,然后自己也忍不住哈哈大笑。

看到大伯高兴,我问他:"您要我们回来的重要事情不会就是吃土菜吧?"大伯说:"当然有事,先吃土菜。"土菜很好吃,还是儿时的味道,根本不像北街岭上的面条那样,已被外来的麦子和面粉篡改了原本的味道。我想让话题尽快往仓房方面靠,解决问题后好早点班师回城,便问大伯:"如今冲里没人种田了吧?"大伯说:"早没了。今天中餐唯一不是土货的,就是碗里的饭,泰国米。"杨欣趁机插了一嘴过来:"田都没人种了,还要仓房干什么?"我把话接了过来:"如今粮价不高,买也方便,不用囤粮吧?"大伯津津有味地啃着一只鸡爪,斜眼望了我俩一下:"喊你们回来不是扯仓房的事,下午休息一下,明天带你们去看个东西,现场告诉你们重要事情——你带了相机没?"

我说:"如今手机像素高,带什么相机。什么事情这么重要?今天下午去不行吗?"

大伯呵呵一笑:"那是国家机密,下午去时间少了。"

既然不是别墅设计的事,那也就不是什么重要的大事,我和杨欣紧张了半天的心,一下就松弛下来,各自准备好的一肚子台词,也就全部秘密作废了。至于国家机密,我们都不放在心上,谁不知大伯最喜欢逗把①,净搞些噱头来糊弄别人。

午餐喝了点谷酒,我一觉醒来时,伯妈已开始做晚饭,却不见了杨欣的人和车。大伯气鼓鼓地说:"下午接了几通电话,说是来了个大客户,有笔大生意,硬要赶回去,我怕吵醒你,也就没拦他,这家伙现在真是爹亲娘亲不如大客户亲,哥好弟好不如毛主席好。"我小声问伯妈啥叫不如毛主席好?伯妈说,就是人民币啦。

晚上,我陪着大伯聊天,天南海北古今中外一通神侃后,他的心情越来越好,早就忘记了杨欣提前回城的不快。像往常一样,他又开始详细具体生动活泼惊心动魄地讲述起自己辉煌壮丽的一生,我们听了一阵,伯妈哈欠连天地打断他的话说:"算啦,人家都背得出来了,你们明天还有事,早点睡吧。"大伯怔了一下,大概是想到明天确有事关国家机密的大事,就赶紧刹住了车,不过还是不忘作个总结:"以我七十多年的人生经历来看,现在真的是个最好的时代,有吃有穿,有房有车,还有钱,这日子太好

---

① 逗把,方言,指不正经、爱开玩笑。

过了。当然，一千个好，一万个好，也有一桩事不好，那就是把人养懒了。明天我们一早进山，到高尖岭去，我要告诉你一个秘密。"

啊，到高尖岭去，怪不得要我住一晚。可是，高尖岭有什么秘密呢？难道大伯在这里发现了金银财宝？或是名贵树木？要不，就是他看中了这里的某块风水宝地！可这些也不是国家机密啊。

第二天一吃完早饭，大伯在腰后插了把镰刀，带着我就往高尖岭走。高尖岭在五陡垄的最里边，是牛角冲地区的最高峰，也是最边远最偏僻的地方，翻过山，那边就是浏阳了。当年的平浏游击大队，据说在傅秋涛将军的带领下，曾把这里作为大本营，生活了好几年，直到被整编成新四军第一支队第一团开赴皖南抗日前线。高尖岭距我们村庄有十来里路，林深路窄，山前还有一个波光粼粼的大水库（以前是个天然的小型堰塞湖），平时几乎无人愿去。这块山地，是牛角冲的辖地，分田土到户时，谁也不想要它，大伯却主动要到自己名下，当时还引来大家的一阵窃笑。哪想到，他老人家四十年前就知道了这里隐藏的秘密！

一路上，大伯絮絮叨叨地向我讲述他师父杨海先的故事。杨海先不是牛角冲人，是山那边山枣坡人，与同为木匠的鸣山人傅秋涛、横冲人邱创成是好朋友，并在他们的影响下参加了革命，上过井冈山，守过黄洋界。红军长征后，他们留下来的八百多人，随傅秋涛回到连云山区打游击，牛角冲的高尖岭成为他们的一个主要据点。他们在这里生存下来了，但吃尽苦头，师父曾多次讲，游击大队有一回三个多月没吃过一点盐，脚都软了，至于饿肚子，那更是经常性的事。杨海先后来遭遇皖南事变，突围出去后，因找不到部队,又回到牛角冲做木工。有事没事的,他还常常一人跑到高尖岭去,一待就是老半天。乡亲们问他去干啥,他说是祭奠死去的战友。从他的口中,牛角冲人才知道那里面饿死了很多红军,村庄里的人从此更加不敢进山。大伯说:"我师父要是不与队伍走散,新中国成立后肯定可以评个少将,傅秋涛是上将嘛,邱创成也是中将。唉,这都是命!"不过他又说,师父并不后悔,因为他活下来了,还能到牛角冲做木工,还能餐餐吃上白米饭,还能领到失散红军的补助,而他很多很多的战友,却倒在了黄洋界,倒在了高尖岭,长眠在皖南等异乡,他知足了。

不知不觉,我和大伯就穿过了五陡垄的长峡谷,登上了水库的大坝,然后沿着水岸线,在曲曲折折的山岭间绕来绕去,到太阳当顶时,终于来到了高尖岭的脚下。大伯坐着抽了一支烟,指指高耸入云的山峰说:"为了带你们来这里,我提前花了一个多月才砍开一条路,要不然,根本上不去。"

我没再追问大伯到底带我来看什么,反正,谜底就要揭开,我也不急这半时。何况,从他一路来的谈话主题中,我已基本猜测到了他的意图——这次高尖岭之行,主要是为了让我和杨欣接受革命传统教育,是一次红色之旅、朝圣之旅、反思之旅。至于具体要反思个啥事,我还是有点隐隐约约、恍恍惚惚。我气喘吁吁、汗流浃背地跟在大伯后面,艰难地往山上爬。他此前砍开的一条小路,现在又不时被新长的荆棘挡住,尽管他在前面用镰刀挑开,但我的手脚仍是被划出了很多血印。我想还是杨欣聪明,他肯定早就看穿了大伯的把戏,才随便找了个借口逃之夭夭。

在我累得快爬不动了时,大伯终于在半山腰一个视野开阔的位置停住了,他叉着腰杆子面向山下站着,示意我也往山下看。啊,太壮观了,整个牛角冲的一切,全都清清楚楚地呈现在我眼底:一栋栋红顶白墙的别墅,错落有致地散落在青山绿水间,一条铅灰色的水泥公路,像飘带一样在群山之中舞动。我第一次感到自己的家乡原来是这样的惊艳,自豪感一下油然而生。大伯说:"漂亮吗?"我说:"漂亮!太漂亮了!"大伯说:"确实是漂亮。以前我跟师父来这山上寻做犁辕的树时,看到的景象可不是这样,那时的村庄灰蒙蒙的,没有一丝生气。这才多少年啊,就全部变了,变得像是人间仙境。不过,你不觉得现在的牛角冲少了点什么吗?"我擦了擦眼睛,仔细看了一会儿,说:"少了点人。"大伯说:"人没少,都在城里,过年过节就回来了,不碍事。你看看还有没有一丘田地?"我的眼前有的只是房屋、公路以及绿树,确实看不到生长庄稼的田土。大伯说:"无事不登高尖岭,牛角冲已没有一块产粮食的田地啦,走,我带你看梯田去!"

啊,高尖岭上还有梯田?我在村庄里长到十八岁才进城去,牛角冲的哪个角落没去过?就算是这座最高峰,我也多次与小伙伴们悄悄爬上来找过野果(大人们常常吓唬我们说这里有鬼,不准我们来,但只要能找到吃的,我们就什么都不怕),哪里有一株麻梨子,哪里有一蔸猕猴桃,我心里都清清楚楚呢,怎么从来没见到过梯田?也从来没听人说起过?

大伯狡黠地一笑:"都知道了还叫国家机密?"

我终于明白过来,大伯费了这么大的劲、绕了这么大个圈,其实最终还是为了那个仓房。他无非是想借山中这块隐秘的梯田,说明田地的珍贵和粮食的重要性,从而让杨欣和我接受他的别墅设计方案。

大伯带着我从半山腰平走了一阵，然后斜插进一个山坳。山坳里泉水叮咚，林木参天，在一小片大伯已提前斫去柴草的林子下，我果然看到了梯田——用麻石垒砌的田埂，初看起来就像是一道道护坡，但仔细看，梯田的痕迹还是依稀可辨。这些梯田，大多只有一米多宽，窄窄的，平时被茂盛的树林和灌木遮蔽，不全部砍去柴草根本看不出来。这么高的山，这么远的路，又传说死过很多人，村庄里从来都没人到这里来砍柴，所以也就无人知道。

我问大伯："您是怎么发现的？"

大伯说："如果不是师父告诉我并带我来看，我也不知道。这样的梯田高尖岭上大大小小有几百块，分布在几个有水源的山坳里。当年的红军游击队，就是靠了这些田土渡过难关。国民党以为他们会在山里全部饿死，哪知他们在这些梯田上种起了玉米和谷子。师父告诉我时，刚解放不久，政权还不稳固，他要我保守秘密，怕今后还能派上用场。师父死后，整个牛角冲就只我一个人知道了。"

果然是我猜到的革命传统教育和红色旅游胜地，但我并没有排斥和反感，相反，我很感激大伯以他七十多岁的年龄，费尽千辛万苦带我来看这种震撼人心的现场，我想，杨欣其实不该缺席和逃避，他更应当接受教育。

我由衷地向大伯感慨："红军真了不起，在这么高的山上开垦了这么多梯田，太让人佩服了！"

大伯说："这不是红军开垦的。"

啊，居然不是红军开垦的！那又是谁开垦的呢？这太让我意外了!

大伯说:"这也就是我要带你们来看的原因。这些梯田,红军起初并不知道,在此之前,他们也从没听当地的老人谈起过,直到饿死了很多战士,准备开荒自救时才偶然发现。据师父他们分析,极有可能是某个朝代的饥民开垦出来的,至少二三百年了,也许更久!"

啊,这才是最让我震惊和震撼的地方!为了弄到一口吃食,我们的祖先什么样的苦都能受,什么样的艰难都敢面对,什么样的奇迹都能创造!在自然面前,人类实在是太强大了,同时又太渺小了。活着,真的不容易。

大伯说:"冲里的水田现在基本上是荒废了,村庄周边的山太低,没有水源,种不了庄稼,我早些年就勘察过,整个牛角冲地区,只有高尖岭上隐藏着梯田。唉,现在谁还关心这些,都变懒了,变懒了。"

我说:"主要是现在的日子太好过了,赚钱的门路太多了,牛角冲人才不愿劳心费力去种粮食。"

大伯说:"太平盛世,也要居安思危,何况国家这么重视农业生产,种田不交粮,还有补贴,几千年没有过的好事啊。要是把粮食也种起来,牛角冲就更带劲了。你现在知道我为什么要带你来看梯田了吧?"

我说:"知道,下山我就打电话给杨欣,要他按照您的设计建房,一定得做个仓房!"

大伯说:"是哦,一个农民的房子不要粮仓,这不是忘了根本吗?说到哪里都是笑话啊。现在牛角冲人的房子,几乎都没有粮仓了，当然这事我有大责任，我的旧别墅就没设计粮仓，我自己不种地嘛，哪知他们后来全都照着我的来，也不要粮仓。我要徒弟们改，他们却推辞说别墅里做仓房，从来没有过的事，不会建。好，那我就做个样板出来！我不需要它储粮，但我得表明一个态度，引领一个方向。"

我由衷地说："大伯，您不愧是牛角冲工程院的院士，做了一件功德无量的事啊，家与国都得感谢您！"

大伯摆着手说："高帽子就别给我戴了，快点拍照吧，记住这个位置，告诉后世子孙，万一没饭吃了，这里还有地种。"

我对大伯说："不用拍照，我记到心里去了。"

（原发《湖南文学》2019年第9期）

后　记

向一篇序言致敬

这是我的第三部小说集。距我第一次在省级纯文学刊物发表小说，已经二十六年矣。那时节，我刚满二十四岁，如今，我已年近半百。

我最初写的小说，大多是小小说，而且只写了两年多就不再写了，转向了其他文体。但短短两年多时间里，我创作了一百多篇小小说，其中有一半发表在公开发行的纯文学刊物上，另一半发表在各类报纸副刊。发表的小小说中，大约又有四分之一被《小小说选刊》和《微型小说选刊》转载。本地的文友们羡慕得不行，但我自己却不以为意，觉得如此雕虫小技，没有什么值得骄傲的，甚至还很不好意思说自己是写小小说的。但没想到，在我不写小小说十年之后，江湖上居然还记着我。2010年，在何建明老师主编的100卷《中国小小说名家档案》书系中，我忝列其中，出版了平生第一部小说集《地下的辉煌》。

《地下的辉煌》没有给我带来什么经济效益，也没有产生多大的影响力，但让我结缘刘恪老师，并从此开启了长达十三年的追随与学习。

那一年的秋天，阳光照耀着壮阔的洞庭湖，也照亮了我灰暗的心空。刘恪老师读了《地下的辉煌》后，与我在茶楼约谈了整整一个下午，鼓励我重新拿起笔来写小说。差不多已经放弃了文学一心扑在新闻中的我，荒芜的心原上又燃起了熊熊之火。

此后的三年里，在刘老师的悉心指导和专业训练下，我创作出了大约三十万字的中短篇小说，并在文学期刊发表了十来篇。2014年春天，我将那些发表的作品结集为《沿着一条河流回家》，由敦煌文艺出版社正式出版。因为刘老师对我此时的小说不甚满意，出书之事，我不敢向他报告。书出来后，我畏畏缩缩地送了一本给他。他才翻了几下，就放下批评我："怎么这么着急就出集子呢？要出就出好嘛，你这样既无序言，也无后记，光溜溜的像个什么样子！"之后他鼓起眼睛望着我，下达命令："下次你出书，由我来写序！"语气中大有当仁不让、舍我其谁的气势。我当然求之不得，暗暗把这句话记到心上。

接下来的两年，是我写小说较多的一个时期，平均每个月至少要写一个短篇，最多的一个月，接连写了四篇，差不多一个星期写一篇。刘老师看后非常高兴，特别是我的短篇《地盘》被《小说选刊》2016年第9期选载后，他更是充满信心，给我做了详细的文学规划，要求三年达到什么水平、五年达到什么层次、十年

后记

达到什么目标。看到我不够自信，他主动提出要给我梳理一下已经发表过的小说，好好写篇评论。我以为他只是说着玩玩的，因为那时他正在进行大部头的文学理论创作，忙得天昏地暗，哪还能为我这样的无名小辈浪费时间。没想到这年年底，他在回北京去之前，将关于我的小说评论《从他者到自我的写作转换》手稿交给了我。看到这沓五千多字文不加点、一丝不苟的手稿，我非常感动，连连道谢，并在心里默默告诫自己，千万莫辜负了老师的期望。刘老师说："你先打印出来，看看行不，我再跟某某（某文学刊物的编辑）说说，要他发一下。今后你再出小说集，用来作序也行。"原来他不但一直关注着我的小说，也始终惦记着给我写序。

此后至今的好多年，我一直在文学这条道路上艰难跋涉，行走得歪歪扭扭，摇摇晃晃，尽管保持着每年创作与发表各五万到十万字的样子，但实在是力不从心。特别是对小说，已经越来越没有信心，甚至还充满了恐惧。虽然一直在写，从来没有完全停止，但每每刚一写完自己就将它否定掉了，既不敢投出去，也不敢给人看。偶尔投一些出去，也大多是泥牛入海，一年发表不了两三篇。我的兴趣，也慢慢转向了散文创作，这些年来，散文的创作量与发表量都远大于小说。我感觉自己已被小说抛弃，或者说从来就没有入过小说的门，因此，刘老师给我写的小说评论，我一直不敢给别人看，更不敢找编辑发。它静静地躺在我的电脑和内心深处，除了我和刘老师，没有任何人知道它的存在和悲伤。

这几年，我将发表的散文结集，先后出了两本书。我始终记着刘老师要为我的书作序的事，2021年出版《锋利的预言》时，特意请他帮我写序。他当时正在北京，爽快答应了，但过了较长时间才将手稿给我。我看到手稿字迹歪斜、潦草，句子之间跳跃性很大，有的地方要看几遍才能明白，当时心中还稍稍有些埋怨，觉得他没有认真对待。后来才知道，其时他已经是非常严重的帕金森症了，走路、写字、说话都很困难，正在北京进行治疗，但为了不耽误我出书，硬是抖着手在病床边一笔一画写出了这篇序言。为了不增加他的负担，2022年我出另一本散文集时，就没再请他作序。当然我也没请任何人作序，就像先前那本小说集一样，光溜溜的。我性格内向，认识的名人也少，文章又写得差，从来不指望出书能赢得声名获得利益，有没有序都无关紧要。

2023年1月8日，还差几个月才满七十岁的刘恪老师，突然感染新冠去世。我无比悲伤，有如天塌下来了，感到自己从此失去了文学与精神的指引者，世间再也没有了主动要为我作序的人。我无比内疚，觉得愧对了老师，没有按他的指教好好写，写出好小说，以致这么多年过去，依然一事无成，连出一本小说集的底气都没有，让他想为我的小说集写序的愿望落空。其实，他从来就不欠我一篇序言，而是我一直欠他一个交待。

现在，贵州民族出版社为我近年发表的小说结集，我突然又想起了刘恪老师，想起了他的那句话，想起了他写的那篇稿子。我翻箱倒柜寻找手稿，再次看到他那熟悉的字体时，我的双眼不禁蒙眬起来，泪水充满了眼眶。我认认真真且一字不漏地重读了一遍，感到刘老师真是为我花费了太多的心血。他不但读了我发表过的每一篇小说，没有发表的习作也大多看过。在这篇几千字的评论里，他系统地梳理和分析了我当时的小说创作情况，专业地挖掘和提炼了我习作中的某些特质，热情地对我进行鼓励，同时也敏锐而犀利地发现了我创作中存在的问题，指出了今后努力的方向。我当时还有些不以为然，现在回过头看，他说得多么中肯、准确和深刻啊！前些天出版社急需我提供一份这部小说集的简介，我抓耳挠腮搞了半天，仍是不得要领，无法下笔。突然想起了刘老师的这篇评论，果然，从里面挑选几段稍加连缀，就成了一篇专业、贴切而且文采飞扬的图书简介。透过这份珍贵的手稿，我仿佛看到刘老师挑灯夜读我习作的场景，看到他伏案疾书写作评论的姿势，还看到他摇头叹息恨铁不成钢的表情。我毫不犹豫地决定，这部小说集的序言就是它了。这是刘老师若干年前对我小说的诊断，也是他生前作出的最好安排。

刘恪老师去世之后，我越来越意识到他对我的重要性。他的指导、鼓励和鞭策不用说，更重要的是我将他当作了精神依靠。失去了他，我感觉自己的内心更加虚空，更加没有了文学创作尤其是小说创作的底气和勇气。他去世后第一个清明节前夕，我写下了一篇一万七千多字的纪念文章，深情回忆与他交往的点点滴滴，但犹豫了好几天，最后才在清明节当天在自己的公众号上推发，之后也没有拿去公开刊物上发表。因为我害怕别人说我是借刘恪老师的名气，来为自己脸上贴金。现在，我用他的这篇未刊评论来作序言，依然存在这种担心。其实，这只是我的一种缅怀和致敬。

在我写作这篇后记的时候，时令尚是初春，我还要差一点时间才满五十岁。可以想见，集子正式出版时，我已年过半百了。这个年龄，对于一个奋斗多年一事无成的写作者来说，早已没有了任何文学野心。我也不知道今后自己还会不会写小说，还能不能写出小说，更不知道写出的小说好不好，还会不会再结集出版。我想一切只能随缘，顺其自然。这虽然辜负了刘老师生前的期望，但于我个人来说，未必不是一种最好的状态。

我只能说，《地盘》这本小说集，要么是某种终结，要么是重新开始。

2024 年 3 月 24 日，洞庭湖东岸